L'ABBÉ LANUSSE

AUMONIER DE L'ÉCOLE MILITAIRE DE SAINT-CYR

Vingt Minutes

Dans la Vie

D'un Peuple

*Je vous demande d'arrêter ces batteries
pendant vingt minutes ! Sacrifiez-vous pour
la retraite.*
(Paroles de Mac-Mahon aux cuirassiers, le soir de la bataille de
Frœschwiller.)

PARIS

LIBRAIRIE MARPON & FLAMMARION

E. FLAMMARION, SUCC͏ʳ

26, RUE RACINE, PRÈS L'ODÉON

VINGT MINUTES

DANS

LA VIE D'UN PEUPLE

A LA MÊME LIBRAIRIE

DU MÊME AUTEUR

LES HÉROS DE CAMARON
Un volume in-18 : 3 fr. 50

L'HEURE SUPRÊME A SEDAN
Un volume in-18 : 3 fr. 50

ÉMILE COLIN — IMPRIMERIE DE LAGNY

L'ABBÉ LANUSSE

AUMONIER DE L'ÉCOLE MILITAIRE DE SAINT-CYR

VINGT MINUTES

DANS

LA VIE D'UN PEUPLE

Je vous demande d'arrêter ces batteries pendant vingt minutes! Sacrifiez-vous pour la retraite.

(Paroles de Mac-Mahon aux cuirassiers, le soir de la bataille de Frœschwiller.)

PARIS

LIBRAIRIE MARPON ET FLAMMARION

E. FLAMMARION, SUCCᵗ

26, RUE RACINE, PRÈS L'ODÉON

—

Tout le monde n'a pas l'honneur d'être cinq cents et de se voir visé par une armée de quinze mille hommes et cinquante pièces de canon.

Sur des feuilles de vélin, avec de l'or et de riches couleurs, j'avais écrit ces paroles à la gloire des cinq cents braves qui, le soir de Wissembourg, se réfugièrent dans le château du Geissberg et en soutinrent le siège contre une véritable armée, lorsqu'on vint me dire: cette phrase n'est pas française.

— Comment! cette phrase n'est pas française! Elle l'est d'autant plus qu'elle ne peut s'écrire que pour des Français.

Aujourd'hui encore, à propos de la mémorable journée de Reichshoffen, vous lirez:

Tout le monde n'a pas l'honneur d'être trente cinq mille et d'avoir contre soi

CENT QUARANTE-MILLE ENNEMIS ET CINQ CENTS
PIÈCES DE CANON.

*Est-ce que cette phrase non plus ne serait
pas française ?*

*Avouez donc qu'elle l'est au possible et dans
toutes les règles... Il n'y avait que des français
pour accepter la bataille.*

VINGT MINUTES

DANS

LA VIE D'UN PEUPLE

I

Jeunes Français, soldats de l'avenir.

Écoutez comme j'ai écouté moi-même... et ayez au cœur des frémissements d'admiration.

Dites surtout : J'en ferai bien autant.

Un colonel, aujourd'hui général et alors capitaine, me disait :

Ma compagnie, sous une tempête de fer et sans reculer d'un pas, se battait à Sedan, du côté de Saint-Mengès. Le porte-drapeau tombe broyé par un obus. Le caporal-sapeur relève l'étendard et le tient aussi haut que le brave qui se mourait. Deux minutes à peine et la hampe, ainsi que les mains qui la portaient, sont brisées par la mitraille. Alors, avec ce

1

qui lui reste de ses bras mutilés, le jeune sapeur presse le drapeau contre sa poitrine et l'inonde de son sang qui coule à flots.

— Caporal, lui ai-je dit, confiez-le à l'un de vos camarades.

— Oh ! capitaine, je peux le retenir encore ! Laissez-le moi, je vous prie, jusqu'à une prochaine balle. Et de plus en plus il le serrait contre son cœur.

— C'est bien ! gardez-le. Vous le méritez mille fois.

— Merci, mon capitaine.

L'ennemi approchait. La balle est arrivée et le caporal-sapeur tombe avec son précieux dépôt. Un camarade l'a saisi et la garde d'honneur jure de le défendre jusqu'à la mort.

Le drapeau est sauvé.

Je regardais le colonel pendant qu'il me parlait ainsi et je retrouvais sur ses traits toutes les émotions qu'il avait dû éprouver alors. Mais aussi, c'est que de ce colonel on pouvait dire qu'il avait l'âme fortement trempée d'un soldat. Je l'ai connu aux régions mexicaines avec les épaulettes de lieutenant. Plus tard, il commandait en second cette grande école où se façonnent tant de héros. Comme il va bien porter les étoiles de général !

—Colonel, lui ai-je dit, savez-vous bien la pensée que viennent de provoquer en moi vos paroles ? J'ai un trésor. C'est arrêté, je vais le mettre au grand jour, à la grande lumière des beaux soleils de la patrie. Je le tenais caché. A l'heure présente, je viens de m'en repentir. Puisqu'il faut des soldats à la France, eh bien, n'ayons que des héros. Que le passé travaille pour l'avenir.

Et aussitôt, je cherche parmi les pages nombreuses que j'avais faites les confidentes de mes campagnes. Je vais en former un faisceau... Et vous les lirez, mes enfants, comme vous avez lu celles que j'ai déjà placées sous vos yeux et qui ont fait battre vos jeunes cœurs, je le sais. Je connais toutes vos nobles aspirations. La patrie!... Quelle parole vibrante pour vos vingt ans! La patrie!... Et moi qui l'adore!... moi qui vais vous en parler avec cet amour qui m'a conduit à la suivre dans ses gloires et dans ses malheurs... moi qui, sous ce voile de deuil qu'on étendait sur son front, ai toujours reconnu la fille aimée de Dieu, ma chère France adorée!

Enfants, tendons et nos bras et nos cœurs à cette mère chérie et, sous des rayons de gloire, créons-lui des jours de bonheur et de paix. L'honneur, la liberté, le progrès, voilà ses plus précieux trésors. Elle travaillera. Vous veillerez, mes enfants.

La patrie!... Vous savez ce que j'ai fait pour elle à la suite de son drapeau. Vous savez ce que je viens de faire encore dans ce sanctuaire qui est le nôtre, sous ces voûtes séculaires où, ensemble, nous venons prier et qui abritèrent tant de générations de héros. Là, avec leurs riches couleurs, j'ai reproduit les nombreux écussons de nos glorieuses provinces. C'est la topographie de la France par l'histoire, sous les yeux du premier bataillon de France. Chaque blason, ou à peu près, vous le savez, naquit d'un fait de guerre par la main de nos ancêtres. Vous les étudierez et vous demanderez au ciel de porter toujours haut, comme les preux chevaliers, la noble et vaillante épée qui bientôt brillera dans vos mains (1).

II

J'aime la paix du ciel bleu, avec ces voiles légers qui volent, qui passent et que le regard a perdus comme dans des flots de lumière.

J'aime la nuit, avec son riche manteau parsemé de points d'or, le jour naissant avec ces vastes rayons qui montent et se prolongent dans l'infini, avec ces vapeurs tantôt blanches, tantôt rosées qui courent dans l'air pur et limpide du matin, vont se perdre par-delà les montagnes et sont remplacées par d'autres que le soleil a dorées ou laissées avec leur trame d'argent.

J'aime la colline avec sa fraîche verdure, la vallée

(1) L'aumônier, sur des boucliers en métal, a peint les écussons des principales villes de France et les a placés dans le sanctuaire et la nef de la chapelle, avec leur devise respective.

avec ses fleurs et la louange joyeuse et mille fois répétée du petit des oiseaux.

J'aime le ruisseau qui murmure et chante à Dieu par la voix de ses flots, doucement agités, l'hymne sans fin de la nature.

Ces magnifiques printemps qui, sous les soleils de mai, ont revêtu leur riche parure... je les aime ! En écoutant bien, on entendrait germer la vie dans les grands arbres, dans le brin d'herbe qui croît à leurs pieds.

J'aime les palais, avec leurs chefs-d'œuvre et toutes les magnificences qu'y entassèrent ces génies sublimes qui marchent à la tête du progrès dans le monde.

Elle me sourit aussi la demeure du pauvre, lorsque je peux apaiser la faim qui le dévore, réchauffer ses membres enchaînés et tremblants sous les étreintes du froid... lorsque je peux déposer dans sa main cette pièce d'or, descendue comme une étoile qui brille au travers du nuage noir de la misère.

Les vastes forêts, les montagnes, la mer avec son large miroir d'azur ou ses vagues qui montent, re-descendent et vont de nouveau mêler leurs colères à celles de la nue... je les admire ! je m'étonne en présence de ces grandeurs !

Ce qui me plaît, ce qui remplit mon âme d'une joie qui ne serait pas de ce monde, c'est la prière au pied de nos saints tabernacles dans le silence mys-térieux de nos temples, toujours empreint de cette

1.

odeur de l'encens que le jeune lévite balança devant l'autel du Seigneur. Je prie alors et je suis heureux, n'ayant pour témoin que cette flamme légère qui s'agite, on le dirait, sous le souffle embaumé de ces créatures célestes que la foi nous présente comme les gardiens et les adorateurs du trésor eucharistique.

Ah ! qu'on est bien sous ces voûtes géantes, au milieu de ces colonnes qui montent, qui tournent, se multiplient et vous laissent comme en présence d'un infini imprégné d'un antique parfum de foi, de cette piété paisible qui vient du ciel et qui forme comme l'atmosphère du vrai fidèle.

Mais comme elles élèvent mon âme vers les régions supérieures ces solennités qui, parfois, se célèbrent dans nos vastes métropoles, au milieu des chants, des mille voix tantôt douces et suaves, tantôt plus vibrantes de l'orgue, planant au-dessus d'un peuple qui prie, suivant pour ainsi dire les ondulations parfumées de l'encens, les rayonnements de tous ces candélabres aux palpitantes lumières !

Où suis-je alors ?... J'aime tant le beau, les arts, les chefs-d'œuvre de tous les progrès ! pourrai-je rendre jamais la joie que j'éprouve en présence d'une large page de vélin, à voir naître sous mes pinceaux les fleurs, les papillons, les tentures d'or ou d'azur, les pierres précieuses, les oiseaux, pour encadrer une paisible prière, une méditation sur les œuvres de Dieu, une course au travers des merveilles de l'Infini!... En un mot, ma pensée, tous mes sentiments me porteraient vers la paix, la paix des âmes et des cœurs, la paix entre les peuples...

... Et je vais parler de la guerre!... Je vais, et je le dois, m'arrêter quelques instants sur un point de ce monde qui est le nôtre, et traverser de ces ruines qui apparaissent comme les ossements épars des nations !

... Oui, parler de la guerre que je maudis !...

Il le faut, hélas !

Pourquoi ?

Parce que j'étais appelé comme en témoignage. J'avais à déposer devant un tribunal.

La question était grave et sérieuse, puisqu'il s'agissait de l'honneur et des gloires d'un pays... Ce pays, c'était le mien, c'était le vôtre... c'était la France!...

L'Eglise a son martyrologe. Pourquoi la patrie n'aurait-elle pas le sien ?

Or, est-ce que jamais on accusa de lâcheté les martyrs de la foi chrétienne, hommes de toutes les conditions, jeunes vierges, ou mères de plusieurs enfants, le front haut toujours, ou sur l'arène du Colisée, ou au pied du tribunal des proconsuls romains ?... Non, jamais la pensée n'est venue à personne de rabaisser leur courage dans la mort.

Et vous, jeunes victimes, martyrs de l'année terrible, avez-vous toujours eu un jugement favorable ? N'y aurait-il pas eu comme de la calomnie planant sur votre noble front, au milieu même des confusions de la défaite?

Qu'ai-je entendu, alors que venait à peine de cesser le dernier bruit de vos grands combats, qu'ai-je entendu, mes amis et frères d'armes? Oui, il y en avait qui ne croyaient pas à vos énergies surhumaines, à vos dévouements sans limites, à cette fièvre de patriotisme qui vous jetaient vers la mort pour la cause la plus sainte et la plus sacrée. Non, tous ne croyaient pas à ces entraînements de nos armées pour refouler le flot toujours croissant d'un terrible et sinistre envahisseur.

Enfants, je vous ai vus.... aussi, pour me consoler des accusations qu'on faisait planer sur vous le lendemain même de ces jours, les plus néfastes de la patrie, j'ai voulu écrire ce que vous fûtes toujours, aussi bien pour glorifier vos courages que pour vous donner comme exemples à ceux qui prendraient après vous cette vaillante carabine que vous avez si bien portée.

Sans doute, ma plume était loin de savoir écrire et retracer de ces hauts faits qui immortalisent un peuple. Ce qui m'importait avant tout, c'était de dire ce que j'avais au cœur de dévouement et d'amour pour la patrie, trop heureux d'allumer et d'entretenir dans une seule âme cet amour et ce dévouement qui sont la force et le salut des nations.

Oui, comme témoin je déposerai, et je commence par dire que toutes les vertus sont au cœur de nos soldats. Pourriez-vous en douter en présence de ce que j'ai dit ailleurs sur le Geissberg et que je me plais à citer encore? Voyez donc. Ils sont là cinq cents assiégés par une armée de 30,000 hommes. Sur les pentes de la colline où se trouve le vieux manoir, le porte-drapeau de la Prusse tombe percé de balles. Un autre officier accourt et relève l'étendard. Quelques instants à peine et lui aussi est à terre. Un troisième survient et de nouveau l'aigle noire déploie ses ailes dans les airs et flotte au-dessus de ses défenseurs.

Alors nos soldats s'arrêtent, cessent de lancer leurs balles, battent des mains et envoient le témoignage de leur admiration.

La conclusion est facile : quand des soldats acceptent ainsi tout ce qui est beau, même chez l'ennemi, on peut dire que bien d'autres sentiments généreux et sublimes agitent leurs jeunes âmes.

Croyez-vous donc qu'il ne faut pas un dévouement surhumain, une énergie sublime dans le cœur de ce jeune soldat qui, sous une avalanche de balles, va relever son capitaine, grièvement atteint et l'emporte dans ses bras. Quelques pas à peine, il tombe!... Il était mort!... A terre son précieux fardeau. Un camarade se précipite... plus heureux, il peut traverser la mitraille et sauver le brave capitaine.

Vit-on jamais chez le simple soldat, chez l'officier, plus de sang-froid, plus de courage qu'en ces jours

où la France entière débordait de patriotisme,
disons-le, d'une frontière à l'autre ?

Nos officiers ! Que dire après ce que vous allez
entendre du lieutenant Saint-Upéri et du colonel
Thomassin ? pour que leurs soldats les sachent bien
au premier rang toujours, voyez-les se jetant sur les
masses prussiennes, le képi à la pointe de leur épée.
Le jeune lieutenant s'est tellement avancé au milieu
d'un nuage de poudre qu'il se trouve dans les rangs
ennemis. Thomassin, lui aussi, emporté par son
ardeur, arrive jusque sur les Allemands avec la
poignée de braves qui l'entourent et qui le défendent, le désespoir et la rage au cœur. Déchirés et
sanglants, accablés par le nombre, ils sont faits
prisonniers, mais alors seulement.

.   .   .   .

.   .   .   .

Ma déposition, au reste, est confortée par ces paroles de l'adversaire lui-même. Je pourrais en citer
d'autres. Je ne mentionne que celles-ci :

« Une cavalerie ne peut charger avec plus de vé-
hémence ; ne peut pas se sacrifier avec plus de dévouement pour les autres armes, ne peut pas offrir
avec plus de mépris de la mort jusqu'à la dernière
goutte de son sang pour une armée en détresse, que
ne l'ont fait les cuirassiers français, déjà décimés
par leurs prouesses de Wœrt, les chasseurs, les lanciers et les hussards qui tous rivalisèrent de grandeur
d'âme pour sauver l'honneur de l'armée. Nous,

Leif husaren qui avons assisté à ces glorieuses charges, nous comprenons bien que les Français contemplent avec orgueil ces plaines où sont tombés si noblement tant de vaillants escadrons. »

Je remercie les Allemands pour cet aveu si loyal qui ne peut que les honorer.

. . . .

. . . .

Enfants, je vais donc parler de vous. Mais qui lira mes paroles? Encore ce n'est pas ce qui m'importe. Ce qu'il me faut avant tout, c'est de rester dans le vrai. J'y resterai, croyez-le.

Je commence.

Les grands ouvriers tiennent à faire et à montrer LEUR CHEF-D'ŒUVRE.

. . . .

Dieu nous a donné LE SIEN : LA SŒUR DE CHARITÉ, LA PETITE SŒUR DES PAUVRES.

Notre père des cieux, un autre chef-d'œuvre encore!... LA PAIX ENTRE LES PEUPLES !...

III

Frœschwiller, Reischshoffen si vous aimez mieux... C'est l'horizon de l'héroïsme qui va nous ouvrir des profondeurs inconnues jusqu'alors.

C'est une nation qui va nous montrer tout ce que peuvent des soldats aux poitrines de fer.

Elle va opérer une de ces œuvres qui rendra jaloux les siècles du passé, je ne dis pas ceux de l'avenir.

Elle va dépenser en quelques instants une énergie, une valeur qui rempliraient des années.

Ce peuple va mettre en lumière tout ce qu'il est, tout ce qu'il sera, tout ce qu'il peut demander à ses enfants.

Il leur demandera de mourir parce qu'il faut mourir... Ils mourront !

Quand on est en présence de ces entraînements on veut regarder encore, regarder toujours... regrder de toute son âme.

En vérité, il est des peuples desquels on peut dire qu'ils sont uniques au monde. Non, il n'y a qu'eux ou plutôt il n'y en a qu'un qui puisse nous donner Reichshoffen, comme il nous donna le chemin creux de Waterloo, les braves de Détrie, les héros de Camaron, le Geissberg.

« Je vous demande vingt minutes pour arrêter l'ennemi et vous faire tuer au besoin. »

Quelle autre nation nous montrerait un tel chef présumant ainsi de l'abnégation, de la valeur de ses soldats ?

— Une charge de vingt minutes !... mais c'est trop peu !... Comment ! c'est trop peu !

Et le colonel des cent-gardes, aujourd'hui général,

ce colonel que vous avez vu si beau auprès de l'Empereur avec ses cavaliers d'élite, qui me disait un jour que cinq minutes suffisaient pour briser les rangs de l'ennemi, tout au moins pour le terrifier. En effet que ne peuvent pas ces chevaux colosses, entraînés par des géants et pénétrant dans des murailles vivantes !

Vous n'avez donc pas remarqué que cinq minutes, moins quelquefois, suffisent à une tempête gonflée de grêle et de vents impétueux, pour balayer toutes les richesses de nos campagnes, leurs moissons et leurs fruits, pour jeter à terre les chênes les plus robustes !

. . . .

. . . .

Et donc lorsque ceux qui vont s'élancer pour fournir ces charges sublimes sont les fils de la France, emportés par tout l'amour de la patrie, convaincus qu'il leur faut mourir pour qu'elle ne meure pas ! Oh ! alors attendez-vous à tout ce que le cœur et les bras peuvent donner de suprême héroïsme.

. . . .

. . . .

Mais combien allaient-ils partir ces nobles fils de la France ?

Mille contre neuf mille et plus d'un côté.

Deux mille contre quinze mille sur un autre point.

Et vous les verrez, ces braves, se jetant avec l'entrain d'un jour de fête dans la fournaise où les attendait la mort la plus certaine.

... *Ils ont arrêté l'ennemi !*...

La retraite dès lors a été possible pour les débris de notre armée.

Ah ! disons-le, que ne valent pas ces vingt minutes ! Et comme elles doivent marquer dans l'histoire !... d'abord pour le résultat obtenu, et surtout par le débordement d'héroïsme qui entraîna ces enfants dans les profondeurs d'un sublime inconnu.

L'Inconnu !... C'est bien lui toujours que nous avons eu en présence dans cette guerre immense... fatale, où tout fut épouvante, angoisses pour les populations... pour elles la lumière devenait ténèbres avec des frémissements et des tristesses farouches.

L'Inconnu !...

Soit... Nous lutterons et l'ennemi lui-même rendra le plus éclatant témoignage à la valeur de nos soldats en lançant contre eux des bataillons quatre et cinq fois plus nombreux toujours. A nombre égal aurait-il accepté le combat ? Une affaire commencée, c'était un torrent qui charriait de nouveaux bataillons... un ruissellement de forces nouvelles ! La nue avait vomi ses foudres, ses colères... Vous pensiez que vous n'aviez qu'à vous garantir contre ses coups. Une autre survenait plus sombre... Elle rasait la terre. C'était un fleuve noir qui précipitait ses flots plus courroucés encore.

Dans les déserts du Mexique parfois, une montagne à l'horizon, nue, blanche ou rosée sous le soleil du soir. Tout à coup, au tournant de cette montagne, un voile sombre qui se déroulait. Ses plis avançaient et avançaient toujours, en sorte que ce voile sombre devenait immense. Qu'était-ce donc que ce vaste rideau qui finissait par vous cacher la montagne, ondulant et mouvementé ?...

Tous nous regardions... Enfin les premiers plis, les premières ondulations de ce voile rapidement arrivaient en face de nos tentes.

Oh ! surprise !... C'étaient des myriades épaisses, compactes d'oiseaux noirs qui émigraient d'un désert dans un autre désert... Des vagues sombres poussées par des vents de tempête.

Tels les Germains se ruant sur le sol de la patrie. Les ruisseaux, les collines, les plaines disparaissaient sous leurs pas, écrasant tout.

Et encore ils me sont apparus comme ces nuées se formant autour du pic d'Orizaba. Tout d'abord ce sont comme des voiles légers, circulant sur le front blanchi de ce géant du monde... Ils augmentent d'étendue. Après les premiers d'autres surgissent... d'autres encore. Ces masses deviennent sombres, menaçantes... C'est un orage qui se prépare... Des éclairs... le tonnerre qui gronde formidable, continu, roulant sur les pentes de la montagne, répercuté par les échos mille fois... Des torrents qui descendent. Leurs flots écumants de

colère rongent et creusent les rudes assises du
volcan. Ils sont dans la plaine. Ils vont tout envahir.

. . . .

. . . .

Oui, on le dirait, toute l'Allemagne descend sur
nos riches contrées de France.

IV

Ce n'est pas à moi à dire pourquoi la bataille du
6 août 1870, à énumérer ce qu'il aurait fallu faire
ou ne point faire. Je n'ai qu'une chose en vue,
retracer ce que furent nos soldats, célébrer leur
dévouement et leur amour pour la patrie. Tel est
et tel sera toujours mon but, non seulement pour
Frœschwiller, mais aussi pour tout ce que je vais
confier à ces pages sur la campagne de France.

Je parlerai après d'autres et avec moins de savoir
sans doute, mais ce sera toujours avec un cœur
honnête autant que français, je l'ai dit.

Sur ces grandes luttes entre deux peuples puissants et à l'âme guerrière apprendrai-je quelque
chose à notre génération ? Elle savait déjà. Mais ce
qu'on ne connaîtra jamais peut-être ce sont les impénétrables mystères de ces mémorables journées.
Un historien aux sentiments les plus élevés et qui

voit, comme Bossuet, la main de Dieu dirigeant les peuples et les empires, s'est posé cette question : « L'écrasement du Gaulois par le Germain est-ce un châtiment?... Est-ce une épreuve? »

Epreuve ou châtiment tout doit servir aux nations, aux vainqueurs aussi bien qu'aux vaincus. Les uns doivent apprendre comment on se relève de la poussière où l'on fut momentanément précipité. Les autres doivent veiller à ce que l'orgueil ne les aveugle pas pour le chemin qu'ils auront à suivre plus tard.

Ninive et Babylone sont tombées au milieu des dépouilles opimes. Et ces vaincus, Dieu le veut, reprendront leurs harpes d'or suspendues muettes aux saules de l'exil pour chanter de nouveau les gloires de la patrie.

Je ne vois pas à quoi peut servir aux conquérants le sang qu'ils auront versé à flots, poussés par d'orgueilleuses et inutiles ambitions, à part que, par un de ces mystères impénétrables, comme je le disais tout à l'heure, ils n'aient été les instruments d'un châtiment ou d'une épreuve. Dans leurs mains on avait placé la foudre. C'est à eux de savoir la diriger. Elle pourrait se retourner contre ceux qui la détiennent.

. . . .

. . . .

Non, non, les fleuves de sang, les montagnes de cadavres ne sauraient être des frontières définitives.

2.

Le souffle de Dieu passe en son temps. On sait ce qu'il opère d'œuvres qui nous étonnent.

.   .   .   .

.   .   .   .

Les conquérants, ces grands joueurs de peuples, peuvent en un jour perdre tout leur enjeu de triomphes et de gloires passées.

Est-ce à dire que les nations sont obligées de suivre leur fortune?

V

Qui donc, après nos luttes sanglantes de cette année qui porte un nom terrible, à tout jamais incrusté dans les fastes de l'histoire, ne s'empressa de courir à la première grande revue de Longchamps?

On sortait comme des plus noires et des plus profondes ténèbres, traversées par des voix sauvages, par des frissons et des épouvantements de mort. Et on allait, sous les beaux ciels de la patrie, le cœur libre maintenant, les bras dégagés des chaînes humiliantes qui les enserraient, on allait à une fête.

Quelle fête donc? Français, vous vous en souviendrez longtemps. On allait voir défiler des braves qui avaient sauvé le plus précieux trésor de la patrie... L'honneur! Oui, l'honneur, fils des vieux Gaulois.

Ce n'étaient plus que des débris, c'est vrai. Mais tous c'étaient des héros.

Saluez tout d'abord.

Surtout on savait qu'il devait y avoir comme un bouquet de fête.

Oui, une fête pour la France les revues de Longchamps, fête solennelle où la patrie vient admirer ses défenseurs et concevoir des espérances au milieu des horizons les plus sereins.

Je plaindrais un peuple qui viendrait froidement voir passer son armée ou qui n'y viendrait pas du tout. Ce peuple serait bien près de renoncer à sa liberté. Il lui importerait peu d'être grand ou de devenir le jouet des nations. Ce n'est point la pensée de la France. Si un nuage passa sur son antique gloire, elle sent qu'elle aura toujours au cœur assez de patriotisme et d'amour pour le dissiper et même, pour ajouter aux gloires de ses pères des ces rayons qui éblouissent les peuples.

La France perdre de son rang dans le monde... jamais !

On se porta donc bien nombreux à cette revue de Longchamps. On voulait voir et applaudir nos soldats, tous braves et dévoués. Mais surtout on voulait admirer les cuirassiers de Reichshoffen, les héros de Bazeilles!!!...

Des héros ! C'est si beau, si précieux pour cette nation toujours chevaleresque, aimant autant, plus peut-être les champs de bataille que les sillons qui lui donnent le pain de chaque jour. Des héros, c'est-à-dire des hommes qui avaient sacrifié, et encore, et toujours leur jeunesse, leur sang par amour pour la patrie, pour le drapeau qu'il fallait couvrir, inonder du rayonnement de toutes les auréoles.

Etiez-vous à cette fête, dans cette plaine aux vastes horizons ?

J'y étais. Oui, il y était le prêtre-soldat qui avait vu les gloires de la patrie et qui maintenant venait de la suivre sur son pénible calvaire... J'y étais... et même avec le premier bataillon de France, j'eus l'honneur de défiler en présence de ces quatre cent mille spectateurs, accourus pour applaudir et aussi pour espérer!...

Et certes, si jamais les applaudissements furent prodigués à toutes les armes, c'est bien en ce jour qui marquera dans l'histoire. Mais quand parut l'infanterie de marine, que se passa-t-il?... (Je l'ai dit ailleurs dans un volume spécialement consacré aux héros de Bazeilles.)

Surtout, qui racontera ce qui eut lieu lorsque se présentèrent les cuirassiers, le casque et la cuirasse étincelants sous un magnifique soleil... des flots d'argent qui ruisselaient, qui couraient d'un horizon à l'autre, sous le ciel bleu prodigue de lumière!...

Je n'essaierai pas de dépeindre l'enthousiasme, les frémissements de bonheur et comme de frénétique exaltation qui les accueillirent de toutes parts, sur ce vaste champ qui est une des merveilles de notre beau Paris. Je dirai seulement que tout le monde fut debout et que les applaudissements avec les vivats de toutes les poitrines furent mille fois répétés. La France se sentait revivre de cette vie d'autrefois qui est sa vie propre et naturelle et qu'elle retrouvera toujours. Ah! quels battements dans ce cœur si noble et si généreux!

J'ai fait partie de l'armée du Rhin. J'étais donc sur le théâtre de ces luttes suprêmes. D'autres les ont racontées. Il me plaît de les raconter moi aussi.

VI

Quand vous voudrez parler de la guerre, élevez toujours plus haut vos pensées. C'est un sujet à part, tellement à part qu'il ne faut jamais le traiter comme les autres affaires de ce monde. On doit la considérer comme un fléau qui ne nous appartient pas, mais qu'il faut subir jusqu'au moment où nous en aurons connu et peut-être détruit les causes. Surtout ne disons jamais que c'est un mal inévitable, absolument comme d'autres maux dont les germes circulent dans l'air qui nous entoure.

La guerre est dans *la volonté de l'homme*. Dès lors une *volonté contraire* peut la faire disparaître. Dieu a créé des principes de vitalité dans la destruction de certaines choses. Est-ce donc qu'il en serait, qu'il faut qu'il en soit fatalement de même au point de vue moral, c'est-à-dire dans l'annihilation de certaines volontés par d'autres volontés plus fortes ?

Mais je m'arrête. Je finirais par traiter d'une question dont je n'ai jamais voulu traiter, parce qu'elle est au-dessus de mon intelligence. Aussi je ne tiens à parler que du fait de la guerre.

La guerre !... Que n'a-t-on pas écrit sur cet état, sur cette manière d'être des nations à des époques périodiques, pourrait-on dire !

La guerre !... Il en est même qui ont prétendu qu'une gloire n'était pas complète tant qu'il lui manquait la gloire des champs de bataille ! Serait-ce parce que cette gloire est la plus difficile à obtenir ? Serait-ce surtout à cause de l'enjeu qu'elle exige ?

Encore une question que je ne traiterai pas. J'ai vu la guerre, hélas ! ailleurs que dans les livres et dans les colonnes d'un journal.

L'odeur du sang, l'odeur des cadavres, les flammes et la fumée nauséabonde des incendies, les cris et les pleurs qui s'échappent des pauvres chaumières, en un mot, la guerre telle qu'elle nous est apparue hideuse, sans merci, avec ses procédés nouveaux et inattendus, lors de l'année terrible, peut provoquer des appréciations bien différentes sur la gloire qu'elle procure. On peut enclaver de nouvelles provinces dans ses frontières, déplacer des milliards pour en combler ses coffres-forts. Et après ?...

Après ! ces provinces peuvent devenir des boulets de force, durs à traîner. Ces pièces d'or peuvent se changer en charbons des plus ardents.

Il est des défaites qui s'oublient ou plutôt qu'on accepte, c'est quand l'ennemi est généreux.

Autrefois, l'enfant pouvait revenir blessé du champ de bataille... soit, mais il retrouvait ce qu'il avait laissé au foyer domestique, sa mère si bonne, son vieux père, la famille enfin, avec la modeste demeure.

Aujourd'hui, pour la première fois, le pauvre soldat français, les vêtements en lambeaux, le front pâle, la poitrine encore sanglante, ne dut revenir au village qu'après avoir loin, et bien loin, dans de puantes casemates, souffert la faim et les insultes. Il chercha et ne trouva plus qu'une place bien noire avec des ruines calcinées. L'ennemi était passé, semant sur son passage l'incendie et la mort.

Mais pourquoi parler de nos défaites et de leurs images sanglantes ?

Pourquoi ! parce que sous le voile sombre de nos défaites une voix, des battements de cœur qui nous sont chers... La patrie ! Oui, la patrie qui nous envoie cette plainte si lamentable :

« *O vos omnes qui transitis per viam, attendite et videte si est dolor, sicut dolor meus.* »

Et c'est vrai !

Il est encore vrai de dire :

» *Rachel plorans filios suos, et noluit consolari quia non sunt.* »

Nous qui restons encore, soyons la consolation et la force de cette mère chérie par notre amour et notre dévouement, comprenons toute sa douleur à la vue de ces larges tombeaux, de ces champs dévastés, de ses soldats captifs, de ses provinces foulées aux pieds de l'ennemi, de sa marche vers le progrès si lourdement retardée.

L'infortune rapproche et unit plus intimement les familles. Français, qu'il en soit de même et plus encore pour la patrie qui eut si grandement à souffrir.

VII

Je remplissais les fonctions d'aumônier supérieur au 7e corps de l'armée du Rhin, composé de trois divisions d'infanterie et d'une division de cavalerie. Elles avaient chacune leur aumônier. J'avais pu me mettre en rapport avec deux de mes confrères.

La 3e division devait nous rallier à Reims ou au camp de Châlons.

La 1re avait déjà reçu l'ordre d'aller rejoindre l'armée du maréchal. Je tenais à voir son aumônier, M. l'abbé Hortala, qui devait recevoir le baptême du feu dès son entrée dans l'aumônerie militaire.

Arrivé le 5 août, vers quatre heures du soir, je

m'arrêtai sur les hauteurs de Frœschwiller où campait la majeure partie des troupes de Mac-Mahon et où continuaient à arriver les braves qui s'étaient si bien battus à Wissembourg. Chez eux tout annonçait combien avait été rude la bataille. Mais aussi 5,000 hommes avec 18 pièces seulement contre 80,000, pourvus de 264 bouches à feu !

Si j'osais, je dirais qu'il est des débris d'une armée qui vous donnent comme de la fierté au cœur, ceux-ci, par exemple. On voyait des bras en écharpe... de jeunes fronts avec des linges ensanglantés... des poitrines qui paraissaient avoir été labourées par des éclats de fer... des tuniques en lambeaux... des blessés s'appuyant sur le bras d'un camarade... en un mot des hommes qui avaient fait leur devoir.

On se découvre et on salue avec respect de pareils combattants. Ils ont été défaits, c'est vrai ; mais que penser d'un peuple qui peut jeter de tels soldats au devant d'un innombrable envahisseur ?

Hier, il y a quelques heures seulement, que voulaient, au Geyssberg, nos soldats défendant le premier lambeau du sol français, foulé par l'ennemi ? Ce qu'ils voulaient? Ils voulaient y mourir plutôt que d'être les témoins de cette première profanation.

Et vous désespéreriez de ce peuple ! Laissez-moi vous le dire, vous ne seriez plus Français alors. Nous en avons vu bien d'autres ! Et encore nous sommes pleins de vie.

Nous sommes debout et... nous avons repris notre marche vers le progrès, la première des gloires.

Qui donc ne serait réconforté par ces paroles du comte Daru, président de la commission d'enquête sur les actes de la défense nationale, après la déposition du duc de Magenta, à propos de Wissembourg?

« Vous devez être fier, monsieur le maréchal, de raconter un tel fait d'armes, et la commission éprouve à l'entendre une joie patriotique. »

Oui, tout Français éprouve et éprouvera une joie sans pareille à entendre le récit d'une journée douloureuse sans doute, mais qui honore nos soldats à l'égal de la victoire.

Je m'approchais de mes braves enfants qui, malgré leurs souffrances et leurs fatigues, avaient voulu suivre leurs camarades et fuir les lourdes chaînes de la captivité. Prisonniers de la Prusse! Allons donc, ils avaient déjà prévu les traitements qui les attendaient. Plutôt quelques pas, souffrir encore et mourir sur la terre de France!

A mes paroles ils comprenaient que je les approuvais et que je les aimais surtout.

VIII

Le Germain foulait dans le sol de la patrie. Làbas une épaisse traînée, un flot noir d'envahisseurs

qui viennent assombrir, attrister cette si riche nature de notre belle Alsace ! ces vergers, ces plaines,
ces coteaux qui ont encore leurs fruits, ces riantes
prairies avec leurs frais ombrages entourés de verdure, c'est l'étranger qui va les parcourir et les
couvrir des ruines de ses antiques colères ! Mais tout
d'abord il cachera ses innombrables bataillons derrière l'épais rideau de ces forêts qui couronnent nos
collines et nos montagnes. Sans danger et plus facilement il pourra surveiller ces Français qu'il destine
à la mort.

Toujours est-il, pauvres mères, que vos enfants
auront des tombeaux embellis de verdure, des fleurs
de la vallée.

J'admirais le paysage qui se déroulait sous mes
yeux. A mes pieds Frœschwiller avec ses gracieux
alentours. Ici Wœrth, baigné par le Sauerbach. Là-
bas Morsbronn, Elsasshausen.

Et les officiers qui m'avaient donné un asile me
disaient : « Dans quelques heures qui sait ce qu'il
en sera de toutes ces beautés ! »

Le fléau qui passait sur l'aire de la France !...

IX

Autant que la vue peut s'étendre on aperçoit des
faisceaux d'armes étincelant au soleil, des soldats

qui vont et qui viennent, des Turcos à la figure
d'ébène, des zouaves à l'allure martiale et annonçant une seule pensée, la revanche de Wissembourg... des fantassins à la capote grise. Des colonnes de fumée montent dans le ciel bleu. On fait
la soupe ou le café. On ne dirait plus le lendemain
ou la veille d'une bataille. Est-ce qu'on pense que
dans quelques heures peut-être on tombera par milliers dans cette vallée si riante et que ces eaux si
limpides auront des traînées de sang ? Où serait le
caractère de nos Français ? On rit et on chante.

.   .   .   .

.   .   .   .

Le soleil s'est couché dans un rayonnement de
feu. On dirait un vaste incendie s'allumant au delà
de ce rideau mystérieux et sombre des vastes forêts
qui nous cachent le Rhin aux flots bleus et limpides. Le Rhin ! Un rêve qui s'écoule et qui passe
comme ses eaux où se mirent encore les belles rives
de France !

Le Rhin.... le Rhin allemand ! on l'a chanté !...
Quelques-uns de nos soldats essaient de le chanter
quand même. Tout à l'heure encore, en traversant
les villages, après Wissembourg, ils disaient bien
aux populations alarmées : « Ne craignez rien, nous
reviendrons ! »

Et là-bas, derrière Rastadt et Landau, s'écoule le
flot de l'invasion allemande qui sans doute empêchera de revenir.

Vous croyez!... mais ce sol est à nous. Et les poitrines et les cœurs qui battent dans ces vallées, dans ces plaines, sur ces montagnes, veulent rester français....!

O Germains, vous êtes la force pour le moment... vous n'êtes pas le droit.

. . . .

. . . .

La nuée noire et profonde n'est pas seulement dans le ciel. Elle rase aussi la terre qui disparaît sous la poussée sombre et épaisse des bataillons de la Prusse.

. . . .

. . . .

C'est une mer qui a franchi ses limites et qui va submerger ces belles rives de France...!

Et que viennent faire ces hommes, ces princes et ces rois dont les pensées ne sauraient être approuvées du Dieu qui n'aime pas les superbes? Que viennent-ils faire dans ces plaines si riantes et si fécondes, sur ces collines, dans ces forêts où l'air est si pur, vierge comme aux premières heures du monde?

Ils viennent y semer des cadavres qui rendront fétide et mortel cet air où circulait une abondance de vie. Ils viennent prodiguer des incendies dont l'odeur âcre et nauséabonde gâtera ces poitrines qui ne demandent qu'à se dilater dans cette même atmosphère qui entourait nos berceaux.

3.

Ils viennent provoquer les œuvres de ces siècles
d'autrefois que le progrès a déshonorés d'un titre
qu'on ne doit plus écrire au front de n'importe quel
peuple. Notre Père des Cieux ne le veut pas.

Que d'enfants que la guerre dévore !

Que de générations pour longtemps affaiblies !

Fils de l'Allemagne, comme vous auriez mieux
fait de rester chez vous avec cet amour qu'on nous
dit si prononcé pour la famille et pour le travail !
Vous étiez bien assez grands déjà. L'expérience, la
nôtre, hélas ! aurait dû vous apprendre qu'il est
d'autres grandeurs qui ne peuvent qu'embarrasser.

Balayer la gloire d'un peuple comme on balaye de
la poussière, ce n'est pas si facile, surtout quand
cette poussière est incrustée dans les pierres d'un
édifice qui compte au delà de quinze siècles. Il n'y a
plus dès lors qu'à jeter à terre le monument. Et si
les murailles sont passées à l'état de granit !....

.   .   .   .

Je le répète, toute l'Allemagne, on le dirait, roule
à flots vers la terre de France.

Nos soldats ont beau opposer leurs poitrines,
leurs âmes généreuses aux fureurs de ce formidable
torrent. Ils sont entraînés comme une digue trop
faible qu'on aurait élevée contre les colères d'une
vaste inondation dont les premiers flots seraient
partis des flancs rapides d'une haute montagne.

Et vous n'admireriez pas vos enfants dans ces
luttes comme il n'en fut jamais !... Français, vous

ne seriez pas fiers d'avoir montré au monde de tels
soldats !...

Autrefois, il est vrai, ces soldats marchaient à la
tête des armées européennes. Que de fois on leur
avait dit qu'ils étaient invincibles, et c'était vrai, et
qui donc me prouverait qu'ils ne le sont pas
encore ?

Le secret de leur force, a-t-on dit, consistait dans
l'élan individuel, cet élan qu'on appelait la *furie
française.*

A cette furie le Germain n'aurait pu résister. Aussi
fut-il sage et prudent. Il avait arrêté qu'il éviterait
tout contact, qu'il lutterait à grande distance et se
présenterait en masses énormes, abritées derrière
de puissantes batteries.

Je voudrais bien savoir alors ce qu'a dû faire
notre armée et ce qu'elle n'a point fait. Que pouvez-
vous demander de plus à des braves ? Un soldat
blessé envoie encore ses balles. On lui crie de se
rendre. Il continue à faire feu. Une balle lui laboure
l'épaule. Croyez-vous qu'il va s'arrêter ? pas encore.
Une autre balle lui brise le front... C'est fini, et
alors seulement.

Lisez donc et vous serez convaincu. Lisez, mais
retenez surtout.

X

Quoi de plus incertain que l'issue d'une bataille, de cette mêlée d'hommes qui se tuent, de ces deux puissances qui semblent entrer l'une dans l'autre? Il y a du noir, de l'inconnu. Quels seront les plus violents coups d'épaule, les plus forts-à-bras qui mettront de leur côté la victoire? Il y a du pugilat dans ces rencontres de géants.

Le chef qui regarde d'une hauteur voit longtemps de l'indécision au bout de sa lunette. Tout est choc, tout est cris, clameurs et hurlements sans nom... tout est furie encore.....

Enfin le talon de l'un des lutteurs n'a plus rien qui l'arrête... Il glisse dans cette boue sanglante... Il recule d'un pas, d'un autre pas encore. C'en est fait, l'adversaire a compris que le chêne pliait... le chêne qui ne ressemblera plus au roseau. Il sera brisé... Il est brisé dans sa résistance comme par les fureurs d'un ouragan. Et alors ce premier rayon de la victoire qui apparaît redouble la furie des vainqueurs pour voir les autres rayons apparaître aussitôt. Est-ce qu'on pense à ce reflux qui peut toujours survenir dans ces chocs gigantesques?... Ici on prodigue les hommes, on sature la terre de sang. Là on les épargne pour frapper, comme on dit,

un grand coup. Où sera ce grand coup? Où est l'ar
tillerie qui tonnait... la cavalerie qui sabrait... l'infanterie qui lançait une   r le de plomb?

Tout est là-bas, tout ira plus loin... Tout reviendra
peut-être.

Je vous le dis, il y a de ces reflux qui déconcertent dans ces masses, dans ces vagues humaines,
qu'on appelle des armées. Le vent de tempête qui
souffle ses fureurs, qui presse le navire et ses audacieux matelots, peut virer de bord tout à coup et
les jeter, en changeant tous les projets, sur l'écueil,
sur la côte qu'ils s'efforçaient d'éviter.

XI

En prévision d'une attaque, on ne dressera point
les tentes. Les feux de bivouac ne seront point
allumés, la nuit venue. Rien qui annonce qu'on sera
prêt à recevoir l'ennemi.

Un souvenir.

Quel est donc le soldat qui restera sans faire des
rapprochements? J'en aurais un à constater qui a
rapport à la campagne du Mexique.

Nous étions campés au bas d'une haute plaine
qui se terminait par des pentes abruptes et très
difficiles à gravir, surtout pour la cavalerie. Le
général Douay savait que l'ennemi était campé sur

ces hauteurs, d'autant mieux que quelques-uns de
ses soldats venaient voir ce que nous-mêmes nous
faisions dans la plaine.

Pour donner le change et témoigner qu'il ignorait la présence de l'ennemi, le général donna l'ordre
de faire l'école des clairons et des tambours : Le
soir il prescrivit de n'allumer aucun feu. A minuit
on leva le camp, on se dirigea vers une montée
moins rapide et on put surprendre les dernières
colonnes du général mexicain.

Ici, à Frœschwiller, nos soldats, brisés par la
fatigue, par la chaleur étouffante de la journée, sont
bientôt endormis.

. . . .

. . . .

Le soleil s'était noyé dans des vapeurs, dans des
nuages aux teintes les plus ardentes. Autrefois
c'eût été de la pourpre. Dans les journées qui suivent ou qui précèdent ces vastes effondrements, ces
formidables trépas d'hommes par d'autres hommes,
je vous le dis, c'est du sang...! Les yeux, d'accord
avec la pensée, ne voient que du sang...! Derrière
ces nuages qui paraissaient devenir plus opaques,
le soleil descendait peu à peu comme dans des
abîmes dont les montagnes là-bas semblaient être
les larges contours. Mais comme pour annoncer
qu'il n'avait pas encore terminé sa course, il proje-
tait de ces rayons immenses dans l'immensité
même.

Soleil de Dieu, va et disparais pour de bien
longues heures. Au retour de ton voyage dans des
régions plus paisibles peut-être, que viendrais-tu
éclairer, dans ces parages où bouillonnent tant de
colères ? Soleil de Dieu, reste longtemps sans repa-
raître. Qui sait !...

. . . .

. . . .

Nous sommes menacés d'un orage. Tout le cou-
chant s'est assombri... Des nuages qui semblaient
toucher terre, qui s'appuyaient sur ces forêts aussi
sombres qu'eux-mêmes, pour ne former qu'un tout
dont la partie supérieure cachait les foudres de Dieu
et la partie inférieure les foudres de l'homme... Et
tout cela comme de noirs rideaux tirés sur l'Infini,
sur des mystères de mort...

On attendait...

Maintenant ce n'est plus qu'une vaste nappe,
noire toujours... paraissant uniforme comme une
plaque de plomb...

Le vent s'est levé. Ce sont des courants de feu...
Alors il y a comme un mouvement dans cette nappe
si sombre... Il se forme comme des montagnes qui,
un instant après, se défont... puis ce sont des lambeaux énormes qui courent dans le ciel, s'étendent,
s'allongent et emportent chacun une menace avec
la flamme des éclairs et les roulements du tonnerre.

Tout l'horizon est en feu. D'abord de ces grosses
gouttes qu'à la lueur des éclairs on dirait des perles

descendant de ces épaisses nuées. Ensuite c'est une pluie torrentielle, mêlée d'une grêle compacte, rapide et lourde comme des balles... Tous les fracas du tonnerre, répercutés mille fois par les échos des montagnes et des forêts environnantes. Il ne manquerait plus que la voix du canon, suivant que je l'ai entendue dans un siège devenu fameux.

Nous étions devant Puébla, dans les premiers jours de mai. Le fameux fort du Pénitencier était en notre pouvoir et les assiégés de plus en plus se tenaient sur le qui-vive. A chaque instant ils s'attendaient à un assaut général.

Un soir, nous voyons s'élever de l'autre côté de la place de ces nuages gros et sombres qui, dans leur sein, renferment immanquablement un de ces orages terribles, formidables comme seules savent en offrir les régions intertropicales. Les Mexicains, persuadés que nous profiterions, pour nous précipiter sur Puebla, de cette perturbation de la nature, font tous leurs préparatifs pour nous recevoir. Les nuages montent, deviennent plus épais et s'allongent comme en demi-cercle, de la Malintchi aux lourdes assises de l'Istatchiwalt et du Popocatépetl.

Vous diriez une voûte noire, appuyée sur des contreforts immenses. Elle s'abaisse... Elle descend... Elle va s'écrouler... On aurait peur. La lumière va disparaître.

Nous consolidons nos tentes.

Tout à coup des tourbillons de poussière qui se réunissent pour ainsi dire à la nue. C'est un mur qui avance... Du vent. Mais quel vent ! Un éclair... Deux éclairs... Ils ne cessent plus. Mais quelle flamme !... Le tonnerre... un tonnerre qui roule formidable et sans interruption sous la voûte noire qui se déchire. A ces tonnerres, à ces éclairs viennent se mêler, se confondre les tonnerres, les éclairs des canons de la place... Voix de la nature frémissantes, courant d'un horizon à un autre horizon, remplissant toutes ces profondeurs d'une lugubre solennité... Voix sans nom de la colère des hommes... épouvantements pour nos âmes, si nos âmes pouvaient encore trembler après les effondrements de la guerre.

Oui, il y a dans ce choc de deux grandes armées quelque chose de si extraordinaire, votre pensée est tellement à ce qui se passe sous vos regards qu'elle ne saurait être ailleurs. Tout est là... Là se résume la terre entière. Tous ces écroulements ne sont autres qu'une fin de ce monde. Tout va finir dans le plus large cataclysme.

L'Allemagne en voulant trop avancer n'ira-t-elle pas au bord croulant d'un abîme ? La lave du volcan, quelques pas de plus, cesse d'être solide. Ce sera de la cendre où l'on viendra disparaître.

C'est le propre d'une trop grande ambition de ne point prévoir les catastrophes.

Aller trop vite dans ses triomphes empêche de

graver dans son souvenir la route qu'il aura fallu suivre.

Une fois la foudre éteinte, le tonnerre jeté au loin, ce n'est pas à dire qu'il ne survienne d'autres orages.

L'air est un fond inépuisable de tempêtes. De même l'amour-propre trop humilié des nations. Je dirai que les vainqueurs doivent être d'autant plus humbles, modestes après une victoire qu'ils ont fait descendre plus bas leurs adversaires. Qu'ils n'oublient pas que nous ne sommes plus au temps des chars de triomphe... Lions ou vaincus pour servir d'attelage. C'est vieux. Après le char du triomphateur, esclaves ou exilés ne sont plus de mode, pas plus que les dépouilles opimes qu'on veut placer sous les regards de sujets enthousiastes.

Vous dites que les victoires sur la France ont grandi la Prusse. Erreur. Elles l'ont diminuée parce qu'elle ne fut pas généreuse. Ceux qui viendront après nous verront bien ce qu'en dira l'histoire. Là où n'apparaissaient que des rayons, il y aura des ombres, une certaine nuit. Il y aura du noir. J'en suis sûr, il est des choses que la Prusse ne commettrait pas si elles étaient à recommencer, ou bien... elle n'aurait pas réfléchi.

Oui, il est des procédés qui diminuent, qui déprécient grandement les victoires.

. . . .

L'eau court dans tout le camp. Nos soldats, qui

commençaient à goûter un repos des plus nécessaires, sont réveillés par le bruit formidable de la tempête et par la pluie qui ne cesse de tomber jusqu'aux premières lueurs du jour. Debout, sans abri, les vêtements traversés par l'eau qui toujours leur arrive à torrents, ils tremblent après avoir été brûlés par la chaleur de la veille.

Et si demain il faut se battre !...

Eh bien, ils se battront.

La France saura-t-elle jamais assez tout ce qu'ont souffert ses enfants, tout ce qu'ils ont eu de générosité et d'abnégation au cœur pour conserver intact le sol de la patrie? Je veux tout dire et je dirai tout. Que nos enfants d'aujourd'hui sachent bien ce que furent leurs devanciers. On ne pourra jamais les tenir assez en garde contre des ambitions qui ne seraient jamais satisfaites.

Voyez donc nos braves de Frœschwiller. Ils souffrent tout ce qu'on peut souffrir dans l'attente d'une formidable bataille. Ils ne se plaignent pas. Ils sont là comme au port d'arme.

Comme eux j'attendais sans me plaindre. Je priais. Jamais la prière n'est mieux allée à mon âme qu'en ces moments solennels. Elle a quelque chose de plus que celle que j'adresse au Ciel dans la solitude d'un temple du Seigneur. Là, je suis seul avec Dieu. Mais ici, au milieu de toutes ces existences qui s'agitent, qui vont disparaître bientôt !... Ici, en présence de ces effondrements qui s'élancent de l'inconnu et qui toujours laissent dans la pensée et sur vos lèvres cette parole inexpliquée à jamais :

Pourquoi ?....

Oui, pourquoi faut-il qu'un peuple disparaisse pour que l'autre en devienne plus grand ?

Pourquoi ces hécatombes encore ?

La guerre ! ! !...

Mais pourquoi la guerre ?...

. . . .

. . . .

Oui, je priais pour m'éloigner quelques instants de cette terre où se passent des choses qu'une parole pourrait à tout jamais arrêter :

Aimez-vous !

. . . .

. . . .

Assis sur une pierre, contre un pied d'aubépine dont l'épaisseur était loin de me garantir complètement de la pluie, je priais, ai-je dit, je méditais aussi. Et ces paroles du prophète me sont venues à la pensée :

« Ils sont devant nous, ces géants à la stature si élevée et qui savent faire la guerre. »

« Le Seigneur ne les a point choisis. Il ne leur a point ouvert le chemin de la sagesse. »

« Ils se perdront parce qu'ils ne l'ont point cette sagesse des bons conseils. Leur propre folie les précipitera dans la mort. »

. . . .

« Ils n'ont été touchés ni de respect pour les vieillards, ni de compassion pour ceux qui étaient dans l'âge le plus tendre. »

Ces autres paroles :

« Mes enfants, ayez bon courage ; criez au Seigneur et il vous délivrera de la main des princes qui sont vos ennemis. »

. . . .

« Vous avez marché en des chemins âpres et difficiles. Vous avez été emmenés comme un troupeau livré en proie à ses ennemis. »

« Mais criez au Seigneur qui se souviendra de vous. »

C'était bien ici le moment de méditer ces paroles de l'un des voyants du Seigneur. Sans doute, que la France compte sur la valeur et le dévouement de ses armées, mais qu'elle se tourne aussi vers le Dieu de ses pères.

. . . .

. . . .

La vie une fête, a-t-on dit. Mais cette fête de la vie pour combien d'existences va-t-elle se terminer bientôt ? Ne dirait-on pas que cette même main qui prodigue les êtres, fatiguée de les voir trop nombreux, les pousse, les précipite comme par un vent de tempête sur les plages qu'elle a choisies et là, profitant de leurs colères, leur commande de se tuer, de s'anéantir !... Serait-ce pour faire place à d'autres ?... L'espace ne manque pas sur la terre. Je vous

le dis, mystérieuses toujours et de plus en plus ces
hécatombes périodiques et réglées, ce semble, par
une volonté que nulle intelligence humaine n'at-
teindra peut-être jamais..... mystérieuses comme la
vie et comme la mort certaines œuvres de l'homme.

C'est êtres qui se précipitent les uns contre les
autres pour se déchirer, s'anéantir, ne pourrait-on
pas se demander s'ils ne se voient point trouble
comme des fantômes, tellement l'homme n'est pas
pour être méchant? Ce qui a fait dire à certaines
personnes : Celui qui se bat sur un champ de bataille
a-t-il encore une pensée dans cette ivresse du bruit,
du fracas des armes, au milieu de ces tonnerres, de
ces hurlements, de ces cris auxquels on ne saurait
trouver un nom? Tout ne serait-il pas obscurci dans
sa tête? Ne seraient-ce plus seulement que des bras,
que des corps qui s'agitent, qui avancent pour tuer,
jeter à terre et faire disparaître ce qui est devant
eux?

De ces suppositions tant que l'on voudra, mais je
dirai toujours qu'il a fallu et qu'il faut un premier
impulseur, l'héroïsme, et le dévouement pour la
cause que l'on aura à défendre. Et quand cette cause
est l'existence ou la mort de la patrie!... quand
toutes les poitrines doivent se réunir pour opposer
une digue à une invasion qui serait sans pitié!

Enfants, c'est ce qui vous attend demain. Vous
serez tous des héros. Et même dans vos emporte-
ments, dans vos entraînements sublimes, vous

serez généreux. La générosité est la vertu des braves.

. . . .

. . . .

Le Tonnerre, en s'éloignant toutefois, continuait ses roulements solennels. La nue se fendait pour nous envoyer ses flammes et ces clartés vives et pénétrantes qui, malgré leur course rapide, nous montraient, semblables à des visions, tous les engins de la guerre, les chariots, les canons sur leurs affûts avec des aspects qu'ils n'auraient eus jamais ailleurs... les sentinelles immobiles, ou faisant quelques pas, suivant la consigne qu'elles avaient reçue..... les faisceaux alignés, et auprès nos braves soldats, debout ou étendus sur la terre détrempée et déjà refroidie, rompus par la fatigue et la chaleur des heures précédentes. Demain, vous le verrez, ils trouveront assez de force pour s'élancer à la mort !...

La pluie tombait toujours et toujours par la pensée, si je puis parler ainsi, je m'éloignais de ce corps, de ces membres qui frissonnaient, qui tremblaient sous le froid, dans cette humidité inévitable pour moi comme pour ces pauvres enfants.

XII

De temps en temps, dans le lointain, le sifflement des locomotives... chars de feu qui ne devraient entraîner que vers le progrès et qui traînent des masses d'hommes à la mort! La mort qui réclame sans cesse pour combler ses abîmes et que nos ambitions et nos colères semblent encourager dans son lugubre travail.

Pour le moment toutes les forces sont employées à détruire. Mais de tous ces efforts, de toutes ces énergies il en est qui doivent provoquer une suprême admiration. Je veux parler de la bravoure, du courage surhumains de nos soldats. Vous les suivrez à toutes les heures, à tous les instants de ce jour, et vous me direz si des hommes peuvent faire plus que n'ont fait les incomparables combattants de Frœschwiller et de Reichshoffen.

. . . .

. . . .

Homme de paix, aimant la paix avant tout, doué d'une nature qui me porte vers les choses mystiques, j'ai écrit un certain nombre de volumes sur des sujets de piété, là, dans la solitude et surtout au pied de nos saints Tabernacles... Et voilà que je vais parler de la guerre encore, de ce qu'il y a de plus étonnant et de plus incompréhensible dans la marche de l'humanité... effondrements de ce qui est... ruines et cataclysmes sanglants... entassements de cadavres par des êtres raisonnables qui se font les ouvriers de la mort... travail sans nom, ou même qu'on pourrait définir en le qualifiant de hideux et formidables trépas!

Je vais parler de la guerre !...
Pourquoi ?...

.   .   .   .

.   .   .   .

Je préférerais bien, suivant que je l'ai fait sur
d'autres pages, n'avoir à parler que de ces luttes
de l'intelligence avec l'inconnu, avec les sublimes
secrets de la nature dont on voudrait enfin déchirer
tous les voiles... luttes avec cet infini au milieu
duquel nous emporte, toutes voiles déployées, cette
nacelle où pour nous commence, se continue et
finit ce qu'on appelle la vie... l'infini qui toujours
semble s'approfondir ! Et nous qui voulons savoir
ce qu'il renferme dans son immensité ! ! !...

Avec cet inconnu quels combats ! quels efforts
de chaque jour ! Mais quelles joies, quelles félicités
lorsque nous parvenons à soulever un pan de ce
voile mystérieux ! Ici pas une goutte de sang, pas
une larme qui tombe. Ici pas une horreur de ces
autres combats inventés par les hommes sur cette
motte de terre où fut notre berceau, où sera notre
tombe.

Que de fois j'ai voulu en finir avec ces récits de
guerre qui ne vont nullement avec le désir immense
qui me possède de voir la paix étendre partout ses
rayonnements du plus inaltérable bonheur !

Mais la patrie ! la patrie, mon idée !... Ce coin de
terre, qui est à vous, qu'on voudrait désoler, si tant
est qu'on ne veuille vous le prendre... la patrie ! ce

qu'il y a de plus sacré dans cet espace que nous avons à parcourir, qu'on appelle des jours, des années ou des siècles!... la patrie! qui eut son passé et qui veut avoir son avenir!... la patrie, c'est-à-dire ce sol auquel nous sommes attachés par des liens qu'aucune force ne saurait briser jamais, parce que c'est là que nous avons reçu la vie, le premier bienfait de Dieu!... La patrie... la famille, la maison riche ou pauvre où nous avons vu le jour pour la première fois... C'est le cimetière où dorment nos ancêtres... c'est le foyer, c'est l'Église, l'autel qui entendirent nos prières d'enfant. Qu'importe que le premier toit qui nous abrita soit celui d'une chaumière ou d'un somptueux palais! Cette chaumière, ce palais, c'est toujours la patrie.

C'était vers la fin de janvier 1871. L'armée de l'Est marchait vers Pontarlier pour se jeter en Suisse par des chemins couverts de verglas et de neige. Une compagnie entre autres sous les ordres d'un brave capitaine était chargée de protéger la retraite.

— Comment, capitaine, lui disaient les soldats, abandonner la patrie à des étrangers. Quitter notre chère France après avoir tant fait pour elle !

— Non, mes enfants, vous ne la laisserez pas cette patrie que vous aimez. Je vous le promets, nous y resterons tous. Nous n'avons qu'à faire notre devoir.

A peine avait-il prononcé ces paroles que la compagnie est attaquée par des masses prussiennes.

— Je vous l'avais bien dit, mes enfants, nous resterons tous sur la terre de France.

Et sabre haut :

— Feu !... baïonnette au canon !...

En avant!...

Une balle le renverse et son sang, par une large blessure, rougit la neige qui devait être son linceul.

Toute la compagnie est tombée autour du capitaine.

Dormez en paix, mes enfants, là où fut votre berceau sera aussi votre tombe. Elle est sacrée, elle est sainte la terre de la patrie!

Et ma patrie, c'est toi France adorée, fille bénie de Dieu !

Mais pourquoi l'avenir des Nations tient-il encore à ce qu'on appelle des défaites ou des victoires?

XIII

On n'avait qu'à écouter nos soldats pour comprendre avec quelle ardeur ils allaient accepter la bataille. Comme on le dit vulgairement, ils avaient Wissembourg sur le cœur.

Leurs vêtements ruisselaient aussi :

— C'est aujourd'hui la fête. Le feu de la bataille séchera nos pantalons et nos capotes.

Et un autre qui répétait, comme si elle était de

son crû, cette phrase d'un vieux soldat, stéréotypée de temps immémorial sur les murs de la caserne :

Mes enfants, la mort est un animal capricieux ; je la connais comme si je l'avais inventée. Elle sait bien, la drôlesse, que je ne la crains pas. Je me suis vu vingt fois sous ses griffes, et elle m'a fait patte de velours.

Vous les entendez ? soyez certain qu'aucun d'eux, suivant une expression de l'Académie *des Chambrées,* ne *se défilera.* Est-ce que tous n'avaient pas dans le souvenir ce que disait l'Empereur à Friedland, l'Empereur, vous savez, notre *grand* petit caporal dont toutes les paroles étaient empreintes du sceau de son vaste génie :

« Si cet obus était pour toi, disait-il à un grenadier qui venait de *saluer* cet obus au passage, tu aurais beau te cacher cent pieds sous terre, il irait t'y chercher. »

. . . .

. . . .

Toute la nuit j'ai entendu des coups de feu aux avant-postes. C'est bien ce que je disais, il tarde à nos soldats de prendre la revanche de leur dernière défaite.

Quatre heures, ou à peu près. Tous les vents, tous les tonnerres et tous les éclairs étaient épuisés.

L'aurore annonce ses premières clartés par delà de gros nuages encore qui forment comme des

montagnes du côté de l'Orient. Au sommet de ces
nuages on voit courir une bande rosée, comme qui
dirait un ruban de fête... Hélas! le soir il eût été
rouge, rouge du sang de nos enfants !

Dans la plaine, au-dessus des prairies, les vapeurs
qui s'élèvent forment comme un rideau léger que
balance la brise du matin.

Tout est riant, tout est beau sur ce sol qui plus
tard sera pour nous encore plus sacré. Elle allait se
couvrir de morts et de mourants cette terre qui
bientôt peut-être ne sera plus française. Nous la
laisserons du moins arrosée, sanctifiée du sang de
nos soldats. Nous la laisserons avec cette fleur si
belle du patriotisme le plus pur, le plus ardent
toujours. Non, ils ne pourront l'écraser, la fouler
à terre sous les pieds de leurs fiers escadrons. Cette
fleur se cultive là où aucune main sacrilège ne peut
ni l'arracher ni la flétrir jamais. Votre patrie, nobles
cœurs, sera toujours là où fut votre berceau.

XIV

Un orage, une tempête n'arrivent jamais tout-à-
coup. Il y a comme des précurseurs. Les antans à
l'haleine brûlante, peu à peu entassent des nuages
sombres dans le ciel. Sur la terre ce sont des tourbillons de poussière qui provoquent comme une

obscurité. Dans le lointain des éclairs qui sillonnent la nue... Le tonnerre gronde. Tout avance... L'orage finit par éclater et remplit tout de sa voix lugubrement solennelle.

Sur l'océan j'ai dû subir de violentes tempêtes. Là-bas, bien loin, là où se termine l'horizon et où l'azur des cieux semble se mirer dans les flots, vous apercevez comme une brume sombre. L'onde amère, on le dirait, se mêle à cette brume, à ce brouillard qui s'épaissit... Le tout peu à peu prend comme une teinte noire qui s'avance, qui monte vers le ciel... La mer qui moutonne... Des vagues... Un vent frais qui arrive... Il a plus de violence... Le bâtiment est fortement secoué... Le soleil se couche par delà de gros nuages... Les vagues passent à l'état de montagnes qui s'affaissent, qui se relèvent et retombent encore comme pour laisser place à des abîmes.

... C'est une tempête formidable, horrible. Qui sait quelle en sera la fin!... faudra-t-il succomber dans un affreux naufrage?

Ainsi des heures, des moments qui précèdent ces chocs de deux vastes cibles humaines... tempêtes de colères, et de fer, et de feu... Ouragans terribles où les victimes et les débris ce seront des hommes, des membres sanglants et des lambeaux de chair. On s'agite, on court... les poitrines semblent battre plus fort... les yeux jettent des éclairs... les paroles ont des vibrations étranges.

. . . .

. . . .

Vous le verrez, ces enfants qui vont se battre,
mettront des heures à mourir. Ne dirait-on pas que
la mort parfois a du respect pour les héros! Mais la
traîtresse qu'elle est, c'est afin d'avoir, [par leur
exemple et leurs entraînements, plus de victimes à
son effectif.

Vers quatre heures, les coups de feu redoublent
d'intensité pour quelques instants, puis le silence à
peine interrompu par quelques décharges isolées.

Sous la pluie encore, une reconnaissance est
poussée dans le village de Wœrth. Elle en suit toutes
les rues sans rencontrer un seul ennemi. Toutefois
elle peut remonter au camp renseignée sur les
positions qu'il occupe.

Le soleil va paraître. De vastes rayons qui se
prolongent dans le ciel annoncent dans l'espace les
premiers pas de ce géant du jour. Que va-t-il éclairer ? Encore, hélas ! nos sanglantes folies, c'est
vrai... Mais aussi que d'héroïsmes sublimes, que de
dévouements au prix de tous les sacrifices! que de
fronts qui vont nous apparaître avec cette auréole,
avec ces rayonnements qui ne peuvent venir que de
régions plus élevées que la terre!

Mais enfin qu'allait-il advenir? Une catastrophe
encore sortant des profondeurs de l'inconnu?... Oui,
l'inconnu toujours pour deux armées en présence.
Le nombre lui-même peut-il être certain de la

victoire, surtout quand il n'aura devant lui que des braves comme nos enfants?

On sait quelle fut toujours notre part dans ce sanglant équilibre de forces.

XV

Trente-six-mille hommes avec cent vingt bouches à feu contre cent quarante-mille, flanqués de cinq cents pièces de canon!... Ne l'oubliez pas.

Six kilomètres entre Nechwiller et Morsbronn. Cette ligne représente les positions de l'armée française. La division Ducrot, première du premier corps, avait son aile droite en avant de Frœschwiller et son aile gauche du côté de Reichshoffen. La division Raoult avait une brigade au-dessus de Wœrth et l'autre entre Frœschwiller et Elsasshausen. La division de Lartigue se trouvait près de ce dernier village. Elle avait trois bataillons devant Morsbronn. La division Conseil-Dumesnil (1re du 7me corps) rassemblée sur le chemin de Frœschwiller, à Morsbronn, devait bientôt être engagée en première ligne en avant d'Elsasshausen.

Je vois encore une partie de ces troupes se prolongeant, en suivant les accidents du terrain, de Nechwiller à Morsbronn... braves gens dont l'ardeur n'avait pas besoin d'être excitée par les chefs.

Tous comprenaient qu'il ne fallait pas être avare de son sang.

Il y avait une seconde ligne qu'on pouvait appeler la réserve. Elle se composait, vers les sources de l'Eberbach, des débris de l'ancienne division Douay sous le commandement du général Pellé, de la division de cavalerie Bonnemains (1er, 2e, 3e et 4e cuirassiers), de la brigade légère de Septeuil (3e hussards et 11e chasseurs), et du 2e lanciers de la brigade de Nansouty.

Sur une éminence qui s'avançait comme pour dominer le champ de bataille, s'était établi le quartier général, à l'est d'Elsasshausen... C'est-à-dire que le regard de celui qui allait présider au choc de ces deux vastes cibles humaines pourra embrasser à peu près tout le terrain sur lequel peut-être va se décider l'avenir de la France. Une victoire... Et l'invasion s'arrêtera. Une défaite... Qui sait jusqu'où iront ses flots, ses ambitions et ses colères !

Enfin le théâtre sur lequel allait se jouer un des drames sanglants de l'année terrible mesurait six à sept kilomètres de longueur sur une profondeur de cinq kilomètres environ. C'était bien assez, c'était même trop pour une nécropole d'un jour au dix-neuvième siècle!

La Sauer ou le Sauerbach, une petite rivière, traverse le village de Wœrth. D'autres ruisseaux où se mirent le saule et le peuplier circulent un peu partout.

5.

Ces ruisseaux qui coulaient calmes et paisibles
avec des rides à peine comme le sourire d'un enfant,
au milieu d'une épaisse verdure qui ne s'agitait que
sous le souffle le plus léger, l'arrivée d'un oiseau,
voletant d'une branche flexible à une autre branche...
Ces ruisseaux, cette eau si tranquille autrefois, ne
seront plus bientôt qu'un mélange de cadavres et de
sang !

. . . .

... Et les enfants, quelles seront leurs pensées à ces
rugissements de tonnerre, jetés dans les airs par ce
bronze lugubre et cruel qui n'épargne personne, qui
roule furieux sur les cadavres et les membres brisés
de n'importe quelles créatures humaines?... Les
enfants qui jusque-là n'avaient entendu que le tintement de la cloche de leur village, d'autre bruit que
ce bruit si doux des baisers maternels, des battements de ce cœur qui si bien sait les aimer... Les
enfants dont on a dit qu'il fallait les laisser dans une
ville qu'on assiégeait avec les femmes et les vieillards, comme un embarras pour l'ennemi? Strasbourg aura entendu ces paroles d'un autre siècle.
Elles ont dû s'incruster dans les murailles de cette
ville encombrée de ruines, de charbons ardents et
de fer.

. . . .

. . . .

Une ligne noire était à l'horizon de la France.
C'était Wissembourg. Cette ligne noire montait

comme dans un orage qui approche. Sera-ce Frœschwiller? S'élargira-t-elle encore?

Le torrent débordait des flots d'Iéna.

Mais Waterloo avait vengé, effacé le 14 octobre 1808.

Non, il est des victoires tellement incrustées dans le souvenir des nations que des défaites ne sauraient les faire oublier.

Autrefois on pouvait dire que la France assignait la victoire sur les champs de bataille. Aujourd'hui la Prusse l'y a surprise, étonnée.

Oui, combien de temps notre drapeau et la victoire ont été d'accord! On avait fait un pacte, pour ainsi dire. La victoire l'a violé.

Pourquoi?

Le destin... que je dise la providence... ne soyons pas toujours prêts à l'accuser. La cause de Dieu, pour être jugée, sera toujours enveloppée de trop de mystère. Au reste où seraient les témoins? Qui donc a été appelé dans ses conseils?

Et allez maintenant, pauvres mortels. Jetez-vous dans les bras de la grande ennemie de l'humanité... la mort! Puisque vous trouvez que son lugubre travail ne va pas assez vite, aidez-la dans son œuvre sinistre des tombeaux.

Et vous, hommes de génie, qui écrivez des faits de guerre, que n'êtes-vous sur place alors? Il faut avoir frémi sous les grondements de sept ou huit cents pièces de canon pour que ces voix formidables

soient comme entendues par ceux qui liront vos
paroles. Que ne direz-vous pas lorsque vous aurez
vu ces hommes qui cessent pour ainsi dire d'appar-
tenir à l'humanité, s'élancer contre d'autres hommes,
le regard en feu sous une tempête de fer... jeter de
ces cris que les poitrines ne trouvent qu'à ces heures
suprêmes. Comme vous direz bien ce qu'il y a de
grand et de mystérieux inconnu dans ce choc de
deux forces, de deux puissances qu'on appelle des
armées, dans ces luttes formidables où l'homme,
pour le devoir et l'honneur, semble se dépasser lui-
même. C'est beau, l'héroïsme! Ce sentiment serait-il
uniquement de ce monde... l'héroïsme, celui des
champs de bataille, parce que vous avez à lutter
contre mille morts qui vous entourent, qui vous
pressent, qui s'acharnent contre vous?

Vous raconterez donc ce que vous aurez vu. Peut-
être élèverez-vous les âmes au niveau de votre admiration.

Et après... oui après, vous les élèverez au niveau
de votre étonnement en présence de ces hommes
qui se ruent contre d'autres hommes pour tuer, tuer
encore, tuer toujours !... Qui avancent, qui courent
sur des cadavres et cherchent pour faire d'autres
morts... entassent des ruines sur des ruines, au milieu de membres palpitants et de lambeaux de chair,
traînant dans une boue sanglante?... Vous aurez vu
ces poitrines entr'ouvertes comme des abîmes, entendu ces gémissements des blessés qui se tordent

dans les plus affreuses douleurs... Vous aurez promené vos regards sur ce vaste cimetière où tout est bouleversé... Vous aurez mesuré la profondeur, la largeur de ces vastes fosses où disparaîtront les victimes de ces formidables colères. En un mot, vous aurez été le témoin de ces cataclysmes comme la nature elle-même ne saurait en offrir dans les débordements de ses tristes fureurs.

Que n'ai-je une plume savante, aussi savante que j'ai de patriotisme au cœur, pour vous raconter, soldats de l'avenir, ce que je sais des braves de Reichshoffen ! Après vous avoir dit mon étonnement et mon admiration, je vous dirais ce qu'ils ont opéré d'œuvres sublimes dans ces *vingt minutes* qu'on leur avait demandées pour arrêter l'ennemi, se faire tuer et sauver les camarades. Mais c'est que dans ces quelques instants, disons-le et que je le proclame, il a surgi assez de gloire pour couronner un siècle !

Je l'ai dit, je le dis encore, l'héroïsme a quelque chose au-dessus de la terre.

Si j'osais, je dirais que chez le héros l'âme déborde, elle dépasse ce corps qu'elle a mission d'agiter. C'est encore plus que le *mens agitat molem*. Aussi il est étonnant comme toutes ces bravoures, comme tous ces courages et ces mépris de la mort nous font oublier les horreurs de la guerre! Ces cataclysmes si larges, immenses, ont comme de cette solennité qu'une vaste tempête déroule sur nos têtes. On craint, on frémit ; mais on s'étonne et on admire.

Oui, étonnement, admiration en présence de ce qui s'est passé, il y a deux jours. J'ai réuni tous mes souvenirs, j'ai cherché dans tout ce que je connais de l'histoire des grands combats, je n'ai su trouver aucune page qui dépasse celle que je vais écrire avec ces souvenirs et les souvenirs de ceux qui en furent les témoins. Enfants, écoutez, écoutez bien. Que les tressaillements de vos cœurs ne vous fassent perdre aucune de mes paroles. Mais avant tout saluons les héros de Wissembourg. C'était à la porte de Landau. Le commandant Sermensan était là avec une poignée de turcos, cinq cents environ, luttant contre cinq mille Bavarois. Vous avez bien entendu : cinq cents contre cinq mille? Au reste il en sera toujours ainsi pour le nombre.

Terrible le rugissement de la mitraille, des obus qui labourent les rangs de nos indigènes, qui répondent et pendant trois heures avec un acharnement qu'on ne saurait qualifier. Bref, ce ne sont plus des hommes. C'est une bande de lions que d'innombrables chasseurs auraient attaqués dans leurs déserts africains. Les rugissements de ces rois des vastes solitudes sont remplacés par les cris de guerre qui surexcitent encore plus la bouillante ardeur de nos turcos.

L'ennemi recule plusieurs fois. Il recule! Et ils sont dix contre un!

Nos tirailleurs se maintiennent... Et Sermensan

au milieu de la mêlée qui leur crie toujours : « Courage, les enfants! Tenez bon! Nous finirons par les avoir !...»

Tout à coup : — saluez, saluez encore, héros de l'avenir — un lieutenant a le bras fracassé par un éclat d'obus. Son arme si vaillante est à terre !... Pas une plainte ne passe sur ses lèvres. De la main qui lui reste il relève son épée, l'élève haut, plus haut encore et continue à commander, à se battre!... Il ne s'arrête que lorsqu'il est jeté à terre, mortellement atteint.

Le lieutenant de Grandmont lui aussi trouve que ce n'est pas encore assez de six blessures. Il ne tombe enfin qu'au neuvième coup de feu, refuse d'être enlevé par ses hommes et leur donne l'ordre d'aller reprendre leur place de combat... un contre dix, toujours.

Et le capitaine OEsinger, fortement blessé à la cuisse. Des soldats veulent le relever. Laissez-moi, leur dit-il, allez vous battre. Nous ne sommes pas déjà si nombreux. Si vous êtes vainqueurs, vous aurez toujours le temps de me ramasser. Et il se couche dans un sillon. Une balle égarée vint et le foudroya.

Toujours d'hier, à Wissembourg. Le capitaine Launay-Oufrey est jeté à terre par un rude morceau de fer. Il se soulève, brandit son sabre et crie à ses hommes : En avant! mes enfants! à la baïonnette!

Qu'en dites-vous, jeunes Français? Un peuple qui

a de tels soldats peut-il à tout jamais désespérer du salut de la patrie ?

Que ne verra-t-on pas tout à l'heure !...

Un mot encore à propos de ces braves de Wissembourg dont vous vous engagez à retenir les noms. N'est-ce pas que ce sont des hommes pour lesquels on ne dressera jamais un piédestal assez élevé ? Oui, plus haut, plus haut encore. Ah! comme je comprends la parole de Napoléon à la mort du général Desaix. La plaine de Marengo était large sans doute, mais il fallait autre chose pour le génie de l'Empereur. Après avoir célébré les vertus, l'héroïsme de Desaix : le tombeau du général, dit-il, aura les Alpes pour piédestal. Et en effet, le cloître du Saint-Bernard fut désigné pour recevoir la dépouille mortelle du héros tombé au champ d'honneur.

Une nation qui veut vivre n'exaltera jamais assez les grandes âmes, ces cœurs généreux qui bravent tous les dangers pour accomplir un devoir. Et cependant combien qui demeurent obscurs !

Qui donc a jamais eu un mot de louange pour cette héroïne qu'on appelait Raoul de Navery, l'écrivain à la parole si entraînante ? C'était au second siège de Paris. L'écrivain s'était faite sœur de charité. Elle se présente dans la rue de Rivoli que sillonnaient les balles et les obus. Un lieutenant l'arrête :

— Comment êtes-vous ici, madame ? Vous allez vous faire tuer.

— Vous y êtes bien, vous, lieutenant.

— C'est mon devoir.

— C'est aussi le mien. Je vais à nos blessés.

Et elle est partie affrontant la mitraille pour donner de sa charité, de son cœur si bon aux tristes
victimes de la guerre.

Connaît-on assez la réponse sublime de ce digne
vieillard à la bataille de Champigny ?

— Que faites-vous ! s'écriait le général Ducrot, en
s'adressant au frère Philippe, vous allez vous faire
tuer. Retournez en arrière.

— La mort ne m'effraie pas, répondit doucement
le supérieur des frères. Laissez-moi, mon général,
remplir mon devoir auprès des mourants ; on fait
bon marché de la vie quand on a les espérances du
ciel.

Je n'ai pas de regret d'avoir cité ces grandes âmes.
Au besoin, soyez ce qu'elles furent.

XVI

Sans vouloir faire de la stratégie, il faut donner
la position des forces du maréchal, suivant que je
l'ai appris plus tard. Je dis plus tard, parce qu'enfin
on ne peut tout voir sur ces vastes champs où tra-
vaillent les ouvriers de la mort. Et d'ailleurs, en ces
moments solennels, le missionnaire des champs de

bataille a sa pensée plutôt dans le ciel que sur la
terre... dans le ciel qu'il doit montrer à ces martyrs
du devoir. Si je parle de ce qui se passait alors, je
l'ai appris en suivant le temple, le large autel où
s'immolaient les victimes de la patrie, en parcourant
les sillons où tombait cette semence de héros pour
l'avenir... Je l'ai appris dans les ambulances, des
témoins et des acteurs de ces œuvres qui étonnent.

Nous étions au 6 août et Mac-Mahon ne pensait à
livrer la bataille que le 7. Or, dans cette matinée
du 6, il n'avait encore auprès de lui que le 1er corps.
En fait de renforts, il n'avait reçu que la 1re division
du 7e corps, général Conseil-Dumesnil, dont l'artillerie n'arriva que vers la fin de la bataille, à Gun-
dershoffen. Placée à l'ouest de Reichshoffen, elle put
du moins protéger la retraite.

La 3e division du 5e corps, général Guyot de Les-
part, n'atteignit Niederbronn que vers trois heures,
trop tard pour prendre part à l'action.

Le maréchal se trouvait ainsi avec cinq divisions
d'infanterie seulement, deux divisions de cavalerie
et 120 bouches à feu, 36,000 hommes en présence de
140,000, flanqués de 500 pièces de canon, et de
quelle portée ces engins d'invention nouvelle !

Jeunes soldats qui n'avez pas encore reçu ce baptême qui fait les braves, suivez-moi, et sans frémir,
entendez-vous ? Prenez ma main si vous voulez et
vous saurez qu'elle ne tremble pas. Apprenez comment on prépare une bataille, comment on dispose

cette digue de poitrines et de cœurs généreux pour arrêter les flots d'une invasion qui veut tout ravager, jeter à terre nos libertés et nos anciennes gloires. Et après... admirez comment ces cœurs et ces poitrines se heurtent contre des forces dont vous savez déjà la puissance et la supériorité. C'est qu'il ne faut jamais ni trembler ni frémir quand il s'agit de sauver la patrie.

Pendant que dans cette illustre école, où notre belle jeunesse, notre espérance, travaille sous des maîtres distingués par leur expérience et leur grand savoir, pendant que je rédige mes souvenirs sur ces pages après les avoir consignés sur des feuilles de vélin, j'ai sous les yeux la topographie complète de la bataille qu'on peut appeler de Reichshoffen, de Wœrth ou de Frœschwiller. On pourrait dire d'ailleurs que ce sont vingt et trente combats qui font cette bataille. Je lis les noms de tous les villages, de tous les hameaux parsemés au milieu de la plus belle verdure, dans ce paysage gai et plein de fraîcheur. Je retrouve ces vallons, ces collines, où le sang devait couler à flots. Je vois aussi les traces de la prudence des Allemands en présence de cette armée qui, depuis longtemps, marchait à la tête des armées européennes, avec cette sorte de palladium qu'on appelait la furie française.

XVII

Vous allez me suivre jusqu'à ce moment solennel de la vie d'un peuple. Il nous faut passer par d'autres péripéties de ce jour pour comprendre toute l'importance de ces charges vertigineuses de la cavalerie. Après tout, puisqu'il faut encore des soldats, hélas! il faut donner des espérances à la patrie en lui parlant du bouillant héroïsme de ses fiers combattants sur la terre sacrée de l'Alsace, au milieu de ces innombrables armées qui les tenaient serrés dans un cercle de fer et de feu.

Mais pourquoi cette ténacité à répéter encore la supériorité du nombre d'un côté, l'infériorité du nombre de l'autre?

Pourquoi!... C'est que je veux que l'on sache bien tout ce qu'ont prodigué de valeureux efforts nos vaillantes armées.

Ils ont donné tout ce qu'ils pouvaient donner, ces soldats légendaires, pour conserver leur place dans le monde. Plutôt que de reculer, ils ont voulu... mourir!

Je tiens à ce que la défaite quand même ne crée pas de découragements.

Je tiens à ce que le vainqueur ne publie pas si haut ses victoires et qu'il dise ce qu'elles lui ont coûté, même en présence du petit nombre.

Que voulez-vous ? Les nations ont leur orgueil.

On peut être des héros... Il y a de ces étouffements qui pressent tellement les poitrines, qui enserrent tellement les bras que vous êtes placé entre les mâchoires d'un étau qui presse, et qui presse toujours avec des forces nouvelles, jusqu'à ce qu'il en jaillisse des flots de sang et des chairs pétries comme sous le pilon de toutes les colères...

... Le pressoir des sinistres vendangeurs de la mort !...

. . . .

. . . .

Demain, vous serez dans l'embarras pour constater sur quel point, dans quelle vallée, sur quelle colline, nos soldats furent avares de leur sang. Ne pourra-t-on pas dire que sur le champ de bataille de Frœschwiller tout est tombeau, cimetière ? Si le vainqueur voulait y planter les palmiers de sa victoire, leurs racines iraient puiser la vie dans une terre pétrie de sang et de cadavres.

En vain vous chercherez un arbre, une maison qui n'aient comme une plaie, une blessure d'où s'échappera une plainte, une malédiction contre l'œuvre insensée de l'homme.

Les arbres plus torturés, plus brisés du côté d'où venait l'orage, jetteront sans doute leur vie sur le flanc qui a moins souffert et comme les membres des soldats mutilés, profiteront de la sève des

6.

membres absents. Mais enfin tout sera ruines et désordre comme à la suite d'un vaste cataclysme.

XVIII

Cinq heures.

La pluie qui était tombée toutes les longues heures de cette nuit sombre, devenue froide après une journée d'accablante chaleur, la pluie avait cessé enfin.

J'écoute... C'est la cloche du village qui jette dans la vallée, aux échos de la colline, le tintement de la prière matinale... L'angelus de la paix qui veut encore un souvenir, qui s'adresse à la piété, à la foi de ces habitants, si calmes et si laborieux. J'obéis à sa voix et je prie.

On le dirait, ce jour va être comme tous les autres jours béni de Dieu. Il ne manque plus dans les champs que le vigilant laboureur. Pourquoi la guerre remplace-t-elle la charrue par ses affreux engins ?

Sous les premiers rayons du soleil la nature nous montre toutes ses magnificences. La verdure des bosquets, des prairies, des jardins, des arbres qui bordent les ruisseaux a repris tout son éclat. C'est la terre d'Alsace dans toute sa beauté. Les horizons se dessinent dans toute leur profondeur. Le brouil-

lard qui enveloppait la vallée vient de fuir. Les
oiseaux ont commencé leurs chants joyeux.

Cinq heures et demie. Je voulais aller à la re-
cherche de mon collègue de la première division
du 7e corps. Tout à coup on entend une vive fusillade. Elle redouble d'intensité vers six heures. Tout
annonce que la bataille va commencer bientôt.

Je resterai là où je me trouve pour exercer mon
ministère. En aurai-je la force? Je suis trempé
jusqu'aux os, malgré un lambeau de toile de tente
dont j'étais resté couvert. Est-ce que ces enfants,
qui vont se battre avec tout le paroxysme du courage, étaient dans de meilleures conditions?... Soldat de Dieu, tu seras tout pour les soldats de la
France. Tu mourras s'il faut mourir.

Les coups de feu deviennent continus.

Vers sept heures, trois coups de canon du côté de
l'ennemi, dirigés sur le village de Wœrth. Enfin,
disent nos soldats, voilà que la fête commence. Et
des propos comme sait en fournir le caractère français.

Nos officiers plus sérieux font remarquer qu'ils
aperçoivent une brigade traversant le pont de la
Sauer et se dirigeant sur notre centre du côté
d'Elsasshausen. Comme eux je regarde. D'autres
masses occupent les hauteurs de Dieffenbach.

La division Raoul reçoit la brigade prussienne.
Le canon tonne des deux côtés. L'ennemi se retire
laissant plusieurs morts et un plus grand nombre

de blessés. Il paraît qu'il avait cru à une retraite de
notre part.

Avez-vous jamais assisté à une prise d'armes
générale en présence de l'ennemi. En vérité c'est
solennel. C'est ce qui a lieu dans toutes les divisions. On sent alors comme un frémissement qui va
suivre tous vos membres. Et puis cet inconnu toujours. Je le dis encore, c'est solennel ce silence
même de l'attente après que tous les ordres ont été
donnés. Et les aides-de-camp qui passent comme
des flèches. Il faut que tous sachent la volonté du
commandant en chef et il faut que ce commandant
sache bien que sa volonté a été comprise. Il en faut
si peu quelquefois pour décider du sort d'une
bataille !

Les bras étendus vers le ciel, la prière sur les
lèvres, que ne puis-je faire descendre la victoire dans
les plis de nos drapeaux... ou plutôt, que j'appelle
sur tous les cœurs un doux rayon de paix !...

XIX

Je visitais des blessés venus de Wissembourg.
Plutôt que d'être prisonniers de la Prusse, ils avaient
préféré suivre leurs camarades et supporter leurs
affreuses douleurs. Chez quelques-uns les blessures s'étaient aggravées par suite de la fatigue et

de la grande chaleur. Arrivés trop tard la veille pour recevoir un nouveau pansement, ils avaient encore des lambeaux de toile ensanglantés et raidis, collés sur leurs plaies dont l'odeur devenait insupportable. Un brave garçon avait l'avant-bras broyé par la mitraille. On n'avait pu encore lui faire l'amputation. Il souffrait horriblement, étendu sur un peu de paille ; près de lui et contrastant avec la pâleur de son visage, un turco à la figure d'un noir d'ébène. Ce dernier avait eu à la cuisse un lambeau de chair emporté par un éclat d'obus. Il avait mis en pratique le remède des Arabes en pareille occasion : un emplâtre de terre recouvrait sa blessure.

— Tu souffres beaucoup, mon brave turco ?

— Ce n'est rien, marabout, c'est pour la France et en France que j'ai été blessé. Tu n'aurais pas un peu de tabac ?

— Non, mais je vais en demander aux camarades.

C'est pour la France et en France que j'ai été blessé ! Comment trouvez-vous ce mode d'apaisement à de rudes douleurs chez un enfant de nos déserts africains ?

A ces nobles débris je disais des paroles qui devaient leur prouver toute mon affection. C'étaient les premières victimes de cette guerre néfaste qui devait en semer, hélas ! sur tous les points de notre chère France.

C'est la première fois que je voyais le feu, me disait un jeune fantassin qui avait une rude bles-

sure à l'épaule. Mais je peux vous assurer que j'ai
été soldat tout d'un coup. Je me suis senti comme
électrisé, lorsque j'ai entendu le tocsin de Wissembourg sonnant à toute volée et se mêlant au bruit
infernal de leurs canons. Les Prussiens en Alsace,
dans mon pays, mais c'est que je ne le voulais pas.
Je me suis bien battu, je vous l'assure. Je n'ai qu'un
regret, c'est que je crains d'être arrêté et de ne pouvoir plus épauler un fusil.

J'ai été payé par cette égratignure, me disait un
autre jeune soldat, son voisin. Notez que cette égratignure n'était autre que la main gauche traversée
d'une balle.

J'admirais le langage de ces jeunes soldats, parlant déjà comme de vieux chacals.

Tout à coup un mouvement extraordinaire dans
la première division qui formait la gauche de l'armée. Les fantassins sont vite sous les armes. L'artillerie est attelée, chacun accourt à son poste de
combat. Des bravos éclatent de toutes parts. Que
s'est-il donc passé? Le général Ducrot était à inspec-
ter ses grand'gardes, lorsque survient, au grand
galop de son cheval, un officier d'ordonnance.
Général, s'est-il écrié, l'ennemi!

Avez-vous jamais eu l'occasion de voir le général
Ducrot? surtout l'avez-vous jamais vu dans ces
circonstances décisives où un chef doit conserver
tout son calme et se posséder comme dans une salle
de rapport où il donnerait ses ordres? Vous allez le

reconnaître. Regardez bien ce front qui annonce l'intelligence, tous ces traits qui ne trahissent aucune émotion, à part une certaine joie d'en venir aux mains avec un ennemi qu'on attend et contre lequel on va lancer des hommes décidés à se battre jusqu'à la dernière cartouche et tant qu'il y aura un pouce de terre sous leurs pieds.

— C'est bien, répond le brave Ducrot à son officier d'ordonnance, nous allons les recevoir.

Tout à l'heure je répétais ces paroles à un jeune homme de vingt ans, qui déjà a revêtu l'uniforme militaire qu'il porte fort bien, je vous l'assure. Il étudie dans notre grande école pour apprendre comment se remportent les victoires. Ce jeune homme est un des fils du général Ducrot. Son frère qui a travaillé dans cette même école arrivera bientôt au grade de capitaine. Je lui parle souvent de son père. Il y en a tant à dire sur le général Ducrot que j'ai connu en Italie, à la 3e division du 3e corps, et dans cette campagne.

Votre père, mon fils, était un de ceux que le péril grandit, suivant l'expression du général Ambert. Loin de redouter la responsabilité, il semblait s'y complaire. Il était fait pour le commandement. Il n'admettait pas la demi-obéissance. Il voulait être secondé de tout cœur. Au feu, son ardeur était telle qu'on le voyait pousser, pour ainsi dire, par les épaules, ceux qui n'allaient ni assez vite, ni assez loin. Aux uns, il communiquait des étincelles du

feu qui l'embrasait, aux autres il lançait de ces
mots que la poudre fait pardonner. Il avait étudié et
possédait une instruction supérieure. Votre père,
quel honnête homme, mon fils! Quel noble et large
cœur !

Nous aurons deux Ducrot, vous et votre frère.
Vous ressemblerez à ce grand soldat sous tous les
rapports. Et même vous irez *crescendo* si tant est
qu'il puisse être dépassé.

.   .   .   .

.   .   .   .

Je reviens aux paroles si simples du général Ducrot : « Nous allons les recevoir. »

Elles ont dû faire l'admiration de tout l'état-major
où tous étaient braves et calmes comme leur général, colonel de Montigny, commandant Cartier,
capitaines Aignan, Bresson et Schnelle.

Les ordres sont donnés.

Chacun est à sa place.

Et, je l'ai dit, l'air continue à retentir de : bravos!
mille fois répétés.

Admirez l'enthousiasme de vos devanciers, soldats
de l'avenir. Et donc si vous aviez pu les voir comme
je les ai vus! Oui, un jour de bataille, un jour de
fête pour les fils de la France, surtout en ces jours
où il s'agissait de ses anciennes gloires, de son honneur et de sa liberté.

Vieux Gaulois, vous serez bien les mêmes toujours.
Oui, vous naissez soldats, tout en naissant des

hommes du progrès, les amis des arts et de toutes
les grandes choses, disons le mot, les amis les plus
vrais de l'humanité. Ou dirait que ce n'est pas pour
vous que vous êtes sur la terre. Tout ce que vous
avez, vous le donnez... Vos créations, vos inventions,
vos idées les plus secrètes... A qui? à tous...

Vous ne connaissez pas d'ennemis quand il s'agit
de faire marcher l'humanité en avant. Ne pourrait-
on pas dire que votre vertu première, c'est la générosité? Aussi comme elle me va cette parole de
Michelet : J'aime la France, parce que c'est la
France!

Et moi qui vais écrire : Il devrait n'y avoir que des
Français dans le monde!...

J'ai dit que les fils de France marchaient au combat comme à une fête; et c'est vrai. Il n'y a d'ailleurs qu'à les entendre parler. Voyez donc quand on
demande des volontaires pour une expédition dangereuse. Il en faut cinquante, il s'en présente des
centaines. Au Mexique, on demandait des gens de
bonne volonté, une dizaine environ pour escorter la
diligence qui portait nos courriers. Il s'en présentait
des masses. On tirait au sort. Seulement il y en avait
un, un sergent qui était toujours de cette corvée
si dangereuse, le sergent de Montfaucon du 81°. J'ai
écrit son histoire, un volume sous ce titre : *une dernière cartouche au Mexique...* un second volume : *Des
braves s'il en fut.* Quel est donc l'éditeur qui, après
avoir fait palpiter la presse, voudra faire bondir le

cœur de nos enfants en étalant sous leurs yeux les hauts faits de Montfaucon? Que de fois avec le colonel, commandant en second notre école militaire, nous avons parlé du 81° où, lui-même, général aujourd'hui, se trouvait avec le grade de lieutenant. Il méritait, je vous l'assure, de commander à des soldats tels que Montfaucon. J'ai sous les yeux un ordre général à l'armée parlant de sa belle affaire de Santa-Anna dans la province de Jalisco. Général Jolivet, le jeune lieutenant d'alors, ne m'en veuillez pas si j'écris votre nom sur ces pages. Et d'ailleurs, si j'étais malvenu, laissez-moi tempérer votre mécontentement en vous envoyant une poignée de main des plus amicales, comme savent en donner de vieux compagnons d'armes.

Pour terminer une pensée sur les volontaires, voyez donc ce qui se passe dans notre précieuse école de Saint-Cyr. Le moment est venu où mes enfants si aimés vont ceindre la belle et noble épée de France. Ne sont-ils pas toujours au-dessus du nombre fixé officiellement, ceux qui demandent l'infanterie de marine, les bataillons de chasseurs alpins? Ah! les marsouins! C'est si beau!... On ira au Sénégal, on ira au Tonkin, en Cochinchine, au Dahomey, au Soudan, au Gabon!... on ira sur les plages les plus lointaines et les plus difficiles faire descendre quelques rayons de gloire dans les plis du drapeau!!!... On aura fait campagne!...

XX

Mais quel écart dans ma narration ! Vous croyez ?
Et moi qui crois toujours être dans mon sujet tant
que je parle de mes soldats, ou d'aujourd'hui ou
d'hier, même des soldats de demain.

. . . .

. . . .

Pour le moment toutefois, puisque nous sommes
juste à l'heure où ces soldats vont prouver ce qu'ils
valent, ce qu'ils vaudront toujours, que je dise où
est l'ennemi.

Ducrot a mis en ligne une compagnie de zouaves
auxquels il recommande de ne point tirer les uns
sur les autres ; le 1er bataillon du 1er zouaves, commandant Marion ; le 3e bataillon, commandant
Desandré ; et le 2e commandant Bertrand en (réserve.)
Je me plais à citer le nom de ces braves ; nous
nous étions vus sur d'autres champs de bataille.
Le 45e et trois compagnies du 96e sont en prolonge-
ment de la ligne des zouaves.

L'artillerie se composait des 7e et 8e batteries
du 9e. C'étaient des pièces de quatre. Quelques mitrailleuses.

Les tambours, les clairons ont jeté leurs notes
entraînantes et sonores.

En avant! c'est le cri poussé par toutes les poitrines. En avant!

On marche à l'ennemi!...

Et cet ennemi, c'est le nombre...

Et il veut jeter à terre notre France adorée! Enfants, vous briserez ses projets. C'est déjà trop qu'il foule le sol de notre belle Alsace.

Enfants, on vous a parlé de la patrie. Je vais vous suivre. Ce sera, si le moment se présente, pour vous parler du ciel, suprême récompense du devoir accompli.

Et on entend comme un cri de joie: « Bravo! nous aurons l'honneur de supporter le premier choc. »

De tels combattants que ne faut-il pas attendre!

Je me suis avancé. Je prie pour tous ces braves, je demande à Dieu de les bénir.

Qui tombera martyr du dévouement et des gloires de la patrie?... J'attendrai pour lui dire qu'il a bien mérité de Dieu.

. . . .

Une partie de nos soldats sont à plat ventre dans les houblonnières. D'autres se placent derrière les murs d'une ferme dans lesquels ils pratiquent des créneaux.

Deux obus arrivent dans les houblonnières, puis un moment de silence.

D'autres obus encore.

Des Bavarois sortent du village. La forêt en vomit

d'autres. Nos balles les forcent à rentrer, après en
avoir mis une centaine hors de combat. Les chassepots cherchent partout l'ennemi, dans les haies,
dans les sapins et jonchent la terre de morts. C'est
alors que les Bavarois font pleuvoir sur nous une
pluie de mitraille. Nos batteries leur répondent.
Une véritable tempête de fer.

Le 2ᵉ turcos et deux bataillons du 36ᵉ accourent
à nous clairons en tête. Le combat est dans tout son
feu, d'autant que les masses ennemies augmentent
toujours. Toute la forêt frissonne, comme si les
arbres eux-mêmes sentaient venir la mort.

Je me trouve au milieu de nombreux blessés.
J'éprouve ce que j'ai toujours éprouvé sur un champ
de bataille ; ce n'est pas la crainte, non, c'est de
l'admiration et de la tristesse. J'admire ces enfants
si jeunes qui se font tuer sans penser à la mort,
mais pour remplir bravement un devoir. Je les
admire se faisant tous des héros parce que la patrie
l'a voulu, parce que avec eux et par eux la patrie
continuera d'être ce qu'elle fut toujours. Je suis
triste aussi, hélas ! et je pleure en présence de cette
précieuse et sanglante moisson que les peuples
pourraient bien refuser à la mort.

Toujours, jeunes héros, vous saurez combien je
vous aime. Est-il plus grand que mon amour l'a-
mour de votre mère ?

Au milieu de la mitraille, des obus qui éclatent
ou qui creusent sourdement la terre pour y rester

7.

au milieu de tous ces déchirements, des fracas sans
nom par les balles et le fer, je vais d'un blessé à un
autre blessé. Mes paroles sont toujours celles de
l'espérance. Je presse leur main valeureuse. Sur
leur jeune front un baiser comme l'aurait déposé la
mère la plus tendre. De leurs lèvres j'approche cette
croix devenue un trésor et qui me suit sur tous les
champs de bataille... Dieu vous bénisse ! A tout à
l'heure, mon fils.

A d'autres, hélas ! j'ai dû fermer les yeux. Ils venaient de mourir... Ou bien ils se mouraient en me
donnant un dernier regard comme un dernier adieu.

Nos deux batteries et nos mitrailleuses sont en
ligne, là, tout près, sous le commandement de deux
braves qui ont tout l'air d'être à ce poste infernal
comme à une revue, à une manœuvre pacifique, les
capitaines Vernay et de Mornac.

Moi-même pourquoi tremblerais-je auprès de
ceux qui ne tremblèrent jamais ? Pourquoi des frémissements quand on est là pour Dieu et avec Dieu ?
Il y a tant de grandeur, tant de sublimité dans le
ministère du prêtre alors ! Qu'a-t-il sous les yeux
sinon de jeunes martyrs, des élus pour le ciel
auxquels il peut sûrement faire entrevoir des
palmes immortelles, à défaut de celles que les
hommes leur réservaient sur la terre.

Oui, mes enfants, vous avez près de vous un ami
qui souffrira avec vous, qui mourrait avec vous pour
vous rendre la mort plus légère.

Et la tempête allemande continue à nous entourer de ses fureurs. C'es du fer, c'est de la mitraille qui sèment partout des cadavres. Des rangs entiers disparaissent sous les colères de l'ouragan qui nous enserre.

Au milieu de ces cataclysmes humains, au milieu de ces effondrements de la vie, de toutes ces existences si jeunes encore, comme il faut à ces enfants la religion de la patrie, la religion du devoir, ce sentiment qui élève les âmes au-dessus des régions du lâche et lugubre égoïsme !

Et donc si jamais se présentent les jours de ces combats qu'on nous dit devoir être plus meurtriers encore, de ces batailles où le sol même semblera s'effondrer sous nos pas, alors que les peuples se seront liés contre la patrie comme pour l'écarteler, disent-ils, et s'approprier chacun quelques-uns de ses membres, oh ! alors, alors comme il faudra des pulsations, des générosités au cœur. Enfants ! vous nous prouvez aujourd'hui ce que vous serez alors, aujourd'hui où quatre et cinq sont contre vous. Et ils vanteront, ils prôneront leurs victoires. Qu'ils réfléchissent plutôt.

Oui, enfants, vous l'entendrez la grande voix du tocsin s'élevant de tous les clochers de France. Vous l'écouterez cette voix et vous lui répondrez par ces deux paroles qui feront toujours des héros : ou la victoire, ou la mort.

Vous ferez comme ce brave dont vient de me parler

un camarade qui est là étendu avec une blessure
assez sérieuse. Il oublie son mal, pour ainsi dire,
afin de ne parler que de ce qu'il a vu tout à l'heure. A
quelques pas en avant, un zouave est blessé. Il continue à faire feu. On lui crie de se rendre. — Non! Il
tire encore. Une balle lui effleure l'épaule. A peine
s'il peut tenir sa carabine. Il veut brûler sa cartouche. Il les aurait toutes brûlées, je crois. Une
balle lui brise le front! C'est fini....! N'est-ce pas,
mon père, que c'est beau?

— Oui, mon fils, c'est beau !

— Je vous assure que si, au lieu de me broyer le
bras, ils ne m'avaient cassé que la jambe, j'aurais
continué moi aussi. Il faut en finir avec ces gens-là.
Que viennent-ils chercher chez nous? Il faut que
chaque soldat français en vaille trois, deux pour le
moins.

Et en me parlant, la figure de ce héros obscur
s'enflammait, de grosses larmes tombaient de ses
yeux.

— Oui, je pleure, mon père, ce n'est pas de souffrir, c'est de ne pouvoir plus me battre.

Il avait remporté son fusil...! Il le considérait,
mais avec quels regards de feu !

— Mon père, me disait d'une voix presque éteinte
un jeune fantassin, les habits en lambeaux et la poitrine sanglante... ce pays est le mien.... Il est probable que vous ne verrez jamais ma famille qui peut-
être n'existe plus à cette heure... Mais enfin si

jamais vous traversiez de nouveau ces contrées, voici le nom de mon village... Vous direz, je vous prie, comment je me suis battu pour que nous restions Français.

XXI

Mais quels seraient ces clairons qui avancent avec leurs notes si claires et si vibrantes d'entraînement?

Ecoutez bien... Ce sont les enfants du désert, le 2e turcos, ces fiers bataillons qui se sont faits Français, comme nous sommes Français, qui ne connaissent plus que cette patrie qui est la nôtre, qui l'aiment comme nous l'aimons. Ils accourent, le regard et la carabine tendus vers l'ennemi, poussant leurs rauques clameurs des batailles. C'est de la frénésie. Voyez-les brandissant leurs armes et défiant le Prussien. Leurs yeux.... une flamme de fauve qui se détache sur l'ébène de leurs traits.

Après ces durs soldats qui bondissent comme des lions les 1er et 2e bataillons du 36e, avec les commandants, deux braves, Croix et Prévost.

Vous allez voir comme tous ces braves savent affronter les masses germaines dont les Dreyses et les canons enragent incessants et compacts.

En ce moment, au galop, comme un éclair, passe le maréchal Mac-Mahon.

J'étais à genoux auprès d'un blessé qui se mourait.

Mac-Mahon avec son état-major !

Un regard furtif.... et je salue le héros de Magenta. J'en ai assez vu de cette figure martiale, de ce noble front qui portait toute la pensée de la France, pour m'inspirer tous les respects.

De sa personne il voulait savoir ce qui se passait à la gauche de son armée.

Que voit-il?... Des vagues humaines qui se choquent comme seraient les vagues de l'Océan sous la fureur d'un vent de tempête. Elles roulent, se mêlent, s'entrelacent, se confondent avec des colères lugubres.... L'écume... c'est du sang! Tous les bruits.... qui pourrait leur donner un nom? Des écroulements, des agonies gigantesques, des fureurs.... Le chaos, plus bouleversé encore par le bras de la funèbre souveraine... Une mer en courroux qui se creuse en un large tombeau sur lequel planent ces voix formidables qui plaisent aux sanglantes solennités de la mort.

On a dit à ces hommes de tuer.... Tuer leur devient un devoir.... Et ils tuent !...

Et nos durs Africains rasent le sol comme ces bêtes fauves qu'ils avaient vues au désert, levant parfois la tête avec des regards de feu pour bien s'assurer que leur victime est là.... devant eux, sous les griffes de fer qui vont la déchirer. Ils rampent, ils s'aplatissent sur la terre qui n'est déjà plus qu'une boue sanglante... Ils sont arrivés.... un éclair de leur baïonnette, et les poitrines allemandes sont ouvertes, déchirées par leur fer si large, si brûlant de carnage et de mort. Eux aussi ont le corps sillonné par la mitraille, ouvert par des entailles énormes. Est-ce qu'ils ressentent la douleur dans leur fièvre de tuer.... de mourir, dans cette ivresse que procure la soif insatiable du sang ? Ils marchent, ils courent, se précipitent et bondissent jusqu'à ce qu'enfin le bras avide de la mort leur donne un dernier coup.... Ils sont à terre, un regard de rage encore sur l'ennemi, un autre sur cette arme qui a creusé tant de poitrines, qui va rester là... parce que le turco n'est pas vaincu encore.

D'autres fois, et pour aller plus vite dans leur sanglante besogne, ces ouvriers de la mort prennent leur fusil par le canon, assomment et broient comme on fait du taureau qu'on veut abattre.

Mon Dieu, qui inventa la guerre !... Et on nous annonce des choses encore plus terribles pour l'avenir...! L'humanité, quel problème ! Et on le complique encore tous les jours ?

Si vous ne vous êtes pas trouvés sous la puissance et la colère de ces ouragans, vous ne saurez jamais ce que peuvent être de tels bouleversements par la main et la volonté de l'homme.

Trois fois, mais avec quelle furie, les commandants Mathieu et Carruel lancent leurs turcos à la baïonnette et finissent par repousser l'ennemi. Je ne vois plus des hommes. Ce sont des lions en vérité. A terre, mortellement atteint, le commandant Jodosius. Egalement blessé le lieutenant-colonel Colomieu. Et le capitaine Deschamps que l'on voit toujours calme au milieu de la bourrasque, dépassant tous ses braves de la hauteur de son magnifique cheval arabe. On le prie de descendre. Comment donc, mettre pied à terre au moment du danger ! Entendez plutôt ses Africains qui applaudissent à son courage par leur strident cri de guerre : You !... you !...

C'est que le capitaine leur a jeté cette parole avec un regard de feu :

Est-ce que vous reconnaîtriez le chef qui mettrait pied à terre en présence de l'ennemi ?

Enfin zouaves, turcos et braves soldats de la ligne jettent au loin les Bavarois.

J'entends dire que le commandant Marion est tué. Il aurait été broyé par un obus.

Les Allemands ont eu un millier d'hommes hors de combat. Nos pertes sont de cinq cents morts ou blessés.

Tel est le premier résultat du choc de ces deux puissances.

Qui donc pourrait m'empêcher de faire des réflexions en présence de ces ruines humaines ? Celles-ci, par exemple :

Pourquoi la guerre ?

Pourquoi au cœur de l'homme de ces passions encore qui jettent un peuple contre un autre peuple ?

Pourquoi le dix-neuvième siècle ressemble-t-il au premier, à ceux qui le précédèrent ? Dans notre orgueil nous avons fixé des catégories : nous avons dit les siècles barbares. Dans quelle catégorie placer celui où *la force devait primer le droit*, celui où le plus faible fut toujours *un*, où le plus fort fut toujours *cinq*, plus encore parfois ?

. . . .

. . . .

Dès lors nous n'avons plus qu'à admirer le chêne luttant contre les efforts de la tempête. Il sera jeté à terre, mais il aura témoigné de sa force et de sa vitalité. Même, sous la puissance des terribles autans et de l'orage, ses racines seront allées plus profondes puiser une nouvelle vie. Ne surgira-t-il pas de ces rejetons qui étonneront le monde ?

. . . .

. . . .

Commandant Prévost et vous aussi capitaines Béraud et Castel, tombés au milieu de vos soldats morts ou blessés comme vous, avec eux vous reviendrez de vos blessures. Il vous faut pour de nouveaux combats.

Guerre, finiras-tu bientôt de jeter ainsi sur le sol de la patrie cette belle jeunesse qui ne demande

qu'à le fouiller pour lui faire donner des trésors ?
C'est si beau les soleils de la France !... Et tu les
remplaceras par les ténèbres de la tombe ! Sans
doute tu trouveras toujours des poitrines et des
cœurs, prêts à lutter, prêts à mourir pour l'honneur,
pour nos libertés et nos anciennes gloires. Les fils
des vieux Gaulois vivent de souvenirs. Mais surtout
ils vivent de progrès.

J'ai parlé de poitrines traversées par une balle.
Savez-vous ce que c'est qu'une telle blessure ? Je
peux en dire quelques mots, non pour avoir reçu ce
morceau de fer ou de plomb qui vous déchire dans
cette partie si sensible de vous-même, mais pour
avoir eu l'occasion plus d'une fois de constater la
souffrance qui suit un pareil accident. J'ai entendu
ce bruit sinistre provoqué par l'air qui pénètre dans
les poumons en suivant la route tracée par le projectile, alors que le pauvre blessé veut l'aspirer par
les voies ordinaires. Quelle douleur dans le côté,
aiguë, atroce, insupportable ! Le premier mouvement de la victime, c'est de porter la main sur cette
ouverture pratiquée par la balle ; il veut la fermer
pour respirer l'air toujours comme autrefois. Et ce
sang qui monte, qui arrive à flots, qui obstrue
votre gorge comme ferait un sanglot étouffé.

. . . .

. . . .

On dit la faux de la mort qui moissonne sur un
champ de bataille. Dites donc plutôt qu'elle le tra-

verse sur un char de triomphe armé de faux, promenant la victoire qu'on dirait à ses ordres et qu'elle montre à chacun, se souciant fort peu d'ailleurs pour qui elle sera, pourvu qu'elle lui donne des victimes.

Voyez donc ces trous béants comme des sépulcres. Ce sont des obus qui sont tombés là et qui se sont déchirés pour lui creuser des tombeaux, comme dans les cimetières de nos grandes cités on voit alignées d'avance ces fosses qui attendent et qui certainement auront bientôt reçu les hôtes de la lugubre souveraine.

XXII

Cependant, je commençais à ressentir une certaine faiblesse. Mes vêtements étaient humides encore de la pluie qui les avait trempés durant les longues heures de la nuit. La faim me faisait ressentir ces rudes étreintes qui paralysent vos membres, qui serrent votre poitrine comme dans un étau de fer. Mais où trouver un morceau de pain dans ce champ de la mort? Je m'étais assis. Il paraît que la pâleur avait envahi mon front où perlait la sueur. Est-ce que j'allais m'évanouir?

Un soldat vient à moi et me demande si je souffre

La nature a ses droits...! Je prononce cette parole

qui si souvent j'avais entendue sur les lèvres du pauvre : J'ai faim !...

Ce brave garçon m'offre la moitié d'un biscuit qu'il avait dans sa musette.

C'en fut assez pour tromper la faim qui me dévorait.

J'ignore le nom de ce camarade. Si jamais il vient à lire ces pages qu'il y trouve l'expression de ma reconnaissance.

. . . .

. . . .

J'étais toujours au milieu de nos blessés. Les uns se mouraient... Je leur montrais le ciel. Je fortifiais les autres par des paroles d'espérance et de la plus tendre affection.

J'éprouvais un profond regret, celui de n'avoir porté aucun flacon de sels avec moi, selon mon habitude. De plus je n'avais pas ce précieux bidon d'eau-de-vie qui m'avait été parfois si utile. Je ne pensais rester ici que quelques heures et aller immédiatement rejoindre mon corps d'armée. Surtout je ne comptais nullement me trouver à une bataille comme celle qui se livrait en ce moment.

Ce que j'avais du moins, c'était cette croix si précieuse qui ne me quittait jamais et qui tant de fois a reçu le dernier soupir de nos enfants. Que de pauvres mères qui seraient heureuses de le cueillir ce baiser suprême d'un fils aimé !

— Mon père, me disait un jeune soldat d'une voix

presque éteinte, veuillez retenir l'adresse de ma famille et après... Soyez assez bon pour lui faire
savoir que je suis mort en pensant à elle et à Dieu.

Ce jeune martyre avait la poitrine traversée par
une balle. Au travers de ses lèvres s'échappaient des
flots de sang.

— Vous vivrez, mon fils. Plus d'une fois j'ai vu
des blessures semblables et j'ai pu constater une
guérison.

Son front m'apparaissait radieux d'héroïsme et
de paix. En vérité, je l'ai dit, l'héroïsme a quelque
chose qui n'est pas de ce monde. Ces martyrs du devoir
ont comme un rayonnement qui ressemble à cette
auréole entourant, embellissant les martyrs de la foi.
Ils auront une même récompense. Oui, mes enfants,
je vous promets le ciel. . . . .

. . . .

. . . .

J'ai suivi les houblonnières, une partie de la forêt.
Que de blessés ! Que de morts !

Ici, là, dans les taillis, sur le sol, sur la mousse,
sur l'herbe, du sang... Des membres broyés qui
pendaient à des corps méconnaissables, parmi les
cadavres des chevaux au poitrail effondré, la tête
hachée, les entrailles versées à terre... Nos enfants
rendant la vie à flots par des blessures larges, sans
nom, comme les font aujourd'hui ces engins que la
science plaça dans les mains de la mort.

Un mot, une parole seulement, tellement ils sont

nombreux, une bénédiction toujours. Pour combien sera-t-elle la dernière !

Pour quelques-uns de nos morts un linceul tout nouveau... la verdure, les feuilles, les branches arrachées aux grands arbres par la mitraille et descendant comme une jonchée de fête sur les reliques de nos jeunes martyrs.

Dormez en paix, mes enfants, et que ceux qui vous aiment, au travers des larmes de leur foi et de leur espérance, retrouvent vos âmes au séjour de l'immortel bonheur.

XXIII

Pendant que les rafales de cette tempête de fer et de feu soufflaient la mort sur les troupes du général Ducrot, un autre ouragan plus terrible encore nous faisait entendre ses formidables colères à l'extrémité de l'aile gauche et au centre... grondement continu de la foudre, du tonnerre des grands orages.

A l'aile gauche, c'était au moulin de Bruckmul, sur les hauteurs de Gunstett, que sévissait la bourrasque partie des rives du Rhin aux flots bleus. C'était toute la Germanie se ruant sur ces fiers Gaulois saturés d'or et des gloires de tant de siècles.

Le 5ᵉ corps prussien, général Kirchbach, voulant dégager les Bavarois de l'étreinte de Ducrot, s'était

avancé au-dessus de Wœrth, sur les collines de la
rive gauche du Sauerbach et avait mis en ligne ses
84 pièces qui, réunies aux 24 du 11ᵉ corps, lançaient contre nous les foudres de 108 canons à longue portée.

Là-bas, vers Gunstett et Bruckmul, c'est le 1ᵉʳ bataillon de chasseurs et le 1ᵉʳ bataillon du 2ᵉ zouaves,
ces braves soldats que j'avais vus si beaux au
Mexique. Ils doivent être plus beaux encore aujourd'hui qu'ils défendent le sol même de la patrie.
Qui ne se souvient du 1ᵉʳ chasseurs au siège de
Puébla, du 2ᵉ zouaves à l'assaut si meurtrier de
Santa-Ines, sous la conduite du commandant Mélot,
du capitaine Devaux, du sous-lieutenant Herbelin.
Le général Ortéga, le défenseur de la place, écrivait
lui-même ces paroles dans le journal du siège :

« Les efforts de l'ennemi ont échoué devant la
vigueur de la défense, bien qu'au moment de l'assaut, les soldats français aient combattu comme des
lions. »

Comme des lions !... Je voudrais bien voir comment ils se battent maintenant.

Les chasseurs et les zouaves ont, pour les soutenir, l'artillerie de la division de Lartigues.

En outre le général Raoult dispose son artillerie.
Quarante-huit pièces qui vont lutter contre les 108
de Kirchbach !...

Encore si le général prussien voulait essayer son
infanterie contre la nôtre. Mais il se garderait bien

de chercher le contact de nos braves soldats, de *cette furie française* qui fait opérer des prodiges à la reine des batailles. Déjà on doit savoir ce qu'il en coûte de jeter à terre les combattants de Magenta et de Solférino. Le cœur de ceux qui tombèrent alors, si je puis parler ainsi, est passé dans la poitrine des vivants.

Sur notre infanterie donc et de loin, et pour l'accabler, des flots de mitraille et de fer. Tous les grondements, tous les frémissements des foudres allemandes se sont emparés de toutes les régions de l'air, on le dirait, de toûs les échos de la vallée, des forêts pour leur faire répéter leurs sinistres colères. Tous les membres sont comme ébranlés par ces roulements continus.

Prêtre du Seigneur, sois calme comme dans un sanctuaire où s'immolent des victimes. L'autel est vaste et des plus sacrés... C'est celui de la patrie. Demande à Dieu que ce sang qui coule à flots soit le sang du salut. Sois sans étonnement en présence de ces œuvres qui étonnent toute pensée humaine. *Sursùm corda.* Il est bien d'autres mystères qui toujours confondront nos orgueils. Va toujours. Fais ce que dois.,. Et s'il le faut, tombe victime du devoir.

. . . .

. . . .

A l'aile gauche ce sont les colonels Lamandé, les capitaines Zimmer et Ducasse qui pointent et hardiment leurs canons, deux batteries seulement.

Au centre, les deux batteries de la division Raoult et les quatre à cheval de la réserve, sous les ordres du commandant de Noue et du lieutenant-colonel de Grouvel. Je me plais à citer le nom du commandant de Noue que j'ai connu au Mexique, officier d'ordonnance du général de Lourmière qui, on le sait, fut mortellement atteint par un éclat d'obus à la tête dans les tranchées de Puébla. J'ai parlé ailleurs du dévouement, de la pitié filiale du jeune lieutenant de Noue pour son général jusqu'au moment où la mort vint nous ravir un soldat si précieux. Je le vois encore fondant en larmes, penché sur sa dépouille mortelle. Je le vois surtout auprès de cette tombe sur laquelle le général Forey nous fit entendre de ces paroles qu'il savait si bien trouver dans son grand cœur de soldat :

« Tu es au Ciel avec Dieu... Tes frères d'armes sont encore à combattre ces nobles combats où ne brillera plus ton épée si vaillante, prie pour eux... prie pour la France qui te comptera au nombre de ses héros, comme Dieu te placera dans les rangs de ces pacifiques phalanges, à tout jamais environnées de l'auréole impérissable d'un suprême bonheur. »

. . . .

. . . .

Commandant, je vous salue, en attendant que je puisse presser votre main si loyale et si valeureuse. Je sais que vous ferez ici votre devoir comme vous saviez si bien le faire à côté de votre général, en présence du formidable pénitencier.

Si vous avez sous les yeux l'espace qui s'étend en avant de Dieffenbach, de Gunstett, aux environs de Gœrsdorf, vous verrez cette ligne non interrompue des 108 pièces allemandes, vomissant et le fer et le feu sur le Nieder-Wald, Elsasshausen et Frœschwiller. Partout des frémissements, des allures de mort. Les collines, la plaine, les forêts, les montagnes sont comme dans un crépitement de fournaise. On dirait un volcan immense qui cherche partout des issues pour vomir ses dévastations et ses colères. Accablés par toutes ces foudres, un seul de nous restera-t-il pour raconter tous ces effondrements aux générations à venir. Le sol est entr'ouvert, bouleversé, comme si on voulait creuser des abîmes sous nos pas, des abîmes qui resteraient nos tombeaux.

Oui, fils de la France, qu'allez-vous devenir? Nos quarante-huit pièces sont réduites au silence, après toutefois que tous ont fait leur devoir. Voyez à terre tous ces canonniers-servants, tous ces officiers brisés par la mitraille. Le capitaine Vidal, l'adjudant Hébert, le maréchal-des-logis Schon... Tous ces blessés étendus autour de leurs pièces, le capitaine Berthiot et Viel, les lieutenants Strappart et Legrand, les capitaines Grandjean et Ducasse.

Ah ! si vous aviez pu voir comme ils étaient beaux de sang-froid et de calme, sous les fureurs de la tempête, tous ces braves soldats, tous ces officiers à l'allure si martiale ! J'en ai retrouvé un dans notre grande école de Saint-Cyr, le colonel Thévenin, directeur des études, aujourd'hui général.

— Il faisait chaud là-bas, n'est-ce pas, mon colonel?

— Je comptais bien y rester. Mais j'en avais pris mon parti.

C'eût été dommage. Vos leçons et vos exemples auraient manqué au premier bataillon de France. Et ces messieurs qui étaient avec vous, les lieutenants-colonels de Grouvel, de Lamandé et de Cheguillaume, tous ces capitaines et lieutenants dont me parlait un artilleur qu'on nous avait apporté? Ce brave garçon, malgré les douleurs de sa blessure, nous entretenait de son admiration pour ses chefs.

— Parmi ces messieurs, les uns en ont échappé comme moi, d'autres sont restés sur place.

Oui, d'autres avaient trouvé la mort sous cette trombe de fer... Plus tard, au moment de la retraite, on voyait un manteau étendu sur un avant-train. Le respect entourait ce chariot. C'est que ce manteau recouvrait le corps d'un jeune officier qu'on n'avait pas voulu laisser aux mains de l'ennemi, le corps ensanglanté du lieutenant Bertrand.

. . . .

. . . .

Et partout, au-dessus de nos têtes, autour de nous la tempête continuait ses sinistres clameurs, répétées par tous les échos de la mort. Du côté des Prussiens, une vague sombre, immense qui venait se briser contre l'héroïsme de nos soldats, mais aussitôt remplacée par une autre, par une autre encore, surgissant comme des abîmes de la terre... Le torrent des colères germaniques se précipitait sur nos belles contrées de France, gonflé de tous les souvenirs d'Iéna.

Fils de la Germanie, vous voulez le sang de la France. Vous lui faites des blessures profondes, larges comme des abîmes. Elle vous le donnera le sang généreux de ses enfants. Il coulera à flots, à pleins bords. Les sources, les fontaines, les ruisseaux si purs de l'Alsace en perdront de leur limpidité. Mais sachez-le bien, il y en aura toujours. Et même il sera plus jeune encore, plus vigoureux s'il est possible. Il est arrêté que la France jamais ne s'avouera vaincue !... Vous lui prendrez ses trésors. Elle travaillera. Il en naîtra de nouveaux sous sa main si laborieuse. Ceux-ci vous n'y toucherez plus. Il est décrété que ni vous, ni d'autres, ne viendrez plus fouler aux pieds nos moissons, cacher les splendeurs de notre beau Paris sous une couche de fer, intercepter les rayonnements du progrès sous la fumée noire des incendies, s'élevant de nos chaumières, de nos palais.

Jeunes Français, n'est-ce pas qu'il en sera ainsi ?

XXIV

Vous êtes-vous jamais trouvé au pied d'un volcan dont la fournaise incandescente prodigue à flots ses tourbillons de fumée, arrêtée par une loi supérieure et que les vents étendent un peu partout ? Telle l'atmosphère qui nous entoure. Elle est imprégnée de poudre et obscurcie par la fumée des batteries allemandes. Cachées derrière ces nuages opaques, on dirait des bandes infernales vomissant contre nous tout l'attirail de leurs lugubres vengeances. Non seulement l'infanterie, le Nieder-Wald, Vœrth, Elsasshausen sont accablés et de fer et de feu, mais des incendies sont allumés, lançant vers le ciel des tourbillons tantôt sombres et noirs, tantôt rouges comme du sang.

Au milieu de ce duel si inégal, que la France entière ne peut-elle voir, admirer comme je l'admire l'héroïsme de ses enfants ! Que n'ai-je une autre expression plus élevée, plus vraie que celle qui consiste à dire : des prodiges de valeur !

Oui, des chefs-d'œuvre de bravoure, et chez tous. Prodiguez vos louanges et votre admiration à notre sublime infanterie, à notre artillerie, si belle toujours au milieu de l'effondrement de ses pièces, de

9

ses caissons qui éclatent comme des bombes puissantes et chargées de mort.

Plus tard des blessés, officiers ou soldats me racontaient ce qui s'était passé du côté de Bruckmul et de Gunstett.

Augmentons les annales de cette guerre néfaste, parlons de ces duels gigantesques et si inégaux cependant. Sachons bien de quoi sont capables ces soldats auxquels la patrie confia ses destinées.

La France a des trésors d'héroïsme pour l'avenir, comme elle a eu des trésors de gloire dans le passé.

Des trésors d'héroïsme!... Que dire en effet de ces chasseurs, de ces zouaves du côté du Sauerbach, à la droite de l'armée ? Comptez seulement les chefs qui sont frappés à mort. Le capitaine Ambroise reçoit une balle en pleine poitrine. Le commandant Bureau a les reins brisés par un éclat d'obus. Crainvillers qui l'a remplacé n'en aura que pour un instant. Il s'arrête, la jambe broyée par la mitraille. Le capitaine qui lui succède tombe également. Et ce brave major Arnaud qui est blessé deux fois alors qu'il donne des soins au lieutenant Bouland atteint d'un éclat d'obus à la tête.

L'histoire nous parle du panache blanc d'Henri IV. Que dites-vous du lieutenant de Saint-Upéry qui avance et avance toujours, son képi à la pointe de son épée, jusqu'à ce que, emporté par sa bouillante ardeur, il se trouve au milieu de l'ennemi qui le fait prisonnier.

Que pensez-vous d'un bataillon de chasseurs réduit à cent vingt hommes seulement ?... Et cependant ces débris vont donner encore ! Le général de Lartigue les lance de nouveau avec une partie du 56e, le 1er et le 2e turcos. Si vous le pouvez, suivez ces braves qui partent au cri mille fois répété : En avant !... chargez !... En avant !... avec le formidable cri de guerre des tirailleurs.

Quel élan !... Une trombe humaine qui va tout renverser. Les premiers rangs ennemis disparaissent en effet. Mais après ceux-ci d'autres qui avancent comme des nuages noirs qui rasent la terre et que protège une puissante artillerie, tirant à toute volée.

On est arrivé cependant jusqu'aux premières maisons de Gunstett, entraîné par le colonel de Gandil, les capitaines Henry de Bourgoing, Veraniez de Pavenza.

Accablés par le nombre, nos braves doivent battre en retraite. Mais après cette lutte formidable, combien sont-ils qui reviennent sur le Nieder-Wald !... Facilement on pourrait les compter. Les autres dorment leur dernier sommeil dans la plaine, mêlés aux morts bien plus nombreux de l'ennemi. Là, parmi des armes tordues, des casques et mille autres débris, nos soldats du 56e, nos turcos, nos zouaves, aux poitrines entr'ouvertes, aux membres pulvérisés. Dans ces charges désespérées ont trouvé la mort : Henry de Bourgoing et le lieutenant des tirailleurs Salah-ben-Ahmed, les capitaines Deschamps et Gillot, les lieutenants Hardouin, Bénielli, Mohamed-Ben-Toudji, Pasqualini, sous-lieutenant, entourés de leurs soldats tués ou râlant la mort.

Quelles longues pages il faudrait écrire, si je voulais citer les noms de tous ceux qui se distinguèrent dans ces grands combats de la patrie. On pourra les lire ailleurs inscrits en lettres d'or sur des pages de vélin.

Ceux qui se distinguèrent !... Mais ce sont les bataillons, les régiments entiers, tous qui en ce jour et plus tard encore nous donnèrent de ces œuvres qui ont étonné l'ennemi lui-même.

Entendez-donc ce caporal-tambour tapant sur sa caisse à tout rompre et entraînant au milieu de la mêlée ses hommes qui tapent comme lui, plus fort encore s'il est possible.

Voyez donc à cheval toujours et devenant comme une cible aux balles de l'ennemi, tous ces officiers supérieurs, Gaudit et Barrué, Thiénot, Aubry, Clemmer et tant d'autres ; les capitaines Brauld et Vissant.

Qui donc est en tête de toutes ces charges ? Nos sous-officiers, nos lieutenants, de simples soldats qui trouvent qu'on ne va pas toujours assez vite.

Oui les premiers toujours et la poitrine découverte ceux qui vous commandaient, mes enfants. Qui oserait dire qu'on vit jamais un de vos chefs, un seul qui resta en arrière de ses soldats et cessa un instant de leur montrer le chemin de l'honneur ?...

XXV

Maintenant c'est le Nieder-Wald qu'il s'agit de défendre contre les masses prussiennes qui augmentent et se renouvellent comme si ces masses noires sortaient de terre. Là-haut, pour les recevoir, le 3ᵉ zouaves avec son drapeau!... On dirait que leur aigle n'a pas assez de gloire encore. Or, vous savez l'histoire de ce noble étendard qui flotta mutilé sur tant de champs de bataille. Dans ses plis rayonne l'étoile de l'honneur. Dans ses plis encore la médaille d'or du mérite militaire sarde, gagnée dans les plus vaillants combats, aux plaines de la Lombardie. Et ici encore quelle nouvelle et brillante auréole entourera cet aigle devenu légendaire dans notre armée d'Afrique?

La défense du Nieder-Wald par le 3ᵉ zouaves peut être classée dans les plus beaux faits d'armes de la dernière guerre. Le colonel Bocher commande ce beau régiment, un brave! Vous allez voir.

C'est la compagnie Revin qui commence. D'un coup d'œil il s'aperçoit qu'il va être tourné par les masses prussiennes. Il recule quelques pas en arrière, laisse approcher l'ennemi. Feu! s'est-il écrié. Et il les foudroie presque à bout portant.

A la baïonnette! et nos zouaves bondissent et

s'élancent sur les rangs en désordre de l'ennemi qui s'enfuit...

Une colonne avance encore plus nombreuse. Je vous le dis, les Germains sortent de terre. A notre première compagnie de zouaves vient se joindre celle du capitaine Mascureau.

Trop faibles devant la force du nombre, ces deux compagnies rétrogradent jusqu'à ce qu'elles soient rejointes par le bataillon du commandant Pariset. Et alors, c'est une véritable furie qui les jette contre les Allemands.

L'ennemi est repoussé.

Croyez-vous que c'est fini ?

J'ai bien dit que toute la Germanie était là, en face de nous. De ses soldats il en sort de partout qui se jettent sur le Nieder-Wald. Alors une mêlée horrible, sans trêve ni merci. Nos zouaves, l'uniforme en lambeaux, ruissellent de sang. Ils ne tirent plus. Le sabre-baïonnette fait tout... Nos zouaves, au regard de feu, à la figure brûlante d'une sauvage énergie, au bras de fer qui frappe, frappe encore et toujours, à la poitrine de bronze qui ne connaît ni dangers, ni fatigues.

Oh ! guerre... guerre, quelle œuvre que ton œuvre !... Sommes-nous en présence d'hommes encore !

.   .   .   .

Dans cette mêlée sans nom, tués le capitaine Mascureau, le commandant Pariset ; grièvement blessés plusieurs capitaines et lieutenants. Le capitaine Jacquot a son cheval tué sous lui. Il se relève pour recevoir une balle. Ne supposez pas qu'il en a fini pour si peu. Il continue à commander ses hommes.

C'est qu'il faut qu'en cette terrible journée tous donnent jusqu'à la dernière pulsation de leur cœur, jusqu'à la dernière goutte de leur sang.

Encore des régiments entiers de Prussiens qui accourent. Nos zouaves sont refoulés. Tout est confondu dans ce bois maudit, Allemands et Français.

Vous faites-vous une idée de ces luttes horribles qui s'engagent un peu partout, des cris sauvages qui fendent les airs, du sang qui coule à flots sous les larges baïonnettes, des os qui craquent sous les pesants coups de crosse, de ces regards qui ne sont plus de l'homme ?...

Malgré cette fureur du désespoir qui enlève nos soldats... tous ne vont-ils pas disparaître ?

Et les sapeurs qui se précipitent pour sauver le drapeau que porte si fièrement le jeune sous-lieutenant Marie, déjà blessé et dont l'uniforme est labouré par les balles.

Mais écoutez... Voyez plutôt ces combattants qui accourent, bondissent, franchissent tous les obstacles. Ce sont les zouaves du commandant Moran... les zouaves du commandant Charme, du 3e.

Tenez ferme, les enfants, s'écrie le colonel Rocher... Voici des camarades.

Et alors, élevant son sabre plus haut encore :

— Baïonnette au canon !

En avant!... La charge! Et la charge de Palestro!

Et les notes vibrantes et rapides des clairons et
des cris de combat roulant comme des coups de tonnerre, enlèvent tous ces braves. D'un bond ils sont
sur les Allemands, qui, affolés et laissant après eux
une traînée de morts, s'écroulent dans la vallée et se
précipitent sur la rive gauche du Sauerbach.

Ce n'est pas sans éprouver des pertes assez sérieuses que nos zouaves ont repoussé les efforts de
l'ennemi sur l'aile gauche. Même ils ont vu rudement blessé un de ces officiers qu'ils aimaient,
Deshorties de Beaulieu, lieutenant-colonel. Ce brave
a reçu une balle dans le ventre. Il tombe de cheval.
La blessure est mortelle. Qu'importe, il se relève et
continue à commander. Quelques jours après il se
mourait! Jeunes Français, que dites-vous de nos
chefs?... Vous les verrez toujours ainsi. . . . .

. . . .

Le Nieder-Wald, ce bois frais et charmant, avec sa
verdure encore souriante...! Que vient donc faire ici
la mort avec ses hurlements sinistres, ses allures
lugubres! pourquoi remplacer par le râle des mourants le chant des petits oiseaux, les tapis de mousse
par des flaques de sang, des nappes de fer et des
membres mutilés !

XXVI

Si au lieu d'entendre la volée des balles seulement vous les eussiez vues passer, elles vous seraient apparues épaisses, vibrantes de colère comme ces avalanches de grêle qui hachent nos moissons et nos fruits.

. . . .

. . . .

Et le souffle de la tempête me portait tantôt sur un point et tantôt sur un autre, là où il y avait des épaves à recueillir. Hélas! elles étaient nombreuses!

Chers enfants, qui ne vous aimerait en vous voyant ainsi à terre avec l'auréole du martyre, sur vos fronts si jeunes encore!

. . . .

. . . .

Je ne sais pourquoi on se figure que, sur un champ de bataille, les blessés poussent de ces cris qui ressembleraient à des hurlements. Ils gémissent, c'est vrai, ils se plaignent parfois, à mesure que la blessure qu'ils ressentaient à peine tout d'abord augmente leurs souffrances. Mais il y a toujours un certain calme, je dirai presque une certaine dignité dans ces lions de tout à l'heure.

Plus tard sans doute la douleur se trahira par des

gémissements plus forts, par des cris et des larmes
sous les instruments que dirige la main du docteur,
cette main serait-elle encore plus habile.

. . . .

. . . .

Non, il n'avait pas ses vingt ans. Pas un bruit
dans cette respiration qui à peine souleva la poitrine
du jeune sous-lieutenant quelques instants encore...
Un soupir, et ce fut le dernier...! Vous auriez dit une
fleur qu'une main distraite venait de cueillir et avait
oubliée juste au pied de la tige sur laquelle elle éta-
lait son parfum et sa beauté.

Que c'est beau le printemps de la vie, même quand
la mort est venue en arrêter le cours! Vous diriez
qu'un voile des plus légers à peine sépare ce front si
paisible de l'existence. Sa mère, si elle l'avait vu là,
étendu sur le sol, sur un lit de verdure, l'aurait cru
vivant encore... Et ce n'est qu'en découvrant sa
poitrine qu'elle aurait retrouvé sur son cœur quelques traces de sang, indiquant par où le fer avait
passé pour lui ravir son fils.

Chez nos héros tombés si jeunes la mort a son
parfum encore comme elle a sa beauté.

Je fermai les yeux de ce cher enfant et déposai un
baiser sur son front, le vôtre, pauvre mère! Je l'avais
béni, et maintenant je recommande son âme à Dieu,
si tant est que l'âme de ces martyrs du devoir
comme l'âme de ceux qui tombèrent pour la foi, ne
soit point aussitôt couronnée de la gloire du ciel.

. . . .

. . . .

Pour éviter de nouvelles blessures, je venais de descendre dans un fossé un jeune soldat dont un éclat d'obus avait labouré la poitrine. Il comprenait encore mes paroles d'espérance toujours. J'avais appuyé sa tête sur mes genoux. Ce cher enfant avait ses regards dans les miens!... J'essuyai d'une main bien amie une larme qui effleurait ses paupières. Il me fit signe de prendre un carnet qu'il avait dans sa ceinture, et, d'une voix bien faible, me dit ce qu'il fallait en faire... Il respira quelques instants encore... Je plaçai la main sur sa poitrine sanglante. Son cœur ne battait plus.

Cher enfant, je parlerai de vous à ceux qui vous aimaient et qui ne vous verront plus que dans les régions où règne une paix éternelle.

. . . .

. . . .

Les batteries allemandes se multiplient, se rapprochent et nous couvrent de mitraille.

On pleurerait en vérité en voyant inutile l'héroïsme de tous ces braves officiers et soldats pour arrêter la fureur de l'ennemi.

Qu'il fait bon déposer devant ce tribunal qui les jugera plus tard et qui ne pourra qu'ajouter de nouveaux rayons à leur auréole si large et si lumineuse! Et il me plaît d'ajouter : qu'on est fier d'être français comme ces Français!

La division de Lartigue, toute hachée qu'elle est par les rafales de l'ouragan, essaie de résister encore, même en présence de ces nuages noirs qui se dessinent là-bas du côté de Gunstett.

C'en est fait, on veut enlever notre aile droite par Morsbronn, la tourner ensuite en convergeant sur Elsasshausen et étendre le cercle de fer et de feu sur Frœschwiller.

Le champ de bataille n'offre donc pas encore un aspect assez lugubre pour lui donner plus d'horreurs. Tous ces ruisseaux, à l'onde si limpide et si pure, regardez-les, suivez leur cours si calme et si tranquille, aux jours heureux de la paix... Aujourd'hui, c'est du sang...! Sur leurs rivages fleuris, des cadavres, des membres déchirés, des casques à l'aigle d'or de la Prusse, des armes, des sabres ébréchés et sanglants... des arbres, des saules hachés par la mitraille.

XXVII

Les masses allemandes qu'on avait vues à l'horizon, se sont rapidement approchées, semblables à ces nuages sombres que pousse un vent d'orage. Elles sont sur les hauteurs... elles sont dans la plaine...

Les derniers combattants de la division de Lartigue sont à l'Est du Nieder-Wald, à la ferme d'Albrechtshaïserof, à Morsbronn. Ils vont essayer d'un dernier effort. Ils seront un contre dix... Qu'importe. Ils seront broyés par 72 pièces allemandes... Qu'importe encore.

Ils sont partis... Ils bondissent... C'est de l'acharnement, c'est de la fureur. Mais enfin il faut plier sous le nombre. Le sol est jonché de cadavres. Les survivants gagnent la forêt.

Les Allemands se présentent en colonnes épaisses.

Alors une véritable boucherie. On se tue, on se broie... Deux bandes de bêtes féroces dont l'une veut la destruction, l'anéantissement de l'autre.

Le mouvement tournant des Prussiens s'accentue de plus en plus. C'est un flot qui monte et qui va tout envahir.

En présence de cet entassement des forces ennemies, aussi bien du côté de Morsbronn que du côté de Spachbach, le général de Lartigue juge la gravité de la position. Ses troupes enveloppées, la division de Raoult se trouvera débordée elle aussi.

Alors... Oh! alors, se battre jusqu'au dernier de ses soldats et prendre une décision extrême, définitive. J'en parlerai tout à l'heure.

Pendant que ses derniers soldats opèrent des prodiges du plus sublime désespoir, de ces actes de courage, de bravoure, comme on n'en vit jamais que dans l'armée française, portons-nous sur un autre point de ce vaste champ de bataille.

XXVIII

Il me tarde d'arriver à la phase de ces étonnants combats que j'ai principalement en vue en écrivant ces pages. Toutefois avant d'y arriver, il est bon de suivre encore certaines péripéties de ce jour, soit pour montrer ce qu'ont fait toutes les armes, soit pour faire ressortir la grandeur de la circonstance qui fait particulièrement l'objet de ma pensée.

J'étais donc, et sans l'avoir prévu, le témoin de l'un des drames les plus formidables qui ont pour acteurs deux grands peuples, une bataille. L'un et l'autre veulent la victoire. Dès lors de ces efforts inouïs, de ces chocs gigantesques où tout est prodigué, les trésors, la vie, le sang... le sang, la première fortune des nations. Une tourmente, des effondrements qui, nécessairement, amèneront un cataclysme pour l'un de ces peuples.

Tout en remplissant mon devoir, et sous l'œil de Dieu, auprès de ces jeunes victimes, j'attendais l'issue de la lutte. Les heures me paraissaient tantôt bien longues, tantôt bien rapides. Mais toujours le spectacle qui se déroulait sous mes yeux me semblait le plus étonnant qui puisse se présenter aux régions de ce monde, et je crois qu'on peut défier toute intelligence humaine de donner une explication nette, absolue du mystérieux pourquoi de la guerre.

C'est un peuple qui veut jeter à terre, humilier un autre peuple dont les gloires lui déplaisent.

Nous le savons bien.

C'est un peuple qui a des ambitions à satisfaire et qui a trouvé un moyen, prendre et faire sien ce qui est à un autre.

Nous le savons encore.

Mais comment et pourquoi l'homme trouve-t-il dans sa nature une volonté assez puissante pour en venir à ces épouvantables hécatombes?

XXIX

L'orage avait des grondements de plus en plus formidables.

La mort planait au-dessus de cette arène sanglante. Son souffle pénétrait toutes les volontés, et toutes les volontés travaillaient pour elle avec rage.

Pendant que, sur le Nieder-Wald, nos soldats atteignaient au paroxysme de la lutte et changeaient en furie devant les masses prussiennes cette bravoure, ce courage inhérents au cœur du fier Gaulois, les Allemands redoublaient d'efforts contre le centre de l'armée, c'est-à-dire contre les divisions Raoult et Conseil-Dumesnil. Leurs obus font de larges trouées dans nos rangs. Ils arrivent jusqu'à Elsass-hausen où le 3e de ligne, sous le commandement du colonel Champion, est rudement éprouvé. Mais quel soldat le colonel Champion, et comme il sait communiquer à ses hommes l'ardeur qui est en lui! Calme, impassible sur son cheval qui se cabre, il les rassure par son attitude et par sa parole.

Toute la ligne prussienne est en feu.

Plus de trois cents pièces qui tonnent. Au milieu des rafales de cette horrible tempête, qui distingue-rait la marche du temps. Quelles heures, leur voix fût-elle plus puissante encore, quelles heures pour-raient dominer les hurlements de la mort? Toute-fois on se croirait entre la 10e et la 11e heure de ce jour.

Les Allemands viennent d'entrer dans Wœrth. Y seront-ils pour longtemps?

Ce soir, vous ferez une visite à cet infortuné village et vous me direz si vous reconnaissez là une œuvre du dix-neuvième siècle.

Opérait-on différemment à ces âges sinistres que notre vanité a qualifiés de barbares?

Le colonel Carrey de Bellemare a reçu l'ordre de renforcer les troupes qui sont en première ligne entre Wœrth et Frœschwiller. Il déploie son régi-ment, le 78e, en tirailleurs à côté des zouaves qui attendent les Prussiens, les laissent approcher, les reçoivent par une terrible décharge et les poursuivent jusque dans le village où arrivent les grenadiers du roi. Nos Africains, se voyant en trop petit nombre, reviennent sur leurs pas, poursuivis à leur tour par ces soldats d'élite.

Nos zouaves se regardent : est-ce que nous fuirions, par hasard ? Ils font demi-tour, jettent leur formidable cri de guerre et s'élancent contre les grenadiers qui sèment partout de leurs morts. Ils pénètrent dans le village où ils tiennent quelque temps, malgré les coups de feu qui leur arrivent de partout à la fois... combat des plus acharnés dans les rues, dans les maisons, dans l'église, le cimetière, aux environs du village. On se tue à bout portant, on s'égorge...!

Si vous étiez là pendant que j'écris ces choses, vous verriez des larmes dans mes yeux.

Nos zouaves sont rejetés du village où les vapeurs abondantes du sang se mêlent à la fumée sombre des incendies.

Ils y reviennent... C'est de la furie, de la rage. Le sol est jonché de morts, français et allemands... Des blessés qui se tordent dans des mares sanglantes.

Des renforts arrivent à l'ennemi. Nos Africains sont refoulés de nouveau.

C'est alors qu'ils s'écrient : retournons ! et vengeons les camarades.

Et ils sont revenus en effet.

Si vous en avez le courage regardez ce qui se passe en ce moment de fureur, de carnage, d'épouvantable travail de la mort et des colères humaines.

Au milieu des balles et des obus arrivent les

10.

renforts allemands, dans ces rues étroites où gisent les morts et les blessés. Les chariots, les canons, dans leur course rapide, écrasent ces misérables, morts ou respirant encore. Ils les écrasent, les broient et dans cette boue humaine creusent des ornières sanglantes!

Nos zouaves décimés, accablés par un corps d'armée, le 5e, aussi nombreux que toute l'armée de Mac-Mahon, se voient obligés d'abandonner le village.

C'est alors que les Prussiens montrent leur intention de se diriger sur Frœschwiller, pendant qu'à l'horizon et de tous côtés on voit poindre des troupes nouvelles qui vont écraser notre centre et notre aile droite.

Où sera donc le livre d'or qui inscrira les noms de tous nos braves qui meurent parce qu'ils ont compris qu'il fallait mourir? oui, mourir plutôt que d'abandonner à l'envahisseur le sol sacré de la patrie.

Qui dira tout ce qu'ont prodigué de dévouement et d'abnégation, de bravoure sublime nos soldats d'infanterie, nos turcos, nos zouaves?

Sur d'autres pages j'ai écrit en lettres d'or les noms des tous ces héros. Il en est toutefois que je n'ai pu encore retrouver; les noms de ces deux zouaves qui, l'uniforme à moitié brûlé, la figure noire comme des démons, dans les décombres d'une maison en feu, ont repoussé une dizaine d'Alle-

mands qui les poursuivaient et les avaient forcés à
entrer dans cette fournaise. Les voyez-vous au
milieu des flammes pour ainsi dire, maniant furieux
leur terrible baïonnette. Leur lieutenant me disait
qu'ils étaient revenus auprès des camarades méconnaissables et tout ensanglantés. Vous conviendrez
qu'il ne pouvait en être autrement.

XXX

Sur quel point de l'Infini se trouvait notre planète
lorsque ces atomes d'un jour qu'on appelle des
hommes ont continué à se ruer les uns contre les
autres, pour se broyer et occuper ensuite une plus
large part de ce grain de poussière qui vogue dans
l'immensité?

Et maintenant que ces atomes poursuivent leur
œuvre néfaste, sur quel point de ce même infini se
trouve la motte de terre qui les emporte eux et leurs
sinistres colères avec les palmes et les lauriers
qu'ils auront recueillis dans le sang?

Oui, quelle heure marque dans le ciel le soleil de
mon Dieu ?

On le dirait, il a déjà fourni plus que la moitié de
sa course, sans voiler un seul instant sa lumière sur
l'horrible travail de nos sanglantes folies.

Est-il donc bien utile que l'homme sache jusqu'où

peuvent aller ses haines et ses colères, pour que la vue du sang lui en fasse demander d'autre encore?

En effet, de tous côtés ses foudres qui tonnent...! partout une vaste enclume, un marteau tout-puissant qui s'abat, se relève, retombe, écrase et fait jaillir des chairs palpitantes, des membres en lambeaux. On peut dire que la lutte est dans toute sa fureur. Frœschwiller est dévoré par les flammes.

Le centre se débat sous un ouragan de bronze et de fer.

A l'aile gauche, Ducrot, avec une solidité inébranlable, soutient les efforts de deux corps bavarois.

C'est une voûte de plomb... un déluge de feu qui s'effondrent sur nous.

Nous ne sommes plus que 30,000 nous débattant contre 135,000, au milieu des cadavres, des blessés, de toutes sortes de ruines.

Le général Raoult, qui se trouve à la lisière du bois de Frœschwiller et contre lequel sévissent les formidables rafales de la tempête, fait des prodiges de valeur avec ses soldats, arrivés au paroxysme de tous les courages, de la fièvre de mourir. C'est à se demander si les fils de la France se battirent jamais pour son honneur et sa gloire, pour sa vie et pour sa liberté, avec un tel dévouement, une telle ardeur du devoir.

Mais aussi, c'est une terre sacrée qu'il faut ravir à un terrible envahisseur, sur laquelle tout au moins il faut laisser une semence de héros.

Voyez donc tous ces fronts, tous ces regards tendus comme par une crise suprême vers ce qui sera ou la vie ou la mort.

2ᵉ turcos, 8ᵉ chasseurs, 78ᵉ, 48ᵉ, 46ᵉ de ligne... quels braves gens qui se feront hacher plutôt que de reculer d'une semelle !

La clef de la position pour les Allemands est là en effet, au centre de notre armée. Maîtres de Wœrth, ils accentuent leur mouvement sur les positions occupées par Raoult.

On les laisse approcher. Pas un coup de fusil encore et baïonnette au canon, les turcos en première ligne.

Je suis auprès d'un pauvre blessé dont un éclat d'obus avait labouré les deux jambes. Je vois monter l'orage. J'allais me trouver entre ces deux cibles humaines qui allaient se faire de larges trouées sanglantes. Je prends le blessé sous les bras et le traîne, c'est le mot, dans un fossé, dominé par quelques buissons. Je ne pouvais faire mieux pour le moment. Je me mets à genoux près de lui. J'étanche le sang de ses blessures et je lui dis de se coucher pour éviter les balles.

Si les Allemands arrivent jusqu'à vous, ils vous prendront pour un blessé ou un mort.

— Mais vous, mon père !... Allez plus loin. Laissez-moi. On ne me fera pas plus de mal.

— Non, mon enfant.

— Je vous en supplie, mon père. Ici vous n'êtes

pas en sûreté. Vous reviendrez. Donnez-moi votre bénédiction.

J'ai eu la faiblesse de me rendre à sa prière !

Les balles commençaient à siffler. En vérité il est étonnant que je n'en aie reçu aucune.

Deux minutes à peine..... Et les turcos et les chasseurs sont passés comme une trombe en poussant des cris de guerre et jetant mille fois de leurs robustes poitrines cette parole qui vous enlève, qui vous entraîne, qui enlèverait des morts, comme disait un capitaine :

En avant !....

En avant, les turcos !

En avant, les chasseurs !

. . . .

Au travers de mes larmes et la prière sur mes lèvres, je voyais passer l'ouragan.

Il arrive sur l'ennemi.

Quel carnage, grand Dieu !... quels cris ! quelle mêlée !...

Et c'étaient des hommes... !

Les enfants d'un même Dieu qui leur a dit : aimez vous... !

L'ennemi est rejeté au bas de la colline.

Mais les Allemands ont toujours des troupes fraîches à leur disposition.

Ils reviendront, vous le verrez.

Toutefois pour le moment cette faible division a arrêté les efforts du 5e corps de Kirchbach, que soutient à distance le 1ᵉʳ corps bavarois. Voilà donc 65,000 hommes arrêtés par les sept ou huit mille de Raoult. Vingt mille hommes de plus et vous restiez français, enfants bénis de l'Alsace, et vos tombeaux aussi eussent été français comme le furent vos berceaux !...

. . . .

. . . .

Etendu sur la terre un turco d'une taille de géant. Sur son vaste front, sur sa large poitrine des fissures comme des abîmes... Sur cette statue d'ébène des flots de sang... Sa main pressait encore sa baïonnette tordue, ébréchée, ensanglantée... ses yeux grands ouverts semblaient encore fixer quelque chose. Je m'approche pour les lui fermer. Un autre turco qui était là tout près avec une jambe broyée :

« Merci, marabout ! »

Je vais à lui et je dispose sa jambe de façon à ce qu'il souffre moins.

Quelle reconnaissance de sa part.

Nos Africains ont ce sentiment très prononcé.

Nous étions à San-Martino (Mexique). Dans mon ambulance j'avais un certain nombre de tirailleurs algériens, blessés ou malades. Je leur faisais des distributions de tabac, de cigares. De leur part mille remerciements.

Un jour, en 1868, alors qu'il y avait à Paris un régiment de turcos, je passais devant la Cour des Comptes. Là une sentinelle fournie par le poste de

la Légion d'honneur qui se composait de tirailleurs
du 2ᵉ.

Je suivais le trottoir. La sentinelle porte les armes.
Je salue. Et puis :

— Tu ne dis donc rien au turco, marabout.

Je me retourne et je crois reconnaître ce brave
garçon.

— Oui, marabout, j'étais à San-Martino. Tu me
donnais des cigares. Et encore je te remercie.

Pour le moment et comme le turco, il faut que je
l'avoue, je mets tant soit peu la consigne de côté.
Des poignées de main, quelques paroles, des souvenirs.

Je reviens sur mes pas pour voir les camarades
de la Légion d'honneur.

Je peux vous assurer que je fus le bienvenu.

.   .   .   .

.   .   .   .

Je reviens à mes deux blessés du plateau de Frœschwiller. Presque entre ces deux Africains, au teint
d'ébène, un jeune lieutenant, jeté à terre par une
balle ou un éclat d'obus. Il est d'une pâleur de
neige. *Un lis dans la vallée de la mort...!* Dans cette
blancheur sa mère aurait retrouvé, admiré le reflet
de ses vertus. Seules, au dessous de la tempe, quelques gouttes de sang... la dette sacrée payée à la
patrie... le sang d'un glorieux martyr.....

Dieu vous a épargné la vie, mon fils.

Pourquoi ?

Les plus beaux printemps ont aussi leurs jours de larmes ! Les plus belles fleurs peuvent, hélas ! ne connaître qu'un matin !

Vous étiez la gloire de votre mère, une étoile dans le ciel de son bonheur et de sa joie si légitime. Il est des étoiles que les nuages ne sauraient assombrir jamais, pas même les ténèbres de la mort. Vous serez toujours l'honneur de ceux qui vous aimaient. Quelle gloire de pouvoir dire : Nous avions un fils, il tomba pour la patrie !

XXXI

Cependant le maréchal Mac-Mahon lui aussi qui, depuis le matin, a suivi les péripéties de la bataille et qui, avec sa bravoure si connue, n'a cessé de se trouver un peu partout, affrontant toutes les rafales de la tempête allemande, Mac-Mahon, droit sur son coursier couvert de sueur et d'écume, a compris l'étendue du danger. Il donne l'ordre à la 2e brigade de la division Conseil-Dumesnil d'opérer sur Wœrth un retour offensif avec la 1re brigade Maire.

Suivez-les, ces héros, et vous me direz si l'on peut avec plus d'entrain marcher à l'ennemi... à la mort !

La 2e brigade est en première ligne, la brigade Maire, 47e et 99e, forment la deuxième ligne.

Le 99e... Vous savez, les braves de Détrie, au

11

Borrégo !... Ils sont et ils seront les mêmes toujours, aujourd'hui surtout sous le commandement du colonel de Saint-Hilaire. Et donc le 47e qui, en outre du brave colonel de Grammont, voit encore dans ses rangs un autre héros du Mexique. Vous souvient-il de Galand au terrible assaut de San-Ines, à Puebla? Eh bien, le jeune lieutenant du 2e zouaves alors est là au 47e, en qualité de chef de bataillon, avec de Ravel.

De Saint-Hilaire a pour commandants Petit, Prieur et Varné-Jauville, avec Joinville pour lieutenant-colonel. Rappelez bien tous ces noms? Il en vaut la peine.

Le général Maire a disposé ses régiments.

Par delà le village de Wœrth, sur les collines de la rive gauche du Sauerbach, une trentaine de batteries prussiennes. Les obus commencent à pleuvoir.

Mac-Mahon arrive au galop de son rapide coursier.

Aussitôt et sur toute la ligne, les képis au bout des baïonnettes, le cri mille fois répété : Vive le maréchal !

Les yeux brillent et jettent des flammes chez tous ces braves, autant que leurs baïonnettes sont brillantes au soleil.

La première ligne de la division Conseil-Dumesnil est déjà engagée près de Wœrth contre le 2e corps bavarois.

Le 47e et le 99e qui se sont résolument avancés reçoivent une véritable pluie d'obus. Le général

Maire, sur l'ordre de Mac-Mahon, les fait se replier tant soit peu. Ce n'est que pour quelques instants.

Le 47ᵉ s'est élancé de nouveau, soutenu à droite par le 99ᵉ et enlevé par son colonel de Grammont au cri fortement répété :

« En avant ! Vive la France ! »

Les batteries allemandes y répondent par un déluge de mitraille.

C'est alors que le général Maire, élevant son épée et le regard en feu, s'écrie de la voix la plus vibrante :

« Tambours et clairons, la charge! »

Et tout à coup le brave général tombe mortellement blessé.

Alors de toutes les poitrines une seule exclamation se mêlant aux notes sonores et rapides des clairons et des tambours :

« Vive la France! »

Vive le général !... Et courons le venger.

Le 47ᵉ et le 99ᵉ sont partis, baïonnette au canon, et rejettent l'ennemi dans le village où ils entrent avec lui.

Mais là, de tous côtés des coups de feu. Le capitaine Hersa, frappé au cœur, tombe avec cette parole qui expire sur ses lèvres : En avant !...

Bientôt une lutte corps à corps. Les baïonnettes en se tordant perforent les poitrines. On s'assomme à coups de crosse, dans les maisons, dans les rues.

Et au grand soleil toujours flotte avec sa croix d'honneur l'étendard du 99ᵉ.

L'ennemi va le saisir... Ne craignez rien.

Mais le porte-drapeau est blessé... il est à terre. Je vous l'ai dit, ne craignez rien. Le tambour-major, un fort à bras, l'a relevé et fièrement l'agite au-dessus de tous. Un obus arrive et coupe en deux le brave Georges, le tambour-major, un véritable géant par sa hauteur, un hercule par la force de tous ses membres.

C'en est fait du drapeau du régiment, des héros de Détrie!...

Vous croyez?... Un autre brave le relève. Celui-ci le sauvera définitivement avec la garde d'honneur qui l'entoure, qui se presse, qui lui fait un rempart de toutes ses poitrines.

Broyé par un obus, le commandant Ravel, à la tête de son bataillon.

A quelques pas, l'épée haute et au milieu des corps brisés de leurs braves, les capitaines Duport, Pasquet, de Calignan.

Le commandant Lesur reçoit lui aussi deux blessures qui le forcent à s'arrêter.

Les maisons où s'entassent les morts sont prises et reprises plusieurs fois.

Entendez donc ces cris qui ébranlent les murailles. Partout, en haut, dans les rez-de-chaussée, des flots de sang qui débordent.

Dans les rues, mêlés aux cadavres de leurs soldats,

tous ces beaux et jeunes officiers de Langle, de Carry,
Jacquin, Tillard et tant d'autres dont les noms seront
écrits aux archives du régiment.

Et tous ces blessés dont la plupart continuent à se
battre encore, Galand, Lapointe, Monguillon, Bran-
chery, Escallier, Paoli, Jousselin.

Au milieu des cris de guerre cet autre qui les domine tous :

Au drapeau !... Au drapeau, les enfants !

Et tout près, le couvrant de son regard, pour ainsi
dire, le colonel de Grammont dont l'énergie, la bravoure donneraient du courage à ses soldats, si ses
soldats n'en avaient autant que lui-même.

Tout à coup il a le bras gauche emporté par un
obus. Il mande le lieutenant-colonel Rollet et sans
que rien trahisse son horrible souffrance, il lui remet le commandement en ajoutant avec le plus grand
calme : mon ami, je suis perdu.

Toujours de ces paroles comme seuls les fils de
France savent en avoir.

C'est bien également au siège de Constantine que
fut prononcée celle-ci que je voudrais voir mille fois
répétée par nos professeurs de littérature, en présence de notre ardente jeunesse, si grandement enthousiaste, quand il s'agit du beau, de patrie, d'héroïsme. Le colonel Combe se présente devant le duc
de Nemours pour lui rendre compte de ses opérations
et ajoute : « Je suis heureux d'avoir pu faire quelque
chose pour le roi et pour la France.

11.

— Mais vous êtes blessé, colonel, lui dit le duc.

— Non, Monseigneur. Je suis mort.

Et il expire quelques instants après.

.   .   .   .

.   .   .   .

Le lieutenant-colonel Rollet venait à peine de recevoir le commandement du 47ᵉ qu'il est sérieusement blessé.

Galland, le dernier officier supérieur encore debout, rassemble autour du drapeau les débris de nos braves. Au bout de quelques instants il est lui-même arrêté par une balle à la jambe... Mais le noble étendard est sauvé !

Le plus ancien capitaine va commander.

Le Maréchal Mac-Mahon, pour éviter une effusion de sang qu'il a jugée inutile, ordonne la retraite. Elle s'effectue sous les balles prussiennes, c'est vrai ; mais c'est à distance toujours qu'elles sont lancées contre nos soldats.

Grandes et bien grandes les pertes du 47ᵉ et du 99ᵉ pendant l'action qui vient d'avoir lieu. Grandes encore, pendant la retraite, alors que le 99ᵉ est pris en écharpe par les feux des Prussiens, partant du Niederwald dont ils se sont emparés enfin, à force d'y jeter leurs nombreuses et épaisses colonnes.

Pendant qu'on se battait dans Wœrth, le 1ᵉʳ bataillon du 99ᵉ, commandant Warmé-Janville, était retenu en réserve à une certaine distance du village. C'est alors que Mac-Mahon, suivi de son état-major,

arrive au galop de son cheval et prescrit au brave
commandant de protéger la retraite. Et puis, s'adressant aux soldats, il leur jette cette parole :

« Enfants, tenez ferme !

« Il s'agit avec vos balles et votre baïonnette de
sauver vos camarades. »

La réponse ne pouvait être que celle-ci :

« Comptez sur nous.

« Vive le maréchal! »

Qu'était-ce donc que cet homme que l'on voyait
partout, au plus fort du danger?

Se savait-il invulnérable?

Ah! que Mac-Mahon avec sa bravoure commu-
nicative n'avait-il seulement deux fils des vieux
Gaulois à opposer à quatre Germains.... et la victoire était pour lui.

Maréchal, l'avenir vous les donnera plus tard ces
fils des vieux Gaulois, contre trois et quatre Germains. Et alors?...

.   .   .   .

.   .   .   .

Cependant les Prussiens apparaissent et vont con-
tourner le bataillon. Mais par une savante manœuvre,
celui-ci leur échappe. C'est en ce moment que tombent mortellement atteints le lieutenant-colonel de
Joinville et le commandant Warmé-Janville.

Pour donner une idée de l'acharnement de nos
soldats dans cette dernière lutte qui vient d'avoir
lieu aux environs et dans le village même de Wœrth,

je n'ai qu'à énumérer les pertes de nos deux régiments. Celles du 99° se sont élevées à 24 officiers et 600 soldats tués ou blessés. Le 47° a perdu tous ses officiers supérieurs, 29 officiers subalternes et 1,270 soldats.

Les Français voudront-ils jamais comprendre qu'un seul en présence de cinq, de huit et de dix quelquefois, sera presque toujours obligé de céder le terrain sous peine d'être broyé?

Soit... Mais l'honneur qu'on ne voudra perdre jamais!!!...

.   .   .   .

.   .   .   .

Lisez et soyez dans l'admiration en présence de ces héros obscurs, toujours prêts à faire ce qu'il faudra toujours faire.

C'était au moment où la mitraille, où l'incendie dévoraient, anéantissaient tout dans l'infortuné village. Une poignée de nos soldats, conduits par un jeune sous-lieutenant, se trouvent, au détour d'une rue tortueuse et étroite, en présence d'une masse ennemie. Le lieutenant, en tête, l'épée haute, allait être la première victime. Cinq ou six de ses soldats accourent et se jettent au-devant de lui. Trois sont tués. Une balle traverse le bras du lieutenant, celui qui portait si haut l'épée de France. Des camarades viennent remplacer les morts. Il en tombe deux encore. Je voudrais bien que vous eussiez pu entendre les paroles vibrantes du jeune officier, nulle ment préocupé de sa blessure et du sang qui coulait à flots :

« Courage, les enfants ! criait-il, nous les aurons. »

Et les baïonnettes se croisent. Un secours leur arrive. Les Allemands sont repoussés.

Mais ces braves qui se sont dévoués pour le jeune héros qui les entraînait dans le chemin de l'honneur, quels sont-ils ? quelle table de bronze ou de marbre redira leurs noms aux générations à venir ? Ils n'auront eu en mourant que les échos de cette parole qui retentit et console au fond de la conscience : le devoir accompli !

Ah ! combien pourrait-on en compter de ces héros obscurs, pendant ces jours de deuil où tout était au devoir, sans préoccupation de la gloire des hommes ! On tombait, l'âme satisfaite parce que, en tombant, on avait fait tout ce qu'on pouvait, tout ce qu'on devait faire pour la patrie. S'il y avait un regret c'est celui que plus d'une fois j'ai entendu sur des lèvres déjà effleurées par la main si froide de la mort : « Mon père, que n'ai-je pu faire davantage pour notre chère France ! »

Qu'elle rentre dans ses noirs abîmes l'hydre honteuse de la calomnie. Est-ce donc que quelques défaillances, quelques traînées sombres, s'il en fut du moins, pourront assombrir l'auréole de nos armées si vaillantes ?

Sachez-le bien, nos soldats ont toujours été et seront toujours les mêmes pour leurs officiers si braves.

Est-ce que, par hasard, il ne vous reviendrait pas dans le souvenir ce qui se passa en 1863, au combat de Camaron, dans les terres chaudes de Vera-Cruz? Contre 2,000 Mexicains qui après tout, sous la conduite du colonel Millan, défendaient leur pays, nous étions soixante-cinq, pressés comme dans une fournaise entre les bâtiments d'une hacienda qui flambait.

Trois officiers : Danjou, Villain et Maudet. La vaste cour est semée de morts et de mourants. Les blessés qui grillent sous les torrents de feu d'un soleil tropical, approchent leurs lèvres brûlentes des lèvres de leurs blessures.... comme pour étancher dans le sang qui s'en échappe la soif qui les dévore!....

Il ne reste plus que six combattants en présence de deux cents carabines flamboyant au travers des brèches pratiquées dans le mur d'enceinte.

Six combattants encore des 65 héros de la 3e du 1er étranger! Que vonts-il faire? Ce que feront toujours des français quand il s'agit de l'honneur. De ceux-là.... j'ai les noms. Lisez-les et ne les oubliez jamais :

Le sous-lieutenant Maudet, le caporal Maine, aujourd'hui capitaine en retraite, officier de la Légion d'honneur; les fusiliers Catteau, Wensel, Constantin et Léonhard.

Ecoutez la réponse de Maudet quand on vient lui dire que son dernier sergent-major est tombé enfin. Elle est digne d'un porte-drapeau de la France :

« Alors c'est notre tour. »

Et Maudet qui avait ramassé un fusil faisait le coup de feu comme les camarades.

Ils se sont retirés sous un hangar en ruines. « Tirez toutes vos balles ! dit le lieutenant. Tirez ! jusqu'à la dernière que vous garderez. »

Cette dernière est dans la carabine.

« Attention ! s'écrie le porte-drapeau. Vous tirerez au commandement, puis vous chargerez à la baïonnette. Et vous me verrez le premier, mes enfants ! Je vous fais mes adieux ! »

Et plus une parole. On attend. Non, plus un mot. Et même respire-t-on encore ?

Les Mexicains pensent que de notre côté c'est fini, que les légionnaires renoncent à toute résistance. Ils se hasardent dès lors à avancer dans la cour. Fini !... pas encore. Et la consigne, où serait-elle !

« Tous jusqu'au dernier ! leur avait dit Danjou, en tombant le premier sous les balles.

— Oui, capitaine, tous nous mourrons avec vous. »

— Joue !... Feu !... s'est enfin écrié le porte-drapeau du régiment... Et, les cinq balles parties, le premier il franchit le mur et s'élance à la baïonnette, suivi de ses hommes, bondissant comme des lions. Sur eux sont tournés tous les fusils mexicains. Soldats, c'est ici que je voulais en arriver. Lisez, lisez bien. C'est à l'honneur de vous tous, parce que, tous dans l'occasion, vous feriez ce que va faire le généreux Catteau. Saluez ce brave, ce digne combattant de la France, qui se jette au-devant de Maudet, le saisit dans ses bras et le couvre de son corps. Il tombe criblé de balles avec un autre camarade. Deux coups de feu atteignent le lieutenant, un à la cuisse, l'autre dans le côté. Winsel tombe lui aussi, légèrement frappé, et se relève.

Les trois survivants se disposent à continuer la charge, quoique pressés dans un cercle effrayant de baïonnettes.

Moi aussi je me vois forcé d'aller jusqu'au bout de cet émouvant épisode. C'est si beau l'héroïsme, l'héroïsme porté à ce qu'il y a de plus sublime.

— Arrêtez, s'écrie enfin une voix. Celui qui a donné cet ordre, d'un bras vigoureux et du plus grand air d'autorité, relève avec son sabre les baïonnettes mexicaines qui effleurent déjà les poitrines des trois Français. « Et vous, messieurs, leur dit-il, rendez-vous! »

Que je cite mot à mot leur réponse, ce n'est pas celle de gens qui se croyaient vaincus :

— « Nous nous rendrons, si vous nous faites la promesse la plus formelle de relever et de soigner notre lieutenant et tous nos camarades, atteints comme lui de blessures; si vous nous promettez de nous laisser notre fourniment et nos armes. Enfin nous nous rendrons si vous vous engagez à dire à qui voudra l'entendre que, jusqu'au bout, nous avons fait notre devoir. »

Et toujours ils tenaient hautes leurs baïonnettes, comme pour continuer la charge.

Trois soldats, trois Français, qui posent des conditions, on peut le dire, à une armée!...

— « On ne refuse rien à des hommes comme vous ! » répondit l'officier.

Cet officier, c'était le colonel Cambas. Et il offrit le bras à deux de ces hommes dont le sang indiquait qu'ils n'étaient pas sans blessures.

. . . .

. . . .

Que de faits je pourrais écrire, qui témoignent du respect et du dévouement de nos soldats pour leurs chefs !

C'est bien en Crimée que l'on vit se manifester tous ces beaux sentiments qui les honorent autant que leur légendaire courage.

Le général Bosquet venait d'être blessé, dit le colonel Thomas. Lorsqu'on l'eut relevé on l'emporta sur un brancard. Or, le brancard fut arrêté par un blessé qui avançait péniblement dans la tranchée. Ce malheureux traînait derrière lui un lambeau de jambe broyée par un obus. Quand il eut reconnu le maréchal, il s'approcha, lui embrassa la main en disant : « Oh! mon général, vous êtes blessé ! que ferons-nous sans vous ? »

XXXII

Ah ! que ne puis-je presser dans mes bras tous ces
braves enfants qui tombent, leur prodiguer toutes
les tendresses de mon affection, augmentée encore
par mon amour pour la patrie, cette patrie adorée
pour laquelle s'immolent tous ces jeunes martyrs !

Mais d'autres prêtres, d'autres aumôniers sont un
peu partout avec leur courage et leur dévouement.
pour moi je ne suis qu'un point perdu au milieu
des flots de cet océan aux vastes colères. C'est bien
accidentellement que je me trouve au sein de cette
tourmente où sombrent tant d'existences. Qu'importe, j'y suis et je remercie Dieu de m'avoir amené
à ce poste d'honneur. Je ferai mon devoir comme
mes confrères font le leur, avec plus de dévouement
sans nul doute. Toujours est-il qu'en revenant à la
place qui me fut officiellement assignée, je tiens à
me rendre le témoignage que j'aurai fait à peu près
ce que je devais faire.

Ce témoignage... le trouverai-je peut-être dans la
pensée que, durant tout ce jour, ma vie a été comme
celle des combattants, abandonnée aux balles, à la
terrible bourrasque et de fer et de feu, si du moins,
d'ici à ce soir, je ne sombre pas dans les dernières
colères du cataclysme. Après tout, à la grâce de Dieu.

XXXIII

Ne croyez pas que ce soit fini pour le village de Wœrth. Tout le monde en veut. Ce village a comme une attraction pour l'indomptable bravoure de nos soldats. Aux brigades L'hérillier et Wolf maintenant.

Vous ne savez donc pas qu'ils sont près de 60,000 ? Et vous, mes enfants, combien êtes-vous ? Trois mille à peine. Mais vous ne comptez pas. La faim qui brûle et torture vos poitrines !... La fatigue qui brise vos membres depuis la première heure du jour !... Les munitions qui vont vous manquer peut-être !...

— Soit... Nous voulons nous battre, et nous nous battrons. Ainsi le veut la France parce qu'elle veut rester ce qu'elle fut toujours.

Allez dès lors, mes enfants. Je bénis vos âmes et vos cœurs.

Et des soldats qui disaient : « Il en pleut donc des Prussiens. Il faut cependant que ça finisse.

— Tu vas voir, le père L'hérillier va donner son coup de tampon. C'est qu'il tape dur quand il s'y met. Je l'ai connu au Mexique. Il était toujours le premier. »

En effet, après avoir disposé les troupes qu'il

avait sous la main, à droite le 8ᵉ chasseurs, au centre
le 2ᵉ zouaves, à gauche le 3ᵉ bataillon du 36ᵉ, le
général L'hérillier élève son képi, jette le cri : En
avant! et s'élance sur la route de Wœrth, le premier
en tête, sous un déluge de mitraille. A ses côtés ses
deux aides-de-camp, Bataille et Malpel.

Qui donc ne serait entraîné par son exemple?

Baïonnette au canon et au pas de course, nos soldats arrivent à l'entrée du village. La lutte est terrible, sans merci.

Est-ce assez de dire qu'on est sous une pluie de
balles... dans une atmosphère mouvante de fer, tant
sont compactes les baïonnettes qui se croisent, qui se
relèvent et retombent sanglantes pour se croiser
encore.

A terre nos officiers, nos soldats. Blessés le général
et ses deux aides-de-camp.

Mais que peuvent trois mille hommes, aussi
braves qu'ils soient, contre une véritable armée
qui en compte trente et quarante mille? Aller plus
loin, on le voit, ce seraient des morts inutiles.

Les débris de la brigade, c'est le mot, reviennent
sur Frœschwiller.

Mais quelle ténacité! Ils veulent donc mourir
tous. Voyez, avec ces débris on organise de nouvelles colonnes et de nouveau on se porte en
avant. On est repoussé. Que de braves qui vont
manquer à l'appel!

Sur l'ordre de Mac-Mahon qui voit le centre de

plus en plus menacé, le 96ᵉ, colonel Franchessin, va être mis en ligne, protégé par les deux batteries de la division Bonnemains. Ce régiment marchera sur Elsasshausen que les Prussiens n'occupent pas encore. Il dirigera sa fusillade sur le Nieder-Wald et se précipitera sur l'ennemi par la route des Morsbronn. C'est alors que Franchessin, à la tête de son premier bataillon, l'entraîne et le lance sur les Allemands qu'il étonne par la fougue de ses soldats. Il les culbute. Quelques pas encore et il est maître de leurs batteries. Mais, pris en flanc par de nouvelles pièces, il se trouve en présence d'une trombe de fer. Le premier bataillon rétrograde dans le petit bois. Le deuxième accourt. Et alors une mêlée affreuse de Français, de Prussiens chez qui tout est rage et fureur. De Franchessin a son cheval tué sous lui et reçoit trois blessures. Couvert de sang, sabre haut toujours, il veut encore commander. Il est frappé d'un autre coup de feu qui sera mortel. Il tombe enfin, mais en jetant ce cri qui sera entendu par des soldats qui l'aimaient : En avant !... Vive la France !...

Il est relevé du champ de bataille et porté dans une ambulance, de là dans une ferme. On sait quelle fut sa fin.

Un brave soldat qui l'avait vu chanceler sur son cheval avait couru vers lui pour le retenir. Il est frappé mortellement d'une balle. Il tombe sans pouvoir saisir la main de celui qu'il venait secourir et

en tombant sa dernière parole est celle-ci : Que je
meure pour vous et que vous viviez, mon colonel !

Est-ce beau, jeunes Français ?

Un salut pour ce héros dont le nom sans doute
restera toujours inconnu.

Ah ! parmi vous que de grands soldats qu'un
piédestal devrait rendre plus grands encore. Non
pour eux, mais pour les générations à venir !

Le combat continue et avec quel acharnement,
hélas !

Mais que va devenir l'aigle du 96ᵉ? Celui qui le
portait, le lieutenant Henriot, vient d'être frappé à
mort ! Une masse de Prussiens se précipitent pour
s'en rendre les maîtres.

Soldats de l'avenir, lisez, retenez comment on
sauve un drapeau :

Le sous-lieutenant Bonade accourt avec quelques
soldats et reçoit deux balles dans le corps. Qu'importe ! il a relevé l'étendard, déchiré, inondé de
sang et de nobles blessures comme lui.

La rage au cœur, les Prussiens se précipitent plus
nombreux encore.

Une mêlée, une cohue sans nom. On crie, on
s'écharpe, on se tue.

L'adjudant major Obry se jette à cheval dans ce
tourbillon humain, au milieu des sabres et des
baïonnettes qui se croisent.

Bonade, étendu sur le sol, se relève à moitié et,
le regard en feu, lui tend l'insigne de l'honneur.

Le major l'a saisi d'un bras vigoureux, l'élève bien haut, plus haut encore. Une seconde... un soupir... et vingt balles abattent son cheval.

Bonade, Obry, le drapeau sont à terre.

Un cri s'élève, un seul qui aurait comme un retentissement de la foudre :

« Le drapeau !... Sauvons le drapeau !... »

Et alors des camarades qui ont entendu cet appel d'un suprême désespoir sont accourus. Obry s'est relevé, saute sur un mulet d'ambulance et presse l'étendard sur sa poitrine. Les camarades l'entourent et, à coups de crosses, à coups de baïonnettes, écartent et renversent tous ceux qui étendent une main sacrilège sur le glorieux drapeau du 96e.

Au pas de course on arrive au milieu d'un groupe plus nombreux.

Que je nomme les six camarades qui s'étaient élancés au secours du major Obry. Il est des noms qui ont le droit d'occuper une place et bien apparente sur les pages de l'histoire :

Les sergents Faure, Pic et Mespoulède ;

Le fusilier Billougrand ;

Les sergents-majors Rame et Bœltz.

Les deux bataillons du 96e, comme on le voit, se battent rudement, mais ils succomberont. Ils se battent un contre dix !... Toujours l'écrasement du nombre.

A eux s'est réuni le 3e bataillon et la lutte continue sous les ordres du brave lieutenant-colonel Bluem.

Ici un fait qui m'a été raconté plus tard par un de nos soldats, soigné dans l'ambulance de Haguenau. Le connaissant, je m'en voudrais de le passer sous silence. On dira : c'est du romain. Du romain !... Non, c'est du français. Et que je commence par écrire le nom de ce brave sergent-fourrier. S'il est encore de ce monde, je lui envoie la plus amicale, la plus loyale poignée de main.

Enfants, retenez bien le nom de Soret, du 96ᵉ. Et d'ailleurs le régiment doit l'avoir inscrit dans ses annales.

Soret a déjà reçu trois blessures depuis le matin qu'il se bat comme un enragé. Il vient d'en recevoir une quatrième, mais celle-ci des plus sérieuses. Un éclat d'obus lui a fracassé la jambe. On s'empresse autour de lui, on l'emporte à une certaine distance. L'ennemi arrive en masses profondes. Il faut battre en retraite. Foret serait encore plus exposé entre les bras de ses camarades sur lesquels les Prussiens ne manqueraient pas de tirer. On le dépose au pied d'un arbre.

Le jeune fourrier a la jambe dans un état affreux. A l'extrémité de cette jambe le pied n'est plus retenu que par quelques lambeaux de chair. Que va-t-il faire ? Ne frémissez pas. A côté de lui, un capitaine mortellement atteint. Il le prie de lui passer son sabre. Et alors... ! Il tranche ces faibles lambeaux et se *débarrasse* de son pied inerte et à moitié broyé. Plus encore ; pour éviter l'hémorragie avec ses mains il creuse un trou dans la terre et enfouit ce qui lui reste de sa jambe mutilée jusqu'à ce qu'on vienne le relever pour une ambulance quelconque. Il fut transporté à celle de Haguenau.

Vous ne douterez pas de l'énergie de ce brave quand vous aurez lu ce que je vais écrire. Au siège de Puebla une bombe arrive dans une maison que devaient traverser des chasseurs pour aller plus loin. L'un d'eux a la main broyée par un éclat. Un camarade veut rester près de lui pour le soigner. « Non non, dit-il, continue avec la compagnie. Seulement bourre ma pipe. Si tu as la chance de revenir, alors tu t'occuperas de moi au retour.

. . . .

Plus tard, au second siège de notre Paris si beau, un jeune soldat, placé en tirailleur dans les parages du fort d'Issy, eut la jambe brisée par une balle. La compagnie était à deux kilomètres environ. Comment la rejoindre? Il trouvera un moyen pour traîner après lui le membre mutilé. Il le rattache à son ceinturon avec les courroies de son sac, et avance sur les genoux, mais avec quelles peines et quelles souffrances! On continue à tirer sur lui. Quand il a parcouru une certaine distance, des camarades l'aperçoivent et volent à son secours. Deux sur quatre sont jetés à terre. Enfin notre blessé est au milieu de sa compagnie. On nous le porte à l'ambulance, établie dans l'Ecole de Saint-Cyr. Là il nous raconte avec une certaine fièvre dans ses paroles son aven-

ture du fort d'Issy. Son colonel lui fait l'honneur
d'une visite, lui adresse sur son énergie les plus
chaleureuses félicitations et lui annonce qu'il l'a
porté pour la croix ! Rarement j'ai vu une figure plus
radieuse... Au bout de dix jours, hélas! ce brave enfant se mourait de la pourriture d'hôpital !...

Cependant le 18ᵉ de ligne était arrivé en soutien
sous le commandement du général Wolf. Voyant
que toute résistance était devenue impossible sur ce
point, il retire les deux régiments du petit Bois, les
porte sur Frœschwiller et les place au sud du village,
espérant qu'ils seraient protégés par les deux batteries de la division Bonnemains. Mais ces deux batteries sont bientôt écrasées par les feux allemands.
Officiers et servants tombent autour de leurs pièces.

Les deux régiments doivent renoncer à aller plus
loin sous l'avalanche des projectiles qui les déciment. Dans les diverses affaires qu'ils viennent
d'avoir, le 18ᵉ à lui seul a perdu quatre officiers tués
et 10 blessés, 416 sous-officiers et soldats blessés ou
morts. Le 96ᵉ a eu 750 hommes hors de combat,
11 officiers tués et 10 de blessés.

**Dans ces deux régiments, vous l'avouerez, on a dû
faire son devoir, ou jamais.**

XXXIV

France, ô ma patrie bien-aimée, de tout ce que je viens d'écrire que faut-il penser de tes enfants, sinon qu'ils ont donné d'héroïsme tout ce qu'ils pouvaient en donner pour empêcher le flot envahisseur de pousser plus loin ses ambitions et ses colères. Etait-il possible de demander à des soldats plus que n'ont fait nos régiments de ligne, nos zouaves, nos turcos, nos chasseurs, notre indomptable artillerie?

Je ne le pense pas.

Honneur, louange à tous ces braves.

Que les morts reposent en paix sur cette terre qui peut-être bientôt ne sera plus française.

Que les vivants continuent à nous donner des espérances pour l'avenir.

L'avenir!... serait-il seulement au vainqueur d'aujourd'hui?... Il aura un lambeau de notre terre sacrée. Soit. Il en a pris bien d'autres à des peuples, ses voisins. Qu'il n'ignore pas qu'il est des dépouilles bien lourdes à porter. Pour lui quelle responsabilité, quelle tâche pesante que tous ces deuils amoncelés sous nos toits par tant de sinistres rigueurs, que toutes ces larmes que les enfants ont vu verser à leurs mères !

La France terrassée sous une couche épaisse de

mitraille, enserrée dans un cercle de fer, n'a point perdu de sa vitalité, renoncé à ce sentiment qui fait et qui fera toujours sa force... l'honneur.

La France dépecée, passant à ses ennemis... Jamais! Il lui manque un lambeau, c'est vrai, les français de l'exil. C'est assez... C'est trop même. Et puisque je parle d'eux, je leur envoie mon salut fraternel.

. . . .

. . . .

L'Allemagne sera-t-elle comme les torrents enflés d'un orage? Leurs vastes orgueils, renversant et entraînant tout après eux, ne sont que passagers. Leurs flots écumants disparus, que leur en reste-t-il ?... Le vide de leurs profondeurs avec les rochers fangeux arrachés aux flancs de la montagne.

XXXV

Nous touchons à une des phases les plus déchirantes, mais aussi des plus solennelles de la journée.

Français, recueillons-nous. Avec des larmes, mais avec un cœur ferme et solide envisageons le présent. Sachons porter le lourd fardeau de la défaite, ayons un regard d'espérance sur l'avenir. Nos pères eux aussi sont passés par de rudes épreuves. Leurs fronts valeureux ont touché la poussière... Ils se sont relevés. Nous nous relèverons.

Nous avions laissé le général de Lartigue sur le Nieder-Wald, en présence de la tempête allemande qui approchait, de ces renforts qui arrivaient de tous côtés à l'ennemi, de ces colonnes multiples et profondes qui traversaient le Sauerbach et prenaient le chemin de la forêt où il s'était retranché.

Si là-bas, du côté de Morsbronn, les Prussiens dépassent le village, sa droite et sa gauche seront débordées. Dès lors plus de retraite possible pour les débris de sa division.

Toute la gravité de sa position lui apparaît au milieu de ce danger inévitable.

Il a épuisé toutes ses réserves. Il n'y a plus qu'à recourir à une dernière et suprême ressource, la cavalerie.

Serai-je, pour le dire, à la hauteur de ce qui va se passer, de ce qu'on n'a jamais vu peut-être? Non, on n'a jamais vu de combats formidables comme ceux qui vont avoir lieu entre une poignée de combattants et tout ce que la guerre peut avoir de plus terrible, le nombre, les canons, la mitraille, le fer...

On peut chercher dans les fastes de l'histoire, on ne trouvera rien de pareil, je le crois du moins, à cet héroïsme enthousiaste, à cette fièvre de mourir qui jeta comme dans une fournaise ceux qu'on appelle les cuirassiers de Reichshoffen, pour répondre à ce qu'on leur avait demandé :

Faites-vous tuer pour sauver vos camarades.

Aussi je peux le dire : Ici commencent dans la vie d'un peuple ces quelques instants qui valent des années, qui rempliraient un siècle d'héroïsme et de gloire.

Le récit que je viens de tracer n'était pour ainsi dire qu'une préparation au dernier acte du grand drame de Frœschwiller. Et qu'ils l'avouent enfin nos implacables ennemis, qu'ils disent que leurs 160,000 hommes ont été dans l'admiration en présence de la sublime énergie de nos 35,000 combattants. Ils l'ont dit. De nobles cœurs l'ont écrit sur les pages de l'histoire. A ces âmes justes et honnêtes toute ma reconnaissance.

La bravoure, l'abnégation, le courage inouï des premiers soldats qui ont paru sur la scène n'étaient que pour prouver jusqu'où cette bravoure, cette abnégation et ce courage pouvaient aller encore. Il fallait comme un couronnement à ces transports d'exaltation guerrière qui ne se trouva et ne se trouvera jamais que dans le cœur et la poitrine de l'indomptable Gaulois. Je dis indomptable, et c'est vrai. Il sera défait, soit... il ne sera jamais vaincu... Jamais, non jamais vous ne lui arracherez un autre aveu, pas même sur les ruines et les effondrements du sol de la patrie. Que voulez-vous, il y a chez les nations de ces grands et légitimes orgueils qu'il faut nécessairement admettre. Pour moi, je les approuve... Ou bien, toutes les frontières, abaissezles, qu'elles disparaissent enfin. Que le sublime niveau du Christ passe sur tous les enfants du même Dieu, pour n'en faire qu'une seule et même famille. Qu'il ne soit plus question ni de barbares, ni de Grecs, ni de Romains. C'est qu'il s'y entendait l'Apôtre des Nations dans l'organisation des créatures de Dieu. Tout son secret, si je puis ainsi parler, toute sa science consistait en ces deux paroles du Maître, écrasant, pulvérisant toutes les passions :

« Aimez-vous comme je vous ai toujours aimés. »

Mais tant que vous voudrez qu'il y ait des frontières et dès lors qu'il y ait des nations, vivant des lois qui leur sont propres, disent-elles, oh! alors chaque nation, la nôtre, par exemple, aura le droit de dire : Je suis la France, je veux rester la France. N'y touchez pas.

Et moi qui fais partie de cette grande nation, je me plais à dire ce qu'elle a fait pour rester ce qu'elle fut toujours.

XXXVI

Je voudrais pouvoir reproduire à la fois ces deux charges de notre admirable et brillante cavalerie. Mais malgré la presque simultanéité de l'action, il faut comme une marche successive dans le récit. « Je demande vingt minutes du plus grand héroïsme,

disait le commandant en chef, vingt minutes du dévouement le plus absolu... la mort, s'il le faut, pour
sauver des camarades.

Tous auront compris... Tous donneront ce qui
leur est demandé.

J'ai vu des charges, en Italie.

Au Mexique, j'ai vu celles d'Acatzingo, de San
Carlo del Monte, de Cholula, de la Canada de los
Negros, celle de Zamora, par les cavaliers de Miran-
dole, de Foucaud, de Margueritte et de du Barrail.
Du premier coup, elles enlevaient votre admiration.
Mais ici, à quel degré d'étonnement arrivera votre
âme de Français ?

Que ne sont-elles là les ombres des Murat, des
Caulincourt, des Milhaud pour juger s'ils furent plus
grands, plus sublimes, les cuirassiers qui, à la Moskowa et à Waterloo, jetaient aux balles leurs poitrines de géants.

Vingt minutes de charge, pas davantage ? C'est
bien assez, me disait un général de cavalerie. Qu'on
sache bien que cinq minutes suffisent pour entraîner ces trombes d'hommes et de chevaux et enfoncer
des rangs entiers d'ennemis, tout au moins pour les
terrifier.

Le drame de Reichshoffen avec ses cuirassiers...
ne peut-on pas dire qu'il forme comme la troisième
étape d'un siècle pour une nation luttant pour son
salut et aussi pour sa gloire ? La Moskowa sera la
première, Waterloo la seconde. Reichshoffen, de-

mandons-le à cette main mystérieuse qui enserre les destinées de nations, Reichschoffen sera la 3° et la dernière, si toutefois la France n'est point poussée vers de nouvelles immolations.

J'ai passé bien des jours à avoir présentes presque à chaque instant ces charges vertigineuses. Elles me revenaient au réveil, à ce moment où se représentent tantôt lucides, tantôt confus ces rêves, ces images qui vous transportent dans des mondes qu'on ne saurait peut-être percevoir à l'état de veille. Je me demandais si Reichshoffen ne devait pas être du nombre de ces visions de nuit avec ses cris, ses trompettes, ses casques et ses cuirasses qui couraient comme des vagues d'argent, suivant les ondulations du terrain... avec ses géants qu'on oserait à peine appeler des hommes, avec ses chevaux à l'allure d'une tempête... Des regards qui jetaient des flammes... des épées scintillant comme des éclairs... le tout ensemble comme une masse de fer qui aurait eu... une âme !

Mon impression fut telle en présence de cet ouragan humain qui passait qu'il m'est facile de dire de mes émotions qu'elles ne furent jamais plus grandes, plus vastes, peut-être, même en présence de certains bouleversements de la nature. Chez elle ce sont des lois inconscientes. Ici c'étaient des volontés.

La foudre n'est pas seulement pour les régions supérieures. Elle rase aussi la terre... même rapidité..., mêmes roulements de tonnerre, après avoir eu les

13.

mêmes éclairs. Un homme va lui commander. Elle obéira, rugissante, serpentant au travers des collines, longeant la vallée, renversant les obstacles, traversant ce qui oserait résister encore, semant toutes les ruines sur son passage. Elle disparaîtra, reviendra pour briser et toujours avec des mugissements et des clameurs qui ne sont nullement ailleurs dans la nature. Et après, on pourra suivre ses traces, haletant de terreur, et on dira que jamais on n'avait travaillé ainsi.

Vous croyez? Et Waterloo?

Waterloo!... soit. Mais à Waterloo la foudre trouvait les téméraires lutteurs sur son passage. Ici il faudra les aller chercher un peu partout et toujours derrière des obstacles... les broyer et les broyer toujours pour aller plus loin encore.

Je vous le dis, ce seront des étonnements sans cesse renouvelés. Mais hâtez-vous de les saisir. Ils seront si rapides et si nombreux! La foudre d'en haut a parfois de ces incidents, de ces prodiges qui font s'écrier : est-ce possible! Je le crois bien, est-ce que vous connaissez les lois qui l'allument, les lois qui la dirigent?

Vous n'expliquerez pas mieux les œuvres opérées par vos foudres de guerre. Vous n'aurez plus qu'à dire : c'est ainsi !

Oui, c'est ainsi, et je ne vous demande qu'à me suivre sur le chemin parcouru, traversé par le plus formidable des prodiges.

. . . .

. . . .

XXXVII

L'ordre est arrivé de lancer enfin la cavalerie
contre les masses prussiennes qui noircissent la
terre et avancent comme des murailles vivantes.

Le général de Lartigue dépêche un de ses officiers
d'ordonnance au général Duhesme commandant la
division de cavalerie du premier corps et lui demande de faire charger la brigade Michel, 8e et
9e cuirassiers.

En remontant les pages de l'histoire, on retrouve
le nom de ce brave avec une coulée de sang... son
père !

C'était le soir de Waterloo, pendant la retraite. Une
scène, un drame des temps les plus barbares. Quelque chose qui reste et restera sans nom. Blucher
avait dit : Tuez, tuez toujours. Grâce pour personne.
Le général Duhesme entouré, ne voyant plus une
issue pour échapper à l'ennemi, rend à un hussard
de la mort son épée qui, pendant toute la bataille,
avait jeté les éclairs de la plus sublime bravoure.
Le soldat prend l'épée et tue celui qui la portait si
bien...

Le fils avait tout ce qu'il fallait avoir pour comman-

der les braves gens de Reichshoffen. Malheureusement
ses forces étaient paralysées par la maladie qui,
dans quelques jours, devait nous le ravir. Malgré
tout, il veut marcher à la tête de ses cuirassiers lui
qui peut à peine se tenir en selle sous le poids des
plus cruelles souffrances. Ce n'est que d'après les ins-
tances les plus pressantes de ceux qui l'entourent
qu'il renonce à entraîner lui-même ses intrépides
régiments contre la marée montante de l'envahisseur.

Le vaillant général, l'âme brisée, déplore amère-
ment cette faiblesse qui l'empêche de couronner
par une mort glorieuse une noble vie déjà presque
éteinte. Je l'ai dit, il a toutes les peines du monde
pour se tenir en selle. Bien difficilement même il
peut se tenir debout. Et il a voulu faire campagne !...
Jamais il ne se serait résolu à abandonner ses enfants.

Saura-t-on jamais tout ce que nos officiers pro-
fessent d'affection pour leurs soldats !... Comme on
dit bien, quand on dit la grande famille militaire !

C'est donc le général Michel qui va lancer cette
avalanche d'hommes et de chevaux sur un terrain
bien peu favorable à une charge de cavalerie. Ce
terrain descend en pentes assez accentuées vers le
Sauerbach et le village de Morsbronn, situé au sud
du Nieder-Wald. Il est parsemé d'arbres à fruits, de
houblonnières où vont s'enchevêtrer les casques et
les sabres, où les obus allemands les écraseront.

Qu'importe!... Ils descendront sur cette terre qui frémira sous les pieds des chevaux.

XXXVIII

Dans l'armée il est un sentiment qu'on place au-dessus de tous, obéir et quand même. Cependant on n'est pas à l'état de machine sans intelligence et qui ne saurait raisonner. On a de l'expérience et cette expérience suggère des appréciations qu'on peut émettre, tout en étant résolu à pousser l'obéissance jusqu'à la mort.

C'est inutilement, dit le général Duhesme, qu'on va faire détruire mes cuirassiers.

On lui répond qu'il n'y a pas d'autre moyen de sauver l'infanterie, les débris de la division de Lartigue et de protéger la retraite qui, malgré tout, devait encore avoir ses drames terribles.

Il se prépare, la tristesse au cœur, à exécuter le mouvement qu'exigent les circonstances, mais dont il entrevoit les conséquences désastreuses.

C'est alors que le vaillant général, le père de ses soldats, se tournant vers son chef d'état-major, le colonel Greslay : Mes pauvres cuirassiers! dit-il en essuyant une larme.

Ce n'est pas que la cavalerie soit avare de son sang. Que de fois elle l'a montré dans ces gigantesques combats de l'année terrible! Mais le général voyait les neuf mille baïonnettes... la formidable artillerie qui allaient recevoir ses mille cavaliers... le terrain tout-à-fait impropre à une charge, les habitations, les murs crénelés, abritant des masses d'ennemis et contre lesquels ne pouvaient rien tant de valeur, tant de courage et le plus bouillant héroïsme.

Soit, général... mais en se faisant tuer vos enfants donneront aux vaincus le temps d'éviter la mort.

Et la légende formée sur l'heure des cuirassiers épiques de Reichshoffen sera dépassée par la grandeur sublime de la réalité. Jamais l'attachement au devoir, le mépris de la mort, l'amour frémissant du drapeau n'engendrèrent sacrifice plus héroïque et plus digne d'effacer, sous le rayonnement de l'abnégation, la douleur sans honte de la défaite.

Lorsqu'arriva l'ordre de la charge, la brigade Michel avait mis pied à terre dans un ravin, au sud du Nieder-Wald, entre Eberbach et Bruckmul. Les hommes d'ailleurs, assez mal abrités, ne demandaient qu'à prendre part à cette lutte dont ils entendaient depuis de longues heures les interminables rugissements. Aussi, quelle joie quand ils apprirent enfin qu'ils allaient se mesurer avec les soldats de Guillaume ! à la bonne heure, disent-ils, dans un enthousiaste frémissement, nos sabres vont sortir du fourreau.

Soldats de l'avenir, écoutez donc ces hourras frénétiques avec lesquels ils accueillent les notes vibrantes du : Garde à vous ! Les trompettes jamais surent-elles mieux faire bondir tous les cœurs et réjouir les échos attristés de la patrie ?

On passe la main sur l'encolure, sur la croupe de son rapide coursier... on lui parle... on le flatte... Et lui qui paraît comprendre ce qu'on lui demande en ce moment solennel :

« Ainsi donc, mon vieux, ça va chauffer. Tu sais, il ne s'agit pas de rester en arrière... Le premier et le premier toujours. »

Nos cavaliers sautent en selle et s'écrient :

Enfin !... En avant !...

XXXIX

Qu'on vous donne des spectacles avec tous les décors que pourra créer une riche imagination. Qu'on y prodigue les flots de la plus savante harmonie. Que tout ruisselle de pourpre et d'or, des perles les plus précieuses, au milieu des fleurs les plus odorantes et les plus magnifiques... C'est beau ! c'est grand ! Vous pourrez captiver les regards. Mais où trouver rien de plus solennel que ce qui va se passer sous le ciel resplendissant de Dieu, sous les torrents de lumière qui éclairent toutes les parties de cette vaste arène, de cet im-

mense colisée, si vous aimez mieux ? Et ce ne seront
pas les spectateurs qui manqueront au grand drame
du dix-neuvième siècle. Il y aura des princes, des
rois, des empereurs de l'avenir. Sauront-ils, ose-
ront-ils applaudir à ceux qui dans un enthousiasme
surhumain vont saluer, affronter et subir la mort
qui les attend ?...

Vous qui avez au cœur le sentiment de la patrie,
vous qui êtes fier des gloires militaires de la France,
vous qui aimez ces soldats, cette armée, ces enfants
qui, après tout, sont les vôtres, suivez-les dans les
péripéties peut-être incomparables de ces vaillants
combats, et après, soyez plus fier encore de tout ce
que peuvent faire nos héroïques défenseurs.

Ah ! si encore la cavalerie allemande voulait se
présenter, n'importe le nombre !...

Mais non, les Prussiens opposeront neuf mille
baïonnettes aux mille sabres de notre cavalerie. Et
encore, ces soldats aux neuf mille baïonnettes
seront abrités par des murs, par des arbres et des
talus d'où ils lanceront, et sans danger aucun, une
pluie de balles, tandis que leurs canons, placés sur
des hauteurs inaccessibles, lanceront la mitraille et
des obus.

Soit... Il faut pousser une charge... on la pous-
sera, malgré l'immense disproportion du nombre et
les moyens de défense.

Les cuirassiers ne comptent pas.

. . . .

La brigade Michel se met en mouvement. Elle avance au pas comme sur un terrain de manœuvre Au premier rang, le 8ᵉ cuirassiers en colonne, par escadrons. Le 9ᵉ en seconde ligne, déployé et débordant par sa droite.

Les deux escadrons du 6ᵉ lanciers formant la cavalerie divisionnaire du général de Lartigue, suivent le mouvement de la brigade en prenant la droite du 9ᵉ cuirassiers. Dans cette marche, qui n'est que de 200 mètres environ, les feux ennemis commencent à faire des victimes. A terre quelques hommes et quelques chevaux.

Fils de la France, saluez ceux qui, pour le moment, vont si bien publier aux yeux du monde sa volonté de rester libre et glorieuse toujours. Saluez ces héros qui vont vous montrer comment il faut défendre le sol de la patrie. Regardez bien tous ces fronts rayonnant de la plus noble fierté, graves et menaçants comme la foudre qui se prépare à lancer toutes ses fureurs. Ah! si vous pouviez placer la main sur toutes ces poitrines, vous sentiriez un seul battement, le même partout, celui que soulève le plus grand amour pour la cause la plus sainte et la plus sacrée.'

Pour moi, je vous salue, je vous admire et je vous bénis, mes enfants. Allez, et, s'il faut mourir, mourez dans la paix du devoir et fortifiés par l'espérance des palmes immortelles qui vous attendent dans le ciel, jeunes martyrs.

14

Le général Michel passe au galop de son cheval sur le front de la brigade et d'une voix où vibre le sentiment de l'honneur et de tout le dévouement au drapeau, il s'écrie :

« Camarades, on a besoin de nous. Nous allons charger l'ennemi. C'est le moment de montrer qui nous sommes et ce que nous savons faire. »

De telles paroles sont acceptées de tous. Mais assurés, convaincus qu'ils allaient à la mort, il leur faut un puissant souvenir, le dernier dans leur agonie gigantesque. Et alors... alors de toutes ces vaillantes poitrines s'échappe le même cri, un seul : Vive la France !

Le général de Lartigue se découvre devant eux, et prononce une parole qui, après le souvenir de la patrie, en réveille un autre bien précieux, des plus glorieux encore et qui aurait enlevé cent mille hommes :

« Allez-y comme à Waterloo, les enfants. »

« Soyez tranquille, répond une voix, nous savons comment nos pères ont chargé sur le plateau de Mont-Saint-Jean et en présence des abîmes d'O-hain. »

Mais écoutez... écoutez ce qui m'a toujours donné comme un frémissement, qui a toujours fait courir comme un frisson dans tous mes membres... un bruit !... comment le dépeindre ? Les cuirassiers retirent de leur fourreau ces sabres droits et longs qui lancent des éclairs.

Alors le général, un regard de feu sur le commandant du 8ᵉ :

« Chargez ! colonel. »

Et Guiot-de-la-Rochère, brandissant son épée :

« Suivez-moi !...

Vive la France !... »

Et ces hommes de fer se sont élancés.

Ils marchent à la mort... Ils le savent et ne frémissent pas. Et pendant que les trompettes remplissent l'air de leurs notes vibrantes, eux ne cessent de jeter de leurs robustes poitrines ces deux paroles qui enlèveraient des morts :

En avant !

Chargez !

En avant !

Un torrent qui se précipite du sommet de la montagne connaît-il un obstacle qui puisse arrêter et briser sa fureur.

Au-delà de la route d'Eberbach à Gunstett, nos cuirassiers prennent le galop et s'élancent à bride abattue.

En avant !... En avant !...

Une colonne de fer qu'on aurait momentanément déposée de son piédestal et qui maintenant par une volonté puissante, mais inconnue, marche, avance, se tord et bondit, comme si la vie, si une âme la poussait, l'entraînait au travers de nuages de fumée, de mitraille, de tout ce que la guerre et la mort peuvent avoir de formidables engins à leur farouche et lugubre service.

Une fournaise attend cette masse de fer qui se meut, qui se précipite, qui balaie les premières pentes du plateau, et descend vers le village de Morsbronn.

Colonel Guiot-de-la-Rochère et vous aussi, lieutenant-colonel Lardeur, commandants Maurin et Mariani, que vous devez être fiers de ne commander qu'à des héros ! Jusqu'au dernier ils vous suivront, parce que toujours ils vous verront à leur tête, sabre haut, le regard en feu et bravant l'ennemi ; plus d'obstacles ni pour eux, ni pour vous.

Allez, allez toujours. La mort seule pourra arrêter ceux qui marchent après vous.

Quels hommes ! On les prendrait pour des géants, on les dirait bâtis de bronze et de granit.

Oui, qui les arrêtera ? Surtout ce ne sera pas la cavalerie du Germain qui viendra interrompre leur course vertigineuse.

En avant !... Chargez !...

Vive la France !...

Quel enthousiasme, quelle frénésie, disons-le, quelle fête dans la mort !

En vérité, ils donneraient des regrets aux frères d'armes, celui de ne s'être point trouvés avec eux. Oui, il est des trépas qu'on envie. Il y a tellement du sublime qu'on ira jusqu'à dire :

C'est ainsi que je voudrais mourir.

Vous le verrez, ces hommes qui, à chaque pas, grandissent par le cœur sous la main qui les hache, en arriveront comme Delord, à Waterloo, à envoyer le salut militaire aux batteries qui les foudroient.

Mais aussi, comme on est fier, quand on sait qu'on porte dans sa giberne ou que l'on tient au bout de son épée le salut ou tout au moins l'honneur de la patrie !

Quel travail de l'âme du soldat ! De tous ses membres elle en fait comme du bronze. Elle l'emporte comme s'il était invulnérable.

Si vous n'avez pas vu de tels hommes dans ces moments uniques, solennels, vous ne vous en ferez jamais une idée. Ou plutôt, pour bien les comprendre, jeunes Français, vous serez ce qu'ils furent.

Ils se précipitent indomptables, rapides comme la foudre. C'est une tempête qui roule, qui a des mugissements comme les flots soulevés par des vents impétueux.

Les éperons labourent les flancs des chevaux qui, la crinière au vent, bondissent et s'allongent plus encore. Le souffle qui s'échappe de leurs naseaux... c'est du feu. Leurs yeux grands ouverts jettent des flammes. Leurs cavaliers, le corps en avant, les sabres et les regards à l'ennemi, leur communiquent la fougue qui les emporte, leur furie, peut-on dire. Ce ne sont plus des hommes, c'est une trombe qui, longtemps, avait tourné sur elle-même comme pour acquérir plus de force et qui maintenant va droit devant elle pour ne semer que des ruines.

Fils de la France, regardez bien et dans ces sublimes ardeurs, enflammez vos âmes et vos bras pour les temps à venir.

Déjà parmi ces braves il en est qui jonchent la terre... Semence de héros, qui ne manquera pas de porter ses fruits, croyez-le.

Mais, en voyant approcher cette poignée de soldats contre leurs masses énormes, tous ces princes, rois ou empereurs, auront-ils jamais la parole de Napoléon à Waterloo, en présence des magnifiques escadrons écossais : c'est dommage !

La Prusse d'Iéna aura-t-elle des élans d'admiration, tout en écrasant d'abord à dix contre un ces soldats de la France ? Soyons juste, elle les aura. Ses officiers, plus tard, écriront de ces pages où brillera toute la loyauté, toute l'équité de leur jugement à l'égard de nos braves.

Il faudra, comme une avalanche, descendre jusqu'au fond de la vallée. Dans ce village, des milliers d'Allemands embusqués dans les maisons. En avant du village, partout des tirailleurs, couchés à terre, cachés derrière les arbres, à genoux dans les fossés. Et cette artillerie formidable dominant toutes les pentes et les couvrant de projectiles.

On dirait que tout se bat contre cette poignée de soldats, les murailles, le moindre accident de terrain. De partout s'élance le sombre regard de la mort et arrive en jets de plomb et de fer sur la poi-

trine de nos braves. Qu'ils sont beaux, tournoyant
dans cette éruption de mitraille, presque sur les
dernières pentes de ce cratère immense et toujours
inépuisable.

En un mot, un champ de bataille qui est loin
d'être comme ces arènes où combattent de vigoureux athlètes. Ceux-ci se voient sans aucun obstacle. Ils ne peuvent compter que sur leurs mus-
cles, sur leurs membres plus ou moins forts. Ici,
pour ces deux colosses dont les membres sont des
bataillons, des engins de toutes sortes, les uns
marchent à poitrine découverte, les autres cherchent à frapper en restant dans le mystère, en se
dissimulant derrière tout ce que leur offre une
nature aveugle, ce destin inexorable qui semble
s'acharner après nous. Et puis, toujours de nouveaux combattants que n'ont pas encore brisés les
fatigues, se succèdent comme les nuées d'un
orage, lorsque celles qui ont précédé auront vomi
toutes leurs colères.

Il faut le dire, et ceci fait la gloire de nos soldats,
durant toute cette campagne, l'armée française a
été considérée comme une puissante citadelle qu'il
fallait battre en brèche. L'Allemand, à distance tou·
jours, nous a accablés de mitraille. Il se gardait
d'approcher de cette place forte. Il savait que chaque
pierre avait une âme pour ainsi dire, pour lui parler
de mort et jusqu'à la mort, jusqu'à ce qu'elle tom-
bât en poussière. Le canon, un canon à lui était

pour le Germain le sabre qui tranchait le nœud toujours inextricable des batailles, inextricable même pour les plus grands génies. Napoléon lui-même se trompa. Est-ce que quelques instants !... avant la fin de Waterloo, il n'envoya pas à Paris une estafette à franc étrier pour annoncer qu'il avait gagné la bataille ?...

Regarder notre armée comme une place forte, désagréger ces murailles vivantes comme on pratique des brèches dans une forteresse avec le canon, telle a été et toujours la tactique de l'Allemand qu'on peut qualifier du titre de vaste artilleur.

Il s'est jeté dans l'arène comme un athlète ayant des moyens à lui qu'il avait toujours tenus cachés. L'adversaire a été dans la surprise tout d'abord. Mais sa nature énergique, pourquoi ne point dire son ardente bravoure de Gaulois, lui a fait accepter la lutte, telle qu'elle se présentait.

XL

Qui oserait arrêter les cuirassiers de Morsbronn? Nos cavaliers sont partis suivant les ondulations du terrain et apparaissent comme des vagues d'argent sous les rayons d'un splendide soleil. Sabres et cuirasses jettent de ces feux, de ces flammes qu'emporterait et que ferait avancer tantôt plus hautes, tantôt plus basses quelque vent au souffle impétueux.

« Mes pauvres cuirassiers!... » avait dit le général Dehesme.

En effet, en avant de Morsbronn, dans les houblonnières, dans les fossés, un fourmillement noir, sombre, sinistre... C'est l'ennemi qui attend!...

Mais il faut traverser la ferme d'Albrechserhof où les attendent de nombreux tirailleurs.

Ils passent comme des ombres qu'emporte un vent de tempête, sans jeter un regard sur ceux qui malheureusement jettent à terre quelques camarades. L'ennemi a cru les arrêter. Peut-on arrêter la foudre? Ils vont et toujours, faisant trembler le sol, et leurs coursiers projettent comme des ondées de pierres avec des flots d'étincelles qu'on prendrait pour de rapides éclairs.

A terre quelques braves encore. Vous êtes de ce nombre, capitaine de Najac. Votre cuirasse n'a pu résister à cette bordée de projectiles qui a broyé votre noble poitrine. Au nom de la France, je vous bénis. D'autres continueront ce que n'a pu faire votre vaillante épée.

Nos chevaux, de véritables colosses, hennissent et soufflent comme un vent d'orage sous les balles, secouent la tête et se cabrent. Il en est dont les flancs sont ouverts par la mitraille... Ils roulent dans la poussière. Sur d'autres qui n'ont plus de cavaliers sautent des camarades démontés qui ne veulent pas en avoir fini de sitôt.

Les obus et les balles font des trouées formidables

et rongent les escadrons du brave colonel que l'on voit toujours haut et ferme sur son magnifique coursier couvert de sueur et d'écume.

Où donc se trouve la cavalerie allemande? Qu'elle se présente enfin. Mais non, les obus, la mitraille... c'est mieux, et de plus loin surtout.

La charge arrive à quatre cents mètres des tirailleurs placés en avant de Morsbronn, invisibles comme toujours. Aussitôt une pluie de projectiles s'abat sur le premier escadron.

Les cuirasses retentissent sous les balles de ce tintement lugubre qui convient à la mort... Des chevaux s'arrêtent et tombent. Les rangs de nos braves se renversent les uns sur les autres... bruit sinistre et lourd comme le bruit de certaines masses qui se choquent.... enchevêtrement d'hommes, d'armes et de chevaux que semblent relier des flots de sang et des lambeaux de chair.

Dans les bois des batteries attendaient pour se joindre aux tirailleurs de la plaine. Tout à coup, elles se montrent à la lisière. Le canon se fait entendre et pratique des trouées profondes dans les rangs de nos cuirassiers qui semblent disparaître dans une pluie de fer et de feu.

Qu'éprouvez-vous lorsque vous êtes au centre d'un ouragan? Vos oreilles ont de la peine à supporter ces roulements continus et qui ne ressemblent à rien. Tel le bruit qui agite l'atmosphère en ce moment. Les fourreaux des sabres sur les étriers...

'les balles qui frappent les cuirasses... les voix sinistres des carabines... le canon qui tonne... les obus
qui éclatent... la mitraille qui gémit et qui hurle...
des hommes qui crient et qui se tuent...!

· L'enfer a-t-il quelque chose de pire?

. . . .

. . . .

... Mais nos hommes de fer... où sont-ils maintenant? Tous ne sont-ils pas broyés, anéantis?...

Non, les casques, les cuirasses, les sabres valeureux de nouveau étincellent au soleil. Les voici ces
incomparables soldats de la France et de l'honneur!
Voyez comme ils sont plus beaux encore après être
passés par cette fournaise des colères humaines...
Ils continuent cette charge qui va les immortaliser.
Mais combien qui, sous le tir ennemi, sont restés
dans les houblonnières, dans les chemins! Lieutenant Revacly, je presse votre main avant qu'elle ne
soit complètement refroidie par la mort. Que vous
êtes jeune encore! Dans cette verdure une fleur
empourprée par un sang généreux! Autour de vous
d'autres fleurs tombées dans un glorieux trépas ou
seulement avec des blessures qui laissent des espérances.

Que je lègue vos noms à la postérité, maréchaux-
des-logis Gaucheron et Picarel qu'on vit toujours si
beaux au milieu de la tempête, et vous aussi brigadier Pérat, cavaliers Cantalombe, Amilhot, Delenze,
Perrin, Lalanne, Dicharry, Horice et Jamet! Si

j'avais du marbre, du bronze sous la main, c'est en
lettres d'or qu'ils recevraient vos noms et le souvenir de vos glorieux combats.

. . . .

. . . .

Il est de ces héros qui se perdent dans des nuages
de fumée... Elle monte, se dissipe et de nouveau
nous laisse contempler nos intrépides combattants.

. . . .

En avant !. . En avant !...

Et la course folle continue... Et encore des traînées
de cadavres, d'hommes et de chevaux, comme pour
marquer le passage de l'ouragan terrible.

Les rangs se resserrent aussi compacts que le
permet le terrain. Les uns entraîneraient les autres,
pour ainsi dire.

Supposez qu'une voix quelconque dominant les
clameurs de la guerre eût jeté à ces fous sublimes
une parole comme celle-ci : Français, où allez-vous?
Supposez que cette voix eût pu se faire entendre et
qu'on eût voulu l'entendre, qu'auraient-ils répondu?

Ce que vous auriez répondu vous-mêmes en ces
heures où il s'agit, non plus d'une victoire, mais du
salut et de l'honneur de la patrie

« Nous allons nous faire tuer !... »

Et ils y allaient vraiment, ils y couraient, leurs
officiers et sous-officiers en tête, Fabre, Lot, Habary,
Lavaire, Ripert, ces deux derniers avec les galons de
maréchaux, Arrighi, avec ceux de brigadier.

Des soldats qui tombent, qui se relèvent et sautent sur d'autres chevaux. Des soldats qui meurent. D'autres que d'affreuses blessures empêchent d'aller plus avant et qui, ne pouvant plus frapper l'ennemi, lui jettent comme dernier défi cette parole d'amour et de suprême regret : Vive la France !... En avant ! camarades... En avant ! et toujours !

XLI

Des poitrines, des bras rendus plus vigoureux encore, s'il est possible, par le désespoir d'une lutte sans trêve, ni merci. Un tourbillon enfiévré de fureur et de mort. Lancés à toute vitesse et semblables à une tempête que pousserait le souffle le plus violent du midi, nos cavaliers approchent de Morsbronn. En avant du village deux régiments pour les recevoir. Un troisième dans l'intérieur.

Sans perdre un instant et par un tir effroyable, continu, c'est une pluie de balles qui met, non en déroute, mais en lambeaux notre 8ᵉ cuirassiers. Il est disloqué, désagrégé pour ainsi dire.

Qu'importe... on ira jusqu'où l'on veut aller, ou plutôt tant qu'il y aura du chemin devant soi. Malgré les batteries qui font pleuvoir la mitraille, malgré le pêle-mêle des hommes et des chevaux qui tombent, des tas de cadavres qu'il faut franchir, les cuirassiers arrivent sur les tirailleurs, brisent leurs rangs, les écrasent, les pressent et les pressent encore, les sabrent de leurs bras rendus plus forts, ce semble, par la fièvre de mourir. Tout tombe sous la tempêtueuse poussée de ces hommes de fer.

Toutefois ce ne sont plus que des débris de ces régiments que pleurait leur brave général.

Sur le sol ensanglanté, au milieu de sous-officiers et soldats et gravement atteints le capitaine Génot, les sous-lieutenants Germain, Huckel qui sans doute recevront de nouvelles blessures.

Mais enfin que vont faire les survivants de ces charges à tout rompre? Qu'on ne vienne pas leur dire qu'ils n'ont plus qu'à se rendre. Ils vous répondraient comme d'autres plus tard qu'il leur reste encore à mourir bravement.

Ce que vont faire ces cavaliers épiques et dont la plus glorieuse légende conservera la mémoire!... Suivez-les, entraînés par leur vaillant colonel Guiot-de-la-Rochère, par les Maurin, les Mariani et Lardeur.

Dans leur élan, disons dans leur audace, poussée jusqu'au sublime d'une héroïque folie, nos cavaliers continuent au milieu de cet effondrement d'où aucun ne sortira vivant peut-être.

Les uns contournent le village par des chemins difficiles où s'abattent un certain nombre de chevaux. Les autres le traversent par une rue tortueuse et unique, bordée de vieilles maisons, renversant tout ce qu'ils rencontrent dans leur course à fond

de train et arrachant des étincelles aux gros pavés
du village, sous les sabots rapides de leurs coursiers.

Ici encore des blessés et des morts. La chose est facile pour les Allemands qui remplissent les maisons.
Nos soldats sont au bout de leurs carabines. Le capitaine Lot a sa cuirasse et son casque dix fois traversés. Il tombe. Sur lui s'abat son cheval qui doit
en avoir reçu autant. L'un et l'autre morts. Le pied
de l'un de nos braves reste pris à l'étrier après une
blessure qui l'a jeté à terre. Le malheureux, traîné
sur les pavés du village, a la tête broyée comme si
sur elle un puissant marteau s'était abattu plusieurs
fois.

Soudain, à un tournant, l'escadron se trouve en
présence d'une barricade, formée à la hâte mais
assez puissante pour devenir un obstacle et barrer le
chemin. Les premiers rangs s'arrêtent et, par suite,
la confusion est dans les derniers qui, ne pouvant
retenir leur élan, se poussent, se bousculent, s'ag-
glomèrent et s'entassent comme sur la grève les
épaves d'une tempête, jetées là par la fureur des
vagues et des vents avec cette écume qui dénonce
la colère des flots.

Les balles arrivent sur eux à bout portant. Ils
tombent les uns après les autres et les uns sur les
autres. Vous voyez le désordre, la rage, la fureur
de nos beaux et superbes cuirassiers, brisant leurs
sabres contre ces murs qui recèlent des ennemis

invisibles. Comprenez s'il est près cet ennemi qu'on ne peut atteindre quand même... La plupart des tuniques de nos soldats prennent feu sous les coups du fameux Dreyse qui n'est déchargé qu'à deux pas.

Paraissez donc, lâches, s'écrient nos cavaliers, paraissez, seriez-vous vingt contre un de nous. Mais montrez-vous enfin.

... Ils n'oseront pas devant ces démons de Français.

Oui, voyez si l'ennemi est près, mais derrière ses murs. Un jeune sous-lieutenant, m'a-t-on dit, M. de Quinnemont est visé par le canon d'un revolver en passant devant une fenêtre. Il est si près que d'un coup de pointe il étend roide mort son adversaire.

Sans doute il y a des ruses de guerre. Mais aussi il est des moments, ce me semble, où devant des héros le point d'honneur veut qu'on se montre à poitrine découverte.

Cependant auprès de cette infernale barricade où se démènent nos héros, jetant des cris de provocation et de rage, lançant les balles de leurs pistolets et pointant tout ce qu'ils peuvent atteindre, il y a des cuirasses fortement bosselées, des cuirasses et des casques percés par les balles dont plusieurs tuent ceux qui les portent.

Foudroyé d'une balle à la tête, le lieutenant Fabre. Il est à terre, tenant encore dans sa main crispée son épée valeureuse.

Trois balles dans la poitrine, une dans l'épaule, le sous-lieutenant Habary... mort ! Blessés le sous-lieutenant Greslibin, les lieutenants Paillard, Jacquinet, au milieu de plusieurs de leurs sous-officiers et soldats, les uns morts, les autres blessés seulement.

Je vous le dis, ces obstacles entassés par la colère des hommes, ces maisons, ces murailles, un rivage escarpé vers lequel un vent de tempête aurait poussé les débris d'un vaste naufrage. Et ces débris s'appellent Helecot, brigadier, Wigk, Chassat, Teyssier, Bargeton, Labat... et beaucoup d'autres encore.

XLII

Pendant que la lutte continue si inégale et dans un espace si restreint, d'autres escadrons parviennent à tourner la barricade, sabrent furieux tous ceux qui la défendent et repoussent au loin les Allemands terrifiés.

Tous se portent en avant, et vont se reformer dans le bas du village, sous la mitraille toujours, pour reprendre leur charge, là, tout près, dans ce vallon où fourmillent les masses noires de la Germanie.

Le canon et les Dreyses en abattent quelques-uns encore. Blessés les lieutenants Bernardet et

15.

Rousseau, ainsi que quelques-uns de leurs braves.

On voit des officiers, des soldats courir après des chevaux qui ont perdu leurs cavaliers.

Les survivants de Morsbronn ont repris leur course vertigineuse. Leur âme reste toujours au niveau de ce qu'elle doit être. Tous, j'en suis sûr et si c'était possible, ont redoublé d'énergie, de courage et de cette indomptable intrépidité que demandent les circonstances suprêmes, décisives et qui tournent à une folie sublime.

Suivez bien .. Ils en sont arrivés là les cuirassiers de Dehesme.

Déchirés par une pluie de fer, jetés parfois en lambeaux à droite et à gauche de la colonne, ils chargent dans des champs de lin où l'on ne voit guère plus que la tête des chevaux et le haut du corps des cavaliers, c'est-à-dire le casque et la cuirasse émergeant comme de ces flots de verdure... Ils s'enfoncent dans les houblonnières... Ils tombent, se relèvent, reparaissent sur leurs coursiers... Et en avant toujours, en avant, malgré tous les obstacles. On les dirait saisis de la fureur de mourir.

. . . .

. . . .

La charge a repris son allure furibonde. Ils balaient dans la plaine jusqu'à Durenbach et Walbourg tout ce qui est là devant eux, comme ces vents qui avancent, qui tournoient si rapides et soulèvent en tourbillons la poussière des chemins, les feuilles descendues des grands arbres, la paille amoncelée dans les champs. Mais de même que ces vents impétueux finissent par disparaître, tels nos rapides escadrons qui ont semé la mort et qui lui ont aussi donné de généreuses victimes.

On peut dire que le 8e cuirassiers a vécu !... combien reste-t-il de ces braves gens, de ces héritiers de l'héroïsme de Waterloo ? Cinquante, soixante à peine.

Je l'ai dit, des officiers, des soldats ont eu leurs chevaux tués sous eux. Quelques-uns toutefois ont pu en arrêter parmi ceux qui erraient sans cavalier sur le champ de bataille et se remettre en selle sous les balles toujours. Les autres, blessés ou moins heureux, restent aux mains de l'ennemi.

Deux cents sous-officiers ou soldats ont été tués ou blessés.

Et l'ennemi, que doit-il penser de ces hommes ?... Les a-t-il admirés seulement ?... A-t-il frémi pour l'avenir.

Eh bien, oui, je l'ai dit, il a été juste. Vous lirez plus tard ce qu'il écrivait sur l'indomptable cavalerie de Reichshoffen.

XLIII

Ne croyez pas que la terrible rafale qui vient de
souffler sa colère contre le 8ᵉ cuirassiers ait ébranlé
un seul instant l'énergique volonté du 9ᵉ. Il tient à
se trouver de la fête comme ceux qui l'ont précédé.
Pour combien ne céderait-il pas sa place d'honneur! Je vous connais assez, mes enfants, pour
savoir que les ruines et les débris que vous allez
traverser n'ébranleront en rien ni vos âmes ni vos
cœurs. Vous êtes partis, vous irez jusqu'aux dernières limites du possible.

Mais quel est cet officier qui a l'honneur insigne
de marcher à votre tête. Je regarde cette haute stature. C'est lui!... C'est le colonel Waternaud, fièrement campé sur son magnifique cheval, impatient
comme son maître de dévorer l'espace. Est-il beau
avec son casque, avec sa cuirasse, ruisselant d'or
et d'argent sous les rayons d'un splendide soleil! Sa
taille dépasse même tous les géants qui l'entourent.

Je vous salue, colonel. Vous allez montrer tout
ce que savent faire les soldats de la France, offrir le
plus brillant exemple de tout ce que des hommes
peuvent donner en fait de courage, de patriotisme
et de mépris de la mort pour une grande cause.
Que Dieu vous garde pour les temps à venir!...

Tout le monde est en selle, sabre haut et les regards à l'ennemi.

Les trompettes ont jeté ces notes vibrantes qui enlèvent hommes et chevaux.

— En avant !... Chargez !...

Vive la France !...

Les escadrons sont partis leurs officiers en tête, comme toujours. Qui les arrêtera ? Les balles ? la mitraille ?... qui s'étendent sur eux comme une nappe de plomb et de fer.

Les arrêter !... Allons donc... ils se sont élancés, sachant bien ce qui les attendait.

Tous leurs efforts se portent vers Morsbronn. Mais ils ont aperçu une compagnie de pionniers qui ose se préparer à les recevoir et qui commence à les gêner grandement par la rapidité de ses feux. Sur eux ils se précipitent comme une trombe passant au milieu des morts et des blessés de tout à l'heure. Parmi ces derniers, il en est qui réunissent tout ce qui leur reste de forces, se soulèvent et jettent ce cri qui sera leur dernier peut-être :

— Amis, vive la France !

Le 9ᵉ a recueilli ce cri de dévouement et d'amour poussé par de jeunes martyrs. Il en devient plus intrépide encore, ce semble, et tous de faire s'élancer de leur puissante poitrine cette parole qui enlève, qui entraîne comme un seul homme :

— Chargez !... chargez !...

Oui, vive la France !... et en avant !

C'est de la furie, c'est de l'ivresse.

Ils arrivent sur les pionniers, les sabrent, la rage au cœur, et les jettent dans les houblonnières où ils les poursuivent toujours écrasant les blessés et les morts ! ! !...

O guerre !... guerre affreuse !...

· Nos chevaux se dressent, blancs de poussière et d'écume, pour franchir les obstacles. Il en est qui roulent avec leurs cavaliers.

Du sublime, fils de la France, du sublime, ou... jamais !

Renversé sous son cheval, au milieu d'autres camarades, un trompette continue à jeter les notes vibrantes de la charge.

— Qu'en dites-vous, jeunes Français, au cœur bouillant de patriotisme et cherchant partout des espérances pour l'avenir ! Laissez-moi vous le dire, c'est ainsi que doivent se révéler tous les courages et tous les héroïsmes. Avec moi, jetez ce cri d'amour :

— Vive la France !... la France qui ne veut pas mourir !...

Désirons le moment de sa résurrection complète aux yeux des peuples. Naguère la voix du progrès se fit entendre à elle, aux bords de cette fosse immense où on la croyait à tout jamais descendue. Vous le savez, elle nous est apparue avec son front si beau, rajeunie par le malheur.

Elle nous a fait entrer, nous et toutes les nations

du monde, dans de magnifiques palais et nous a montré des victoires, des palmes qui valent bien celles des champs de bataille, parce que sur elles aucune tache de sang. Enfants, il est de ces anciennes gloires que vous regrettez sans doute, celles qui s'échappent rayonnantes des plis de nos drapeaux. Elles y reviendront. Il est des auréoles qui ne sauraient être ternies à tout jamais, parce qu'il les faut à certaines nations, devenues providentielles... Décrets de Dieu, quand les moments sont venus.

Or, quand auront sonné ces heures solennelles dans la vie d'un peuple, restez fermes, restez ce que vous paraissez être aujourd'hui. Alors des actes, des faits à tout braver, à sacrifier tout ce qui vous fut cher.

Acta, non verba, disait un grand général.

Mais homme de paix, qu'ai-je dit? Alors que deux paroles suffiraient pour changer la face des nations et faire rentrer à tout jamais les épées dans le fourreau :

Aimez-vous!

.   .   .   .

.   .   .   .

Si quelqu'un a retenu le nom du vaillant trompette du 9e, qu'il le dise et qu'il le proclame. Pourquoi la France ne ferait-elle pas pour ce jeune héros ce qu'elle a fait pour tant d'autres? Elle a du marbre, elle a du bronze encore. Elle a surtout des artistes à l'âme et au cœur profondément dévoués à la patrie, à ses gloires et à son avenir. Qu'elle désire, qu'elle commande, et bientôt, sur un riche piédestal, on verra le trompette de Morsbronn, mais tel qu'il était lorsqu'il continua à jeter à ses camarades les notes vibrantes de la charge.

Des noms... On a bien retenu ceux de ces deux clairons et de ce tambour partis de notre école en 1870. Ils tombèrent en jouant la marche si entraînante du premier bataillon de France, notre belle Saint-Cyrienne.

Je vais les écrire ces noms qui resteront dans votre souvenir, mes enfants :

Les deux clairons, Gronfelder et Bassivet ; le tambour s'appelait Colom.

Que de fois j'ai dit à nos généraux commandant l'école : Pourquoi, sur le terrain de manœuvre, là, sous les yeux de nos élèves qui, si souvent, entendent les notes si belles de la Saint-Cyrienne, pourquoi n'élèverait-on pas une statue à ces trois braves qui tombèrent au champ d'honneur en jetant à leurs camarades ces mêmes notes qui enlèvent si bien nos futurs officiers? Ils verraient quel prix il faut faire d'un souvenir. Ils apprendraient surtout que dans tous les rangs de l'armée se trouvent des héros.

C'est l'ami Godard, ancien caporal tambour, qui m'a raconté ce fait, l'ami Godard qui aime tellement l'école, où avec ses tapins il a si souvent battu la Saint-Cyrienne, qu'il n'a pu s'en éloigner. Il s'est

installé juste en face la porte du quartier de cavalerie. De là son regard peut plonger encore dans
l'intérieur du *vieux bahut* où il voit défiler ceux qu'il
appelait ses enfants.

C'est le fanatisme de la chose...

D'autres diront : c'est du chauvinisme.

Soit et tant que vous voudrez.

Mais avec cette dernière parole faites donc des défenseurs pour la France. C'est alors que l'ennemi
pourra, la canne à la main, se promener de Marseille
à Dunkerque, en faisant une pose dans la capitale,
plus longue sans doute que la pose réglementaire.

Oh ! l'ami Godard, le soldat de Crimée, d'Afrique
et d'Italie voit les choses bien autrement. J'aime à
l'entendre raconter ses campagnes. C'est du pitto-
resque, mais c'est du vrai. Il faudrait voir la
flamme qui brille encore dans les yeux du vieux
caporal tambour, le feu qui anime toutes ses paroles.

XLIV

Qu'ils sont beaux nos cuirassiers dans cette ivresse
de l'entraînement, dans ce délire de l'honneur et de
la gloire, dans le feu plus intense des tirailleurs et
des batteries de Gunstett ! Est-ce qu'elle est pour eux
cette pluie de fer et de plomb ? Ils n'y pensent pas.
Avancer et avancer toujours, tel est l'objectif de

leurs regards qui jettent des flammes, de leurs sabres
d'où jaillissent des éclairs.

Tout est franchi. Ils sont dans les vignes et les
enclos, sabrant et à droite et à gauche, se dirigeant
vers Morsbronn où les Prussiens commencent à
rentrer.

Cette première charge, poussée assez avant, au
milieu de toutes les difficultés, a jalonné de blessés
et de morts l'espace qu'elle a suivi; mais hélas! ils
s'éclairciront bien plus encore les rangs de notre
brave 9°.

L'ennemi s'est empressé de jeter à l'entrée du village tout ce qu'il a eu sous la main pour former des
barricades. Les cuirassiers arrivent bride abattue et
sont arrêtés pêle-mêle sans pouvoir se servir de
leurs armes et recevant à bout portant les balles qui
leur arrivent des maisons, des jardins, de partout à
la fois. Et alors des cadavres d'hommes et de chevaux qui s'entassent dans des mares de sang et dont
de nouvelles balles font voler les chairs en lambeaux.

Foudroyé par une balle au cœur, le lieutenant-
colonel Archambault, un de ces brillants officiers que
j'ai connus au Mexique. C'était la terre de France
qui devait recevoir son sang généreux.

Quel est donc ce jeune brigadier qui accourt vers
lui pour le relever et le mettre en lieu sûr? Retenez
le nom de Daudun, vous qui avez de l'admiration
pour les hommes de dévouement et de cœur. Au reste

Daudun a déjà eu deux chevaux tués sous lui. Il n'est pas le seul qui ait été démonté.

Il ne quitte plus son chef jusqu'à la fin de la bataille, au risque de devenir le prisonnier des Prussiens. C'est ce qui lui arrive en effet.

Le lieutenant Mateille suit de près Archambault de Beaume dans un glorieux trépas, jeté à terre par plusieurs balles.

Blessés le capitaine Senépart et le lieutenant de Bizemont.

Mais que direz-vous après avoir lu qu'un de nos officiers a reçu huit balles sur sa cuirasse et deux sur son casque? Vous direz nécessairement que nos héros étaient au milieu d'une rafale de plomb et de fer et qu'il y a de quoi s'étonner qu'un seul en soit sorti vivant.

Là, à l'entrée de Morsbronn seulement, une trentaine de morts et plus de cent blessés.

Mais quels déchirements dans les chairs des hommes et des chevaux! Je le crois bien, ils sont au bout des Dreyses allemands. Hideuses, horribles, certaines blessures!

Je voudrais bien savoir quel est le peuple au monde qui pourra nous montrer de pareils combattants. Ils sont un!... l'ennemi est plus de vingt!... Mais aussi c'est la France qui est ici haletante. De l'autre côté c'est l'invasion avec toutes ses horreurs, avec tous ses orgueils et ses néfastes pensées.

Oui, mes enfants, si vous ne pouvez vaincre,

mourez, mais en mourant montrez ce que nous sommes, un peuple qui veut rester ce qu'il fut toujours, grand, libre et maître de sa destinée dans le monde.

Est-ce clair?... Est-ce français?... Et celui qui trace ces paroles a-t-il assez de patriotisme au cœur comme il y a cette foi invincible que sa patrie ne peut périr, sa patrie, la fille aimée de Dieu qui *en a besoin* pour ses œuvres dans le monde ?

Une défaite..... Et après? Je l'ai dit, une défaite n'est pas plus éternelle qu'une victoire. Conquérants d'aujourd'hui, vous passerez comme le dernier d'entre nous et comme vous ces palmes recueillies dans le sang tomberont en poussière.

Trébucher à des tas de cadavres pour tomber dans les mains de Dieu, quelle chute !

Que ce rayon de charité et d'amour qui nous est venu du ciel arrive donc à être assez lumineux pour éclairer la voie où doivent marcher les peuples.

.   .   .   .

.   .   .   .

Voyez donc ce bel officier dominant tous ceux qui l'entourent, je ne dis pas de son courage, tous sont arrivés au paroxysme de la bravoure, mais par la noblesse de son port et de sa stature. C'est le colonel Waternaud..... Tout-à-coup il a disparu. Son cheval vient d'être foudroyé. Il a roulé à terre avec lui..... Bientôt il reparaît fier et bravant le danger comme toujours. Un de ses maréchaux est accouru et lui a

donné son cheval. J'en trouverai un autre, lui a-t-il
dit. Un colonel ne peut rester à terre. Vous surtout
vous ne serez jamais assez haut pour nous commander et nous entraîner après vous.

XLV

Cependant les hommes démontés, la rage au cœur,
ne renoncent pas à la lutte. Ils veulent encore y
prendre part. Que feront-ils ? Les voyez-vous au
milieu des balles, démolissant les barricades qui
obstruent l'entrée du village ? Ces obstacles à peine
écartés, les cuirassiers qui sont montés encore se
précipitent dans Morsbronn, où les Prussiens gar-
dent toutes les issues et lancent des balles de toutes
les ouvertures. Voyez-vous ces hommes de fer, fous
de rage, jetant des regards terribles sur ces maisons
d'où un ennemi qu'ils ne peuvent atteindre leur
lance la mort sans avoir à la craindre pour lui ? Oui,
fous de rage, ils chargent pour ainsi dire sur ces
murs dont ils voudraient déloger l'Allemand pour
voir enfin sa poitrine.

Mais hélas ! comme le 8e, le 9e cuirassiers aura le
mal au cœur de voir tant d'efforts et tant d'héroïsme
ne devenir utiles que pour sa gloire et pour l'honneur de l'arme. C'est beaucoup sans doute, mais il
veut autre chose le véritable soldat. Il veut que la

16.

patrie profite de son sang et de tous ses sacrifices.

Enfants, mourez en paix ; elle en profitera et à l'heure même..... Vous retardez l'ennemi, vous assurez la retraite et surtout vous prouvez qui nous sommes...

Nos cavaliers continuent leurs efforts gigantesques. On voit bien qu'ils sont pris de la fièvre de mourir. Les obstacles n'existent plus pour eux. Ils poussent leurs charges affolées dans toutes les directions. Les débris d'un escadron vont se faire hacher encore plus dans les champs. Mais aussi ces quelques soldats auraient-ils pu résister à l'ardeur de celui qui les entraîne ? Vous avez dû entendre parler du capitaine adjudant-major de Finance. Eh bien, c'est lui qui en ce moment charge dans la vallée avec ce qui lui reste de son escadron. Voyez avec quelle vigueur, avec quelle hardiesse est poussée cette charge suprême, sous le feu de la plus incessante mousqueterie. Je le répète, l'héroïsme a son accès de folie sublime... Sublime, entendez-vous, et je vous défie de pouvoir la qualifier autrement, surtout lorsque le dernier soupir de ces braves qui tombent est pour jeter ce dernier cri d'amour :

Vive la France !

Ce dut être celui du capitaine adjudant-major dans cette course folle, au moment où son cheval allait être foudroyé et rouler à terre avec lui. Oui, foudroyé au bout de ces mille carabines qui lancent comme des volées de balles. Là, étendu sous le poids de son cheval, monsieur de Finance arrive à se dégager enfin, mais c'est pour avoir les deux jambes traversées au-dessus du genou. Qui donc viendra le relever? De longues heures s'écoulent... Il est recueilli et soigné dans l'ambulance du presbytère.

Rentrons dans le village pour être témoins des dernières poussées de nos braves qui ont dû, pour si bien affronter la mort, dire un éternel adieu à la vie. Des hommes qui pensent au danger ne seraient jamais capables d'opérer de ces œuvres qui étonnent.

Le colonel Waternaud rallie ce qu'il peut trouver d'hommes et d'officiers et, avec cette poignée de véritables soldats, pousse des charges dans tous les sens, au milieu des cris mille fois répétés :

Vive la France !

Vive le colonel !

Waternaud n'a plus qu'une pensée maintenant, sortir du village.

Mais, hélas! cette tentative n'est plus possible. Les chevaux inondés de sueur et d'écume ne tiennent plus debout. Le colonel jette autour de lui un de ces regards qui, chez un soldat, dans ces moments sollennels, annonce une tristesse qu'on ne trouvera jamais ailleurs. Il ne voit plus que quelques officiers, quelques hommes démontés pour la plupart. Les autres morts ou atteints de graves blessures.

Waternaud et les derniers survivants de ces vaillants combats sont cernés par une masse d'ennemis. Ils sont faits **prisonniers...!**

Les Teutons sauront-ils, voudront-ils rendre hommage à tant de valeur? Auront-ils pour ces soldats malheureux les égards qui leur sont dus?

Que de blessés, que de morts étendus sur les durs pavés de Morsbronn, inondés du sang le plus vaillamment répandu. Mort au milieu de ses cavaliers, le capitaine Noël qui n'a succombé qu'après avoir été successivement atteint plusieurs fois. Blessés le médecin-major Cogit, les sous-lieutenants Tardieu et de Villers.

J'ai eu l'honneur depuis et en toute occasion, de serrer la main de ce dernier, de presser dans mes bras ses gentils petits enfants auxquels je disais : Vous serez comme votre père, mes charmants petits amis. Ils avaient l'air de me comprendre ; l'héroïsme suit le sang comme toutes les vertus.

M. de Villers avait été appelé dans notre grande Ecole comme capitaine instructeur de cavalerie. Ce sont bien de tels hommes qu'il faut donner pour exemple à notre précieuse jeunesse, aux officiers de l'avenir. Ils ont le droit de parler et de dire : Vous ferez ce que j'ai fait.

Et maintenant 9ᵉ cuirassiers, dans votre salle d'honneur, sur des tables de marbre, gravez et bien avant, incrustez en lettres d'or les noms immortels des officiers, des soixante-dix sous-officiers et soldats qui furent tués dans vos charges légendaires de Morsbronn.

Rappelez aussi les noms des officiers et des deux-cent-six sous-officiers et soldats qui en sortirent avec leurs nombreuses blessures. Plus d'un ont dû succomber dans la suite.

Parmi les téméraires, il y en a toujours de plus téméraires encore. Ou bien, par une parole plus académique, traduisons la phrase habituelle qui a cours dans l'armée et qui plus d'une fois sans doute est passée sur vos lèvres. Au milieu de n'importe quel cataclysme et quels effondrements, il y a toujours des heureux. C'est ainsi que le capitaine de Gruentz et le lieutenant Cabus ont pu s'échapper de la fournaise de Morsbronn avec une quinzaine d'hommes dont les noms, pour la plupart, sont restés dans l'histoire. Que je cite ces noms en attendant que je dise ce que sont devenus ceux qui les portaient si bien :

Les maréchaux de logis Borriglione, Robert, Perraud, d'Hoquelus ; les brigadiers Worms et Horni ; le brigadier-fourrier Laporte ; les cavaliers Jung et Chevalier.

Honneur à vous tous, mes enfants, qui avez si bien combattu les combats de la France !

Ce qui dira encore mieux ce que furent nos cuirassiers, c'est la mesure qu'on fut obligé de prendre ; le 9ᵉ était tellement diminué qu'il fut dissous et que ses débris furent versés dans le 8ᵉ.

XLVI

Les 8ᵉ et 9ᵉ cuirassiers venaient de disparaître dans la fournaise allemande. A l'histoire de dire avec quelle audace ils s'y étaient précipités.

Ma plume a essayé sans doute de retracer toutes ces valeurs. Mais qu'elle est faible alors qu'il faudrait, pour transmettre aux générations de l'avenir nos combats de géants, un de ces grands génies comme la France en aura toujours. Sans doute les gloires de la patrie trouveront toujours en moi un cœur qui saura les admirer. Mais les écrire ensuite!... Allons, vous qui avez les trésors de l'intelligence, vous qui êtes comme les soleils du monde, éclairez pour toujours et pour ces enfants qui attendent, éclairez ces chefs-d'œuvre d'héroïsme qui ne sauraient rester dans les ténèbres.

C'est fait, dira-t-on. Soit... mais le fera-t-on jamais assez. Un peuple doit être saturé de souvenirs, surtout quand il fut saturé de gloire dans le passé et qu'on vient lui dire que ces gloires furent éclipsées pour toujours et qu'il est descendu de son rang dans le monde. La France descendue de son piédestal séculaire! C'est que je n'y croirai jamais. Eh bien, vous qui le savez, vous qui le pouvez, glissez dans les âmes ce qui est ma conviction, ce qui est aussi la vôtre.

. . . .

. . . .

L'épouvantable écrasement des hommes de fer venait d'avoir lieu...

Tout à coup et malgré la sublime folie de leurs camarades, malgré l'évidence la plus certaine d'une même catastrophe, apparaît le 6e lanciers. Pour eux aussi le désastre est inévitable. Le même gouffre les attend. Infailliblement ils y descendront pour mêler leurs débris aux débris de ceux qui les ont précédés. L'expérience est faite.

L'ordre de marcher existe-t-il encore et quand même, lorsque l'impossibilité absolue de l'accomplir est devenue évidente ?

.,. Soit. Il est des courages, des héroïsmes que rien ne saurait arrêter. Et après, n'y a-t-il pas l'enivrement des trépas glorieux ? Il est des vaillances qui n'y résisteront jamais. Tel fut le délire, l'entraînement à jamais mémorable du 6e lanciers.

Les 1er et 3e escadrons sont partis sous les ordres des capitaines Lefèvre et Pouet.

Que vous disent avec leurs joyeuses couleurs ces flammes qui ondulent au sommet de leurs lances ? Au premier abord n'y a-t-il pas un air de fête? Ces enfants n'iraient-ils pas à une parade, à une revue, toujours gaie et brillante ? Hélas ! ces banderoles si joyeuses vont contraster et grandement avec la

voie qu'elles auront à suivre! Elles vont traverser
un vaste cimetière, une boucherie où le sang fume
encore, où il coule à torrents. Avant peu elles vous
apparaîtront comme des voiles de deuil, comme un
crêpe qu'on étend sur l'uniforme déchiré, sur l'épée
glorieuse d'un héros tombé au champ d'honneur.

Malgré tout et avant qu'ils ne traversent la fournaise qui les attend, voyez comme ils sont beaux nos
lanciers, splendides de crânerie et d'entrain!

A la suite des cuirassiers ils ont enlevé leurs
chevaux sur Morsbronn et ils pénètrent dans les
rues du village. Là, comme leurs camarades, ils
deviennent une cible pour les projectiles ennemis
qui leur arrivent de tous les côtés à la fois, les
écrasent et les jettent à terre, d'autant plus qu'ils
y vont à poitrine découverte.

Etendu raide mort le lieutenant Bocherou.
Blessés le capitaine Folie et le lieutenant Douville
avec plusieurs cavaliers.

Et toujours : chargez, en avant!

Vive la France!...

Des agonies qui trouvent encore des acclamations!

On dirait et, comme pour les exciter, qu'ils sont
entendus par les pauvres cuirassiers qui gisent là,
dans des mares de sang.

Nos lanciers, emportés par un galop vertigineux,
et au travers d'une fusillade des plus meurtrières,
arrivent à l'extrémité de Morsbronn, laissant après
eux, comme pour marquer leur glorieux passage,

le capitaine Malraisout, le lieutenant Bardy, une vingtaine de cavaliers... morts; Giraud, Vieil-Lamarre, et quelques lanciers grièvement atteints.

Le village est franchi ; mais qu'y a-t-il encore au-delà de ces murailles maudites, où se cache un ennemi qui se garderait bien de paraître au grand jour?

Ce qu'il y a!... de ces cohortes noires toujours qui sont venues tacher la belle harmonie de nos campagnes d'Alsace... Nuages sombres, épais qui rasent le sol sacré de la patrie.

Les débris de nos escadrons, laissant encore à terre avec des blessures sérieuses les lieutenants Nadaud, Miguel et Buchin, se sont élancés à travers champs, traversant des vignes, des houblonnières, des fossés, des collines, emportés par le mépris du danger, de la mort, se faisant un jeu, on le dirait, de braver les Dreyses et la mitraille.

. . . .

Mais où sont-ils? Existe-t-il encore un de ces braves? Les deux escadrons du 6e ne sont-ils pas anéantis jusqu'au dernier de leurs soldats? Qu'on en voie du moins un seul assez heureux pour avoir franchi toutes les fureurs allemandes et raconter la suprême vaillance de ses camarades. Ce soldat, ce héros pourra-t-il échapper à l'œuvre meurtrière de la fusillade pour dire à la patrie ce que furent ses enfants qui, la poitrine découverte, furent décimés encore plus vite que les cuirassiers de Waternaud et de Guiot-de-la-Rochère.

17

Ce héros reviendra, je l'espère. On voit encore quelques lances à l'oriflamme rouge et blanc, croisant les baïonnettes allemandes. Ils sont rares ces derniers combattants... sur eux veillera le génie de la France.

Mais enfin, si nous ne pouvons inscrire des succès, nous pouvons du moins relater des chefs-d'œuvre de la plus étonnante bravoure... des poignées de soldats luttant et quand même au milieu des masses de la Germanie. Que l'histoire nous montre de ces formidables coups de tête chez d'autres que chez des Français.

Sur quatorze officiers présents à la charge trois restent étendus morts au champ d'honneur. Tous les autres y sont couverts de blessures.

Deux cents sous-officiers et soldats tués ou blessés, les neuf dixièmes des deux escadrons par conséquent.

Que l'ennemi nous montre un fait pareil dans toute l'invasion de l'année terrible.

Mais que sont devenus les quelques survivants du 6e? Vous tenez à le savoir? Lisez : Il est bon qu'on le sache en effet. Il y a encore une réserve de bravoure et d'héroïsme dans leur cœur insatiable d'héroïsme et de gloire.

Et d'abord voici leurs noms. Vous remarquerez que des officiers des deux escadrons, plus un seul, tous morts ou blessés :

L'adjudant Edel, les maréchaux-des-logis Machin

et Bardey, le brigadier Chapuis, le lancier Betzung avec cinq ou six camarades.

Leur résolution est bientôt prise. A fond de train ils courent à la suite des cuirassiers, jetant leur existence à tous les hasards de la guerre.

Comme le 8ᵉ et le 9ᵉ cuirassiers, le 6ᵉ lanciers, vous le voulez ainsi que moi, a droit à tous les honneurs de la légende, à cette patriotique admiration qui s'est élevée sur tous les points de la France. Vous saluez les cuirassiers de Reichshoffen, saluez également les lanciers du 6ᵉ. Mais cette arme n'existe plus ! On ne voit plus dans nos parades et nos magnifiques revues de Longchamps flotter la joyeuse banderole de ces alertes cavaliers. Dès lors qu'ils vivent toujours dans votre souvenir et sur les pages de l'histoire.

Une réflexion que j'ai faite moi-même et que j'ai entendu faire à nos officiers :

Pourquoi dit-on les cuirassiers de Reichshoffen? Il semble qu'il serait mieux de dire : les cuirassiers de Morsbronn.

Le peuple l'a ainsi voulu. La légende est établie.

Laissons au peuple le droit de baptiser ses héros, mieux encore le droit de baptiser ses enfants.

XLVII

J'entreprends de raconter la dernière phase de ces
luttes gigantesques. Si jamais vous rencontrez un
des héros de ces heures suprêmes, demandez-lui de
presser sa main valeureuse. Cela doit porter bonheur.

Les débris du 8ᵉ cuirassiers étaient donc sortis de
Morsbronn, chargeant toujours et battant la campagne.

Mais quels sont-ils ces hommes de fer qui ont
échappé à la fournaise ?

Quel bonheur j'éprouve à les nommer !

Le colonel Guiot-de-la-Rochère ; les maréchaux-
des-logis Touren, Mourland ; le capitaine Leper-
cheux, Duhautbourg ; le lieutenant Rousseau ; les
brigadiers Magnac et Pastour ; les sous-lieutenants
Kruch, Huckel et Berger ; les cavaliers Verdel et
Caubin avec quelques autres camarades, une dizaine
peut-être.

Ils battent la campagne, ai-je dit. Mais des Prussiens il y en avait partout. Ils vont avoir à passer
tout près d'un corps de tirailleurs. Faudra-t-il les
éviter ? pourquoi ? On en a vu bien d'autres jusqu'ici.

Nos cuirassiers passent rapides comme un éclair,

ce qui fait que deux ou trois hommes seulement sont atteints.

Dans leur course fantastique, semblables à des ombres que pousseraient des vents impétueux, ils sont bientôt hors de la portée des balles, et descendent vers Loubach afin de regagner nos positions par un détour, lorsqu'ils sont aperçus par le 13ᵉ hussards prussien qui se dispose à les charger.

A la bonne heure, voilà donc et pour la première fois la cavalerie allemande qui va se mesurer avec la nôtre. Mais attendez... remarquons d'abord qu'ils sont cinq et six contre un de nos soldats, plus peut-être !

Et puis nos chevaux auront-ils assez de force encore pour fournir une charge ? Inondés de sueur... blancs de poussière et d'écume... chancelants sur leurs jarrets de fer autrefois... c'est en vain que les éperons viendront labourer leurs flancs ensanglantés.

Que faire alors ? Devenir prisonniers de la Prusse ? Jamais !... on a trop fait pour n'avoir point de droits à une mort glorieuse ou à la liberté.

Jeunes français, tous vos regards sur ces braves, et n'oubliez jamais ce que vous aurez vu.

Officiers et soldats s'arrêtent, se rangent sur une seule ligne, et, le revolver d'une main, le sabre dans l'autre... attendent l'ennemi qui vient sur eux au galop et qui compte en avoir bientôt fini avec cette poignée de quelques combattants.

17.

Fiers Teutons, prenez garde, ce ne sont plus des hommes, mais des lions qui regardent en face leurs agresseurs et qui vendront cher la dernière goutte de leur sang généreux.

Ici, vous n'avez plus les murailles de Morsbronn pour abriter vos poitrines.

Vous approchez encore... prenez garde et ne dites pas : que peut-on attendre de soldats brisés par la fatigue, exténués par une lutte de si longues heures qui a du épuiser toute leur énergie?... Ce qu'on peut attendre ! Tout, à part la défaillance et la lâcheté.

Le combat sera inégal, c'est vrai. D'un côté quelques hommes aux cuirasses entr'ouvertes, ruisselantes de sang, avec des armes tordues ou émoussées, avec des chevaux qui peuvent à peine se soutenir, échappés à un ouragan de fer et de feu ! De l'autre côté cinq cents hussards, un régiment complet, bien reposé, n'ayant pas encore combattu. Malgré tout, je vous l'ai dit, prenez garde. Vous allez avoir affaire, non avec des hommes, mais avec des lions qu'on a poussés dans leur dernier refuge... Et encore, si ces hommes sont arrivés au paroxysme du désespoir!...

Les hussards ne sont plus qu'à une quinzaine de mètres. Les Français déchargent leurs armes. Les Allemands surpris, stupéfaits, sont dans l'hésitation. Oui, ces cinq cents hommes hésitent devant une poignée de **nos soldats**.

« En avant!... Vive la France!... »

Et le colonel Guiot-de-la-Rochère s'élance avec ses braves officiers et soldats.

L'escadron des hussards de tête, qui le premier a poussé l'attaque, est bousculé par l'impétuosité de nos héros. Trois fois les Prussiens chargent cette poignée de soldats, de front, à droite et à gauche, trois fois ils sont repoussés et finissent par faire demi-tour.

Pendant cette action à tout rompre un cuirassier reçoit trois blessures à la tête. Son casque lui avait été enlevé par un éclat d'obus. Un coup de révolver lui a brisé la jambe. Malgré tout, il se précipite sur un major prussien et le transperce d'un coup de latte.

Et maintenant, si les Prussiens savent ce que vaut la cavalerie française, nous savons ce que la leur peut valoir.

Cinq cents cavaliers qui reculent devant une poignée d'hommes épuisés par des luttes contre une infanterie formidable !...

Honneur mille fois à ces derniers combattants des plus vaillants combats ! Honneur à ces nobles débris devenus une puissance qui brise et qui étonne !...

Les Prussiens disparus, le colonel Guiot-de-la-Rochère s'est dirigé sur la route de Saverne où il arrive dans la nuit.

On peut dire qu'elle a vécu notre brigade de grosse cavalerie. On peut en dire autant du 6e lanciers.

Est-ce un déshonneur?

Non, c'est la plus belle des gloires.

Après un valeureux combat à forces inégales ..... un triomphe pour le petit nombre d'avoir à dire d'une armée qu'elle n'existe plus !

Ces charges admirables, à part qu'elles ont témoigné de tous les courages et de toutes les énergies, ont suspendu un moment les progrès de l'armée allemande, sauvé la droite de l'armée française et protégé la retraite.

Et si vous revenez sur le terrain où ont eu lieu ces entraînements à jamais mémorables, que verrez-vous ? Au milieu de chevaux déchirés et aux flancs entr'ouverts, des cadavres couverts de cuirasses dont l'éclat est terni par une poussière ensanglantée, des casques écrasés, troués par la mitraille, des sabres tordus et maculés de sang. Encore des chevaux affolés et dont les regards annoncent l'épouvante.

Des blessés qui se relèvent un instant, cherchent quelqu'un ou quelque chose et retombent tristement sur la terre bien dure.

Des mares de sang un peu partout. Dans les champs tout est brisé, piétiné.

Des lances avec leurs banderoles aux couleurs autrefois si joyeuses et maintenant déchirées, maculées dans une boue sanglante.

Et ce cavalier qu'une affreuse blessure a cloué sur le sol ! son regard est triste; même on a surpris des larmes dans ses yeux. C'est qu'il a reconnu dans ces débris de la bataille ce magnifique coursier qu'il

avait flatté et soigné si longtemps. Lui il reviendra
peut-être de sa blessure, mais pour son fidèle com-
pagnon, pour cet ami qu'il aimait, c'est la mort!....

Combien ceux qui ont échappé au cataclysme de
Morsbronn? sont-ils soixante à peine. Ce n'est pas
probable. Toujours est-il qu'ils ont l'admiration des
cœur vraiment nobles et français. Ils rappellent tous
ceux qui dorment sous une terre qui n'est plus à
nous, mais qui nous reviendra.

XLVIII

L'ouragan allait toujours augmentant ses sinistres
fureurs. Sur nous c'était comme une nappe de
plomb qui s'étendait sans cesse. Autour de nous
nous sentions comme les efforts de ces deux bras
puissants qui voulaient nous enserrer.

Alors, oh! alors, il ne faut plus penser à la vie. Il
n'y a plus qu'à penser au devoir.

Mon âme était à Dieu, mon cœur était à tous ces
enfants pour les aimer de la plus tendre affection,
la même que vous leur auriez prodiguée, vous, leur
mère si bonne. Ils étaient si généreux pour la patrie!
Qui ne les aimerait!

Chez eux quel calme et quelle résignation! C'est
bien la conviction intime du devoir accompli! ces
lions de tout à l'heure vous accueillent avec un

regard, avec des paroles qui vous attirent vers eux en vérité.

Mon père, que je suis heureux de vous voir près de moi!... Aidez-moi à mourir, me disait un de ces enfants... Soyez assez bon pour vouloir transmettre à ma famille mon dernier souvenir.

— Mon fils aimé, vous ne mourrez pas. Et je prenais dans ma main sa main ensanglantée.

— On ne revient pas d'une telle blessure.

— Pardon, mon fils, vous en reviendrez.

— Mais tout ce sang que j'ai perdu....

En effet la jambe du brave garçon était broyée un peu au-dessus du genou. Au travers de lambeaux de drap on voyait tous les déchirements d'une affreuse blessure. Tout à coup ses yeux se sont fermés. Il venait de s'évanouir. J'appelle des infirmiers qui passent. Ils l'emportent dans une ambulance.

Un autre blessé qui était là tout près, appuyé contre un arbre et pour qui j'avais, avec un lambeau de ma ceinture, rapproché les lèvres d'une blessure bien large, me demandait si ce camarade était mort. Il paraît si jeune, me disait-il ! J'ai souvent entendu de ces paroles sympathiques d'un blessé pour un autre blessé.

Il n'est pas rare que nos soldats s'oublient eux-mêmes pour sauver un camarade et lui éviter de nouvelles blessures. Ils vont le chercher au milieu du feu au risque d'y rester eux-mêmes.

C'est bien à Magenta, au plus fort de l'action, que

j'ai vu un brave chasseur courir vers un jeune sous-
lieutenant qu'une balle avait jeté à terre et autour
duquel mille autres faisaient entendre leurs siffle-
ments aigus.

Au lieu d'un mort il y en aura deux, s'écria le
jeune officier, retirez-vous, mon ami.

— Oui, je vais me retirer, mon lieutenant, mais
avec vous..... Et il le prend sur ses épaules. Vous
direz à votre mère que je lui ai sauvé son enfant.
Cela me portera bonheur.

Cet acte de courage et de dévouement ayant été
connu du capitaine, le chasseur reçut la médaille
militaire.

N'est-ce pas qu'il la méritait bien ?

XLIX

Les hommes de fer, au casque étincelant, à la cuirasse éblouissante, s'étaient élancés du côté de
Morsbronn, s'abaissant, se soulevant comme des
flots argentés sous les rayons du soleil et suivant les
accidents du terrain qu'ils avaient à parcourir.

De Lartigue a réuni tous les turcos qu'il avait sous
la main et les lance contre la ferme d'Albrechs-
haüserhof occupée par les Prussiens. Nos Africains
s'en vont d'abord rampant comme des fauves. Ils ne
sont plus qu'à deux cents mètres. Baïonnette au

canon, un cri formidable,... et ils s'élancent contre la ferme, bondissant et méprisant la pluie de balles qui leur arrive.

L'ennemi disparaît en présence de ces démons qui deviennent maîtres de la ferme.

D'un autre côté la 2ᵉ compagnie du 3ᵉ zouaves, ainsi que d'autres fractions, se portent en avant du Nieder-Wald pour arrêter les colonnes prussiennes et protéger la retraite des cuirassiers. On ne les voit pas revenir. Ils sont en train de se faire tuer tous. On le leur avait demandé !...

A leur place ce sont les masses teutonnes qui arrivent. Il était dit que la terre en vomirait. On était si convaincu qu'il n'y avait que ce moyen d'écraser les Français !

Vous ne serez pas le nombre toujours pour avoir à célébrer des victoires faciles. Faciles ! Mais non, voyez comme le petit nombre sait vous les faire payer.

Il faut céder à ces puissantes colonnes et se retirer dans les bois du Nieder-Wald, tout en faisant le coup de feu.

Qu'ils sont beaux nos officiers avec leur poignée de soldats auxquels, bien s'en faut, ils n'ont pas besoin de communiquer leur ardeur ? Voyez donc le commandant Charmes, les capitaines Henry, Hervé ; les jeunes lieutenants Lafon, Colonna d'Istria. Quel enthousiasme fiévreux, innomable ! On les dirait à une fête. Ils veulent être des premiers toujours.

Mais voilà que la mort à laquelle il faut les plus braves, frappe le capitaine Henry au moment où, l'épée haute, il jetait à ses soldats cette parole que j'entendis si souvent en ce jour : Vive la France! mes enfants. Il venait de recevoir une balle en plein front. Presque aussitôt, à terre également, le com mandant Charmes, les lieutenants Gasc et Perret, d'autres encore.

En de telles mains qu'elle est bien placée la noble épée de France !

Enfants, tels ont été tous nos officiers dans les grands combats de l'année terrible, toujours au premier rang, toujours les premiers et nombreux à tomber au champ d'honneur.

Phalange d'élite, soldats de notre premier bataillon, enfants si aimés qui, tous les 'jours, près de moi, apprenez comment on défend sa patrie, comment on remporte des victoires, que je me plais à contempler vos fronts si jeunes, si rayonnants d'espérance ! Quel avenir vous vous préparez. Oui, vous serez généreux et braves comme ceux dont je vous fais l'histoire. Vous les admirez... Vous les imiterez. Comme eux vous reconnaîtrez les droits de la patrie sur vos cœurs. Ah ! les droits de la patrie !... Dirai-je qu'ils sont comme les droits de Dieu, sacrés, inaliénables. C'est ainsi que les regardent les plus braves.

Nous étions devant Puebla. J'avais dressé ma tente sur les pentes du *Cerro* de San-Juan. Sous cette tente autour de laquelle nos braves soldats du

18

voisinage avaient dressé un *gourbi*, je disais la messe, je confessais et distribuais la sainte communion à ceux qui venaient la demander. Ce sanctuaire, bien modeste assurément, valait pour moi un temple aux colonnes de marbre, aux voûtes richement décorées. Mes cantines servaient d'autel. Pour horizon j'avais l'immensité. Quels rayonnements, quelles beautés s'échappaient pour moi de la blanche et pure hostie, lorsque, après le moment solennel, je l'élevais vers les cieux! — ... *Deus... ecce Deus...!* Des heures entières je l'aurais ainsi retenue sous les regards de ma foi et de mon amour! Mais, dans les temples étroits, bâtis par la main des hommes et durant l'auguste sacrifice, je n'ai jamais ressenti ce que j'éprouvais alors que je l'offrais au sommet ou sur les pentes d'une montagne, là, dans la pleine lumière, ou bien dans une sombre et mystérieuse forêt, sous les grands arbres, en présence de ces géants des siècles qui semblaient tendre vers Dieu... leurs bras robustes, immenses, comme pour lui présenter les merveilles de la création, ces lianes chargées des fleurs les plus belles, montant, descendant et remontant mille fois. Comme je priais alors et comme elles étaient vraies ces paroles qui passaient sur mes lèvres : *Benedicite omnia opera Domini Domino.* Quelles larmes de joie, de bonheur inondaient la table sainte de l'autel après avoir doucement détourné mon regard pour contempler l'hostie sainte ce pain céleste qui allait alimenter mon âme !

Oublierai-je jamais, l'oublierai-je même dans le ciel, le sacrifice divin que j'offris un jour, au lever du soleil, sur les pentes des rudes assises du volcan de Colima! On peut lire ailleurs ce que j'en écrivais le soir même.

Je disais donc que sous ma tente, devant Puebla, je célébrais les saints mystères. Cet oratoire que j'appellerai champêtre à cause des fleurs qui l'ornaient certains jours, était fréquenté par nos soldats et très souvent par deux jeunes officiers. Ils se présentaient surtout lorsqu'ils devaient être de tranchée. Dans ce formidable siège de Puebla, si on arrivait au poste qui était assigné... on arrivait, mais on n'était pas aussi sûr d'en revenir.

Nous voulons tout bien faire, me disaient ces messieurs, nous voulons payer à Dieu ses droits, pour mieux nous acquitter de ceux qui sont dûs à la patrie. Les embarras du cœur quelquefois peuvent embarrasser la main qui porte une épée. Un jour même, l'un d'eux ajouta : Je vais à la tranchée. Il doit y avoir un grand coup aujourd'hui. Plus que jamais j'ai l'intention de donner à la patrie tout ce qu'elle a le droit d'attendre de ses soldats. Je voudrais y rester!... Je serais certain de recevoir la récompense que j'ambitionne avant tout, celle que Dieu réserve à notre grand devoir accompli.

Je me suis bien écarté de mon sujet. Vous croyez? J'y suis resté toujours, ce me semble, vu que j'ai parlé de devoirs et des droits de la patrie... la patrie qui attend de vous que vous soyez forts par toutes les sagesses et toutes les vertus... Les plus belles fleurs tombent sous le poids des autans.

A l'heure présente, mes enfants, vous avez la beauté, la force de votre âge. Veillez.... Soyez prudents. Il est des atmosphères qui ternissent et gâtent les plus belles espérances. Il est des forces qui disparaissent sous des souffles pernicieu x.... Alors une épée sera toujours trop pesante pour la main qui aurait dû la porter bien haut, plus haut encore, pour sa propre gloire et l'honneur de son pays.

L

Le 56ᵉ, lui aussi sous les ordres du colonel Ména, veut résister aux colonnes prussiennes qui s'élancent de Morsbronn dans le but toujours de tourner notre droite. Cette résistance lui a coûté des pertes énormes. Hors de combat sept cents hommes dont vingt-cinq officiers. Le colonel Ména, lui, a six balles dans le corps.

Les débris de ce brave régiment se retirent sur Eberbach où s'est déjà replié le général de Lartigue après avoir tenté des efforts surhumains, avec ce qui lui restait de sa division. Disons-le, quels sont les généraux, les officiers de tout grade qui se sont épargnés en ce jour, qu'on n'ait vus au plus fort du danger? C'est bien le général de Lartigue qu'on a vu toujours ainsi bravant le fer et le feu.

Cependant le monvement tournant de l'ennemi s'accentue de plus en plus. Cinq ou six cents turcos sont disposés en tirailleurs sur les côtes de l'Eberbach, en vue des Prussiens qui avancent au nombre de 20,000 environ pour monter à l'assaut de ces pentes et de celles du Nieder-Wald où nous avons encore des défenseurs, entre autres des soldats du 3e turcos.

Les cinq cents qui défendent les côtes de L'Eberbach à eux seuls ont affaire à 15,000 Allemands. Que de noms il faudrait citer de ce brave 3e qui perd la moitié de ses hommes et onze officiers tués. Et ceux qui ont reçu des blessures plus ou moins graves !

Le général de Lartigue est sous les balles comme tous ses soldats et tous ses officiers. On tombe autour de lui. Malgré tout il ne peut se résoudre encore à une retraite définitive. Il n'y consent enfin avec le général Lacretelle que lorsque les Allemands ne sont plus qu'à quelques pas et qu'on n'a plus une cartouche à brûler.

Et les derniers du 3e zouaves qui sont encore dans les fourrés du Nieder-Wald !... En voilà de l'entêtement ! Mais j'en suis sûr, comme moi, vous les approuvez de ne vouloir point céder encore, même devant la majeure partie d'un corps allemand. Allez, allez toujours, fiers Africains, faites réfléchir la force sur ce qui est votre droit !

18.

Et vous, fils de l'Allemagne... Quinze et vingt contre un des nôtres !... puisque vous nous voulez par l'étouffement du nombre, prenez-nous, mais laissez muettes les cordes de vos lyres et mettez en consigne les trompettes de la renommée.

Je ne suis pas pour la guerre sans doute. Je la maudis. Mais il faut bien cependant que l'on sache à qui on aura à répondre si jamais on veut infliger à la France une nouvelle surprise.

Ainsi donc, une poignée de nos braves, dans la forêt du Nieder-Wald, sont aux prises avec la majeure partie d'un corps prussien qui jette à flots sa colère de fer et de bronze. Mais ne croyez pas que nos héros se laissent intimider par tous ces grondements de la tempête, horrible, infernale. Ils en ont vu tout autant aux plages de la Crimée, aux plaines de l'Italie où furent Magenta et Solférino. Leur place naturelle, on le dirait, doit être sous ces nappes de plomb et de fer. Cette forêt avec ses épaisseurs sera pour eux la nuit, les ténèbres de la mort. Ils y pensent bien !... Ce sera une tempête avec ses hurlements, ses fracas d'un autre monde. Voyez donc le voyageur des mers... Si les mugissements de la nue qui gronde, des cordages qui se brisent, des vagues qui s'entassent, des flancs de son vaisseau qui gémissent, voyez donc si tous ces bruits l'épouvantent... Il laisse faire... et continue impassible avec celui qui le porte à monter, à descendre ces abîmes qui s'ouvrent, se referment et se creusent encore avec plus de profondeur.

Tels nos enfants de l'Afrique, sous les grands arbres hachés, sous leurs branches qui tombent, sous la tempête qui hurle, sous les obus et les balles qui sifflent et qui ont comme des voix étranges.

Ce sont des rafales de fer qui, pour d'autres, auraient des épouvantements. Pour vous, nobles fils de la France qui défendez ce sol plus que jamais sacré, je l'ai dit bien souvent, pour vous c'est une fête, la fête de l'honneur.

Mais aussi quels chefs ceux qui vous commandent et qui vous donnent l'exemple de toutes les bravoures : les capitaines Revin et d'Aiguillon, Utéza et tous leurs sous-officiers !

Cependant, par ordre du capitaine adjudant-major Hervé, le clairon fait entendre les notes de la retraite aux divers groupes de combattants, disséminés dans la forêt. Il en est qui se rendent à son appel et emportent sur leurs fusils croisés le capitaine de Saint-Sauveur qui vient d'avoir la poitrine traversée d'une balle. Il en avait déjà reçu quatre dans le corps sans vouloir descendre de cheval.

Saluez ce brave qui, demain, aura cessé de vivre. Je l'ai connu. J'ai eu pour lui des larmes et des prières quand j'ai appris sa mort.

J'ai dit qu'il y avait dans le bois des groupes qui s'étaient rendus à l'appel du clairon, annonçant la retraite. Il en est d'autres qui ont préféré ne pas l'entendre. C'était leur idée !...

Une cantinière elle-même prend le fusil d'un zouave mort à ses côtés et se défend comme ceux dont elle était la mère.

Il est vrai que son châtiment a été terrible. On lui a coupé les deux poignets! O guerre, guerre affreuse et sans pitié, tu vois bien que j'ai raison de te maudire!

Il y a quelques heures à peine, quelques jours peut-être, et la solitude et le silence étendaient leurs charmes avec la souriante verdure des bouleaux et des chênes, dans ces forêts où seuls les oiseaux voletaient, chantant à Dieu l'hymne de la reconnaissance et de leur joie si pure. Tout était ombre et fraîcheur. Si parfois une échappée de lumière, un rayon de soleil venait caresser la mousse bien fraîche, perlée de saphyr ou d'argent, c'était lorsqu'un souffle passait léger et agitait les feuilles épaisses des grands arbres.

Mon Dieu, que la nature est belle quand l'homme ne vient pas la troubler par ses hideuses colères!

Aujourd'hui, c'est un vent de tempête mêlé de rafales de fer qui tord et brise les plus grands arbres en leur enlevant des tourbillons de feuillages... géants décapités dont les débris écrasent des pygmées qui auraient pu vivre encore... Ce n'est plus le chant si doux et si harmonieux des oiseaux, c'est le déchirement des balles, le crépitement de la mitraille aux dents et aux griffes aiguës... C'est un enfer déchaîné... Ce sont des voix qui semblent hurler des paroles sinistres :

« Vous ne voulez pas de la paix, de la fraternité des peuples. Au lieu des magnificences de Dieu vous ne voulez que de vos horreurs... Eh bien, allez, continuez vos œuvres maudites. Tuez-vous... Et après?... oui, après?... »

LI

J'ai dit qu'il était resté des groupes sur divers points de la forêt. Ils ne veulent pas céder de sitôt. Ou bien, on dirait qu'ils veulent en finir avec la vie. Les Prussiens font des efforts pour entrer dans les taillis. Mais les buissons vomissent des balles. Derrière les arbres un tirailleur qui ne manque jamais son coup. La chasse à l'homme!...

L'épaisseur du fourré, la nature accidentée du terrain favorisent quelque temps l'ardeur de nos soldats et déconcertent l'ennemi. S'il approche de trop près, c'est le lion qui bondit et qui, dans sa poitrine, creuse un abîme sanglant. Enfin de toutes parts environnés par des masses dont ils ne peuvent plus suivre les mouvements, nos fiers zouaves, après avoir opposé la résistance la plus opiniâtre, tombent successivement dans les mains du vainqueur.

- Hélas ! que de pertes cruelles ! à terre que de braves, officiers et soldats, qui faisaient la gloire du 3ᵉ zouaves !

Mais que se passe-t-il encore ?... Ah! c'est que tout n'est pas fini ! Voyez donc le chef de bataillon Morand. On lui crie de se rendre. Non ! Il brûlera jusqu'à sa dernière cartouche. Il commandera de briser toutes les carabines.

C'est fait.

Alors, les bras croisés sur sa fière poitrine, il attend. « Et vous savez, dit-il à la poignée de braves qui l'entourent, vous êtes libres de vous défiler ou d'aller voir ce qui se passe en Prusse. »

Sur cent cinquante environ il en reste à peine la moitié, tous couverts de blessures et de sang. On les conduit à la lisière du bois. De ce nombre et en tête quelques officiers. Deux d'entre eux portent un jeune lieutenant à la tunique sanglante et ouverte sur la poitrine. Sa pâleur annonce que la blessure est des plus graves.

Les braves gens! Voyez donc ces soldats, les nôtres!... balafrés, les mains noircies par la poudre, les vêtements en lambeaux, voyez-les défiler la tête haute, le regard plein de fierté.

Et l'ennemi ? Ah! l'ennemi qui était 20 et 25 contre un de ces entêtés combattants, l'ennemi les regarde passer avec indifférence, d'un œil sec et arrogant... l'ennemi, c'est-à-dire des officiers, des soldats, assistant au défilé de braves s'il en fut.

Ils méritaient une leçon. Elle ne s'est pas fait attendre. Il faut tout dire quand il s'agit de beaux sentiments, même chez un adversaire. Ainsi le veut une loyale générosité. A l'instant même survient le prince de Prusse. Il se découvre avec le plus grand respect et puis :

« Saluez, messieurs, je n'ai de ma vie rien vu d'aussi brave que ces soldats que la Fortune vient de trahir! »

Les pertes énormes du 3ᵉ zouaves seront l'histoire de sa bravoure dans cette mémorable journée. Le matin ils étaient 2,200 environ. Ils ne sont plus que 400 pour répondre à l'appel. Le régiment comptait 70 officiers. 49 étaient morts, blessés ou disparus.

Et le drapeau ?... ce drapeau médaillé aux plaines de la Lombardie, décoré à San-Lorenzo, au Mexique? Ah! voyez donc tous ces braves qui l'entourent et qui ne le quittent pas des yeux dans leur retraite sur Saverne.

Jeunes Français, saluez vous aussi cette noble relique qui va être des plus précieuses. L'aigle est mutilée, la hampe fracassée, la soie couverte de blessures. Saluez et... souvenez-vous si jamais vous avez le drapeau à défendre.

On dira peut-être que j'ai longuement parlé du 3ᵉ. Que voulez-vous, je l'ai toujours vu si brave dans toutes mes campagnes, en Italie au Mexique. Au Mexique, là-bas, si souvent je me suis trouvé en colonne avec lui, dans des étapes de quarante et

cinquante kilomètres! C'est que je connais à fond
les héros du 3ᵉ zouaves.

Je vous défie de voir des soldats plus braves que
ces vieux chacals à l'assaut de *San-Iñes*, et du couvent de *San-Agustin*, à Puébla. Mais non, je me
trompe, tous nos soldats en feraient autant. Seulement parlons de ceux-ci puisque nous y sommes.
Un bataillon, tout un bataillon fut anéanti à l'assaut
de *San-Agustin*, une véritable forteresse qui, du
côté de l'attaque, avait un vaste parapet, un fossé
ensuite, après le fossé une grille de quatre mètres
de hauteur qu'on avait retirée de l'*Alaméda*; encore,
après cette grille un fossé très profond, avec un nouveau parapet. Dans les murailles épaisses des meurtrières très rapprochées. Qu'importe tout cet appa-
reil de défense... nos zouaves ont mis sac à terre.
Le cri : en avant! s'est fait entendre. Ils se sont élancés, bondissant comme des panthères, impatients de
l'attaque... Quelques-uns ont pénétré jusque dans
les couloirs, dans les vastes salles du couvent. Les
plafonds aussi ont des meurtrières par lesquelles
on leur envoie des balles et les cris, mille fois répétés :

« Rendez-vous! »

— Non!...»

L'assaut terminé, il y a eu deux heures d'armistice pour recueillir les blessés et les morts.

Un officier mexicain disait à l'un des nôtres : Si
nous avions seulement dix mille soldats comme les

vôtres dans la place vous n'y entreriez jamais. Et il
offrait 25 piastres au capitaine pour le plus brave et
le plus blessé de sa compagnie. Naturellement le
capitaine accepta le témoignage d'admiration d'un
ennemi généreux et loyal, mais il refusa l'argent qui
lui était offert.

Un zouave avait reçu une balle en pleine poitrine
au moment où il voulait franchir la grille dont j'ai
parlé. On le trouva debout, pressant de sa main
crispée les barreaux de fer... Il était mort.

Vous qui avez vu le 3e à Palestro, à San-Lorenzo
également, battez donc des mains avec moi et dites
si on peut être plus brave, plus brave aussi que dans
les ténèbres et les fourrés du Nieder-Wald.

LII

Trois heures...

L'heure des grandes victimes de l'humanité.

Le Golgotha a eu la sienne.

Les nations aussi ont des holocaustes suprêmes.
Trois heures ?...

La vaste horloge du Calvaire qui commande aux
échos du monde d'annoncer l'agonie de ceux qui
vont mourir pour une cause sainte et sacrée.

Trois heures...

Ponens caput expiravit.

France adorée, Fille de Dieu, est-ce que toi aussi tu t'en irais mourir !...

Trois heures...

C'est bien l'heure que marquait dans le ciel votre soleil, ô mon Dieu, épanchant pour le féconder et lui donner la vie, ses torrents de lumière sur ce monde fragile où l'homme cependant, comme dans des accès de folie, jette à terre tant d'existences précieuses.

Que va-t-il se passer dans cet espace si restreint d'ailleurs de notre demeure qui marque à peine dans l'infini ?

Ah ! ce coin du monde sera assez large encore pour y voir opérer de ces œuvres qui dépassent toute compréhension humaine !

En présence ce qu'on appelle deux armées, c'est-à-dire ce que les hommes, jusqu'à ce jour, ont regardé et regardent encore comme l'événement le plus formidable, le plus étrange qui se puisse voir. Ces deux armées ont des chocs qui étonnent autant et plus peut-être que les chocs de la foudre. Elles veulent se détruire. Les plus forts porteront le nom de vainqueurs. Les autres, à terre, s'appelleront les vaincus.

Mais c'est que tous prétendent à la victoire. Dès les premières heures du jour on travaille en ce sens. Et pour y arriver, on a emprunté dans le vaste arsenal de la mort tout ce qu'elle peut fournir d'armes et de moyens pour lui donner des victimes.

On se bat et on se bat toujours.

Le sang qui coule à flots ne donne plus des nausées.

Les membres broyés, les chairs palpitantes, les poitrines ouvertes comme des abîmes, les entrailles qui traînent ne fixent plus les regards. On ira jusqu'au bout.

Trois heures... Et toutes les plaines de l'air, les forêts avec leurs grands arbres, les vallées, les collines sont ébranlées par les roulements et les foudres des plus formidables combats.

Les chefs, les premiers qui dirigent ces écrasements d'hommes par des hommes, sont là veillant aux péripéties multiples de la lutte. Le nôtre, un grand soldat auquel la Patrie confia ses destinées et ses gloires, immobile ainsi que sur un promontoire d'où il peut saisir et suivre tous les incidents de la tempête dont les grondements se rapprochent toujours, le nôtre espère encore, malgré les épaves qui semblent surgir de tous les points de l'horizon en feu.

Ce que c'est que d'avoir la pensée qu'on ne commande qu'à des héros !

Il ne se trompait nullement ce soldat qu'aucun danger ne fit reculer jamais.

Je l'ai dit, immobile et calme sur une éminence, comme sur un promontoire avancé au milieu de cette mer en courroux, il regarde et mesure l'étendue de la tempête. C'est le capitaine d'un vaisseau qui,

debout et sans trahir les angoisses qui peuvent tor-
turer son âme, sonde la profondeur de l'océan,
celles aussi de la nue qui gronde et avance toujours.
Il commande, il donne des ordres à ceux qui doivent l'aider pour éviter un naufrage.

Le danger se rapproche. La mitraille rugit et
tombe plus épaisse.

Mac-Mahon ne s'éloigne pas. Ce n'est pas le moment. Son chef d'état-major est tué par une balle au
cœur. Son cheval est broyé par un obus. Il saute
sur un autre coursier.... Il veut aller plus avant
dans le danger qui l'entoure. Il en est empêché.

Il espère encore...

Quelle est donc sa pensée ?

. . . .

Le maréchal espère encore, ai-je dit.

Et cependant de Lartigue bat en retraite. La défaite de la division Conseil-Dumesnil est consommée
par l'insuccès des brigades Maire et L'héritier.
Ducrot, le brave Ducrot a sur les bras un corps entier qui ne lui laisse pas un seul instant de repos.
L'ennemi redouble d'efforts contre le centre.

Le maréchal espère...

Sur son beau cheval, le voyez-vous dans toute sa
noblesse, avec son regard calme et serein, sous ses
cheveux blancs qui entourent son front comme
d'une auréole de respect et de dignité ? Le voyez-
vous, sous cette pluie de projectiles, donnant ses
ordres à ses officiers d'ordonnance qui partent

comme des flèches sous une trombe de fer comme leur maître.

L'ennemi est au pied de la position d'Elsasshausen où se trouve le maréchal.

Et le maréchal espère toujours.

. . . .

Tout à coup, du côté de Morsbronn, une nouvelle armée de 40,000 hommes, Bavarois et Wurtembergeois, apparaît et avec une allure rapide. Le prince royal redouble d'efforts contre le centre et la gauche, pendant que la nouvelle armée qui se montre à l'horizon, cherche à tourner la droite et à faire de notre retraite une lamentable déroute.

C'est alors que Mac-Mahon voit toute l'étendue du danger qui menace le reste de son armée. C'est alors aussi que mesurant la bravoure et le dévouement de ses soldats au niveau de son grand cœur, il conçoit un projet.

En fut-il jamais de pareil ?

Mais Waterloo ?

Laissons intacte aux cuirassiers de Caulaincourt à la Moskowa, aux cuirassiers de Milhaud au chemin creux d'Ohaim, leur impérissable auréole. Ils l'ont méritée mille fois. Mais les fils des cuirassiers de ces grandes époques n'auraient-ils pas dilaté cette auréole de leurs pères en 1870 ? Quelle espérance soulevait ces enfants pour les jeter vers la mort ? Aucune. Leur gloire et pas d'autre était seulement celle du sacrifice. Ils marchaient enlevés par cette parole toute-puissante, répétée par tous les échos de la patrie: l'honneur! Tous les siècles de notre grande histoire l'ont répétée. Mais on dirait qu'en traversant les plaines de Pavie, elle a pris comme une nouvelle force. L'honneur... et toujours, même après avoir tout perdu.

On leur disait de se sacrifier pour sauver des camarades. Et ils partaient, ils volaient à la mort.

L'Ennemi!... Mais quand est-ce qu'ils l'ont rencontré?

Les Allemands n'oublient pas que la prudence leur prescrit d'éviter le contact du soldat français. C'est leur artillerie qui fera la plus grande besogne. Leurs tirailleurs presque toujours abrités, inabordables. C'est une tactique de la guerre. Ils en ont profité. Bon nombre de nos soldats m'ont dit après la campagne qu'ils seraient fort embarrassés pour dépeindre la physionomie d'un soldat prussien. Ils entendaient sifler leurs balles, mugir leurs obus. Ils n'ont jamais vu de près ou de loin celui qui les lançait.

Les sabres de nos cavaliers frappaient rarement l'ennemi, tant les boulets, la mitraille, les balles, les obus fauchaient les rangs entiers pendant leurs charges vertigineuses. Quelques-uns revenaient déchirés, sanglants, la poitrine entr'ouverte, au milieu de chevaux sans cavaliers, de cavaliers sans chevaux, suivant les sillons creusés par une trombe de fer et semés de cadavres. Ceux qui avaient

échappé à l'effondrement de leurs escadrons allaient
se reformer ailleurs ou même sous les coups encore
incessants de la mitraille pour recommencer des
charges plus folles sous les cris redoublés :

En avant !... Vive la France !... En avant !...
Chargez !...

Et de nouveau ils allaient se fondre sous des
masses de plomb, dans les rugissements sans nom
de la guerre.

Les cuirasses n'empêchaient plus les poitrines
d'être déchirées, labourées par les balles qui arrivaient là.... avec le crépitement sinistre de la grêle
sous les rafales d'une horrible tempête.

Qu'ils étaient profonds les vides creusés par les
éclats d'obus !... Et nos cavaliers allaient toujours.
Mais où était l'ennemi ?

Ils auraient été bien souvent embarrassés de le
dire. Ils apercevaient une fumée dans le lointain.
C'est là qu'il était sans doute. Et ils allaient, laissant
une traînée de cadavres pour marquer leur passage... Ils allaient de l'avant, la respiration haletante... leurs coursiers ruisselants de sueur et
d'écume, avec leurs naseaux lançant du feu, avec
des flammes dans leurs regards, tendus vers l'ennemi comme les sabres de leurs cavaliers qui se
sentaient entraînés vers l'inconnu, enlevés au-dessus de la terre.

Une charge de cavalerie... c'est bien ce que je
viens de dire. Ajoutez-y les notes vibrantes des

trompettes entraînant tous ces hommes, courbés
sur l'encolure de leurs agiles coursiers, avec le
miroitement de leurs armes. Joignez-y les cris de la
charge répétés par toutes ces robustes poitrines...
la terre qui tremble... les déchirements de la mitraille... les grondements du canon... les nuages de
poussière et de poudre qui se mêlent pour avoir de
ces teintes qu'on ne voit jamais ailleurs... les volées
de pierres avec leurs étincelles lancées par le fer de
tous ces sabots que vous distinguez à peine sous la
rapidité de la course.

Une charge de cavalerie, la voilà dans tout ce
ce qu'elle a d'étonnante solennité... au-dessus de
tout ce qui peut être entrepris par une masse
d'hommes jetés en avant par une pensée unique, la
même chez tous et pour tous.

. . . .

. . . .

Et ces enfants éprouvaient un sentiment de grandeur et de puissance qu'on ne retrouve que dans ces
sacrifices irrésistiblement commandés par le délire
du patriotisme.

. . . .

. . . .

Or, j'ai été le témoin de ces œuvres surhumaines,
de ce qu'il y a et de ce qu'il y aura toujours de plus
étonnant et de plus mystérieux dans la vie des peuples, tant que la guerre n'aura pas enfin cédé la
place aux seules œuvres du progrès et de l'intelli-

gence, comme il nous est donné de le voir parfois par le cœur et le génie de notre France adorée.

D'autres, avec toute l'éloquence de la parole, ont célébré les entraînements, les trépas glorieux des cuirassiers épiques de Caulaincourt et de Milhaud. Avec mon cœur de Français, je vais parler des cuirassiers légendaires de Reichshoffen. Je n'ai qu'un désir, c'est que mes lèvres ne trahissent pas l'admiration qui jamais ne s'effacera de mon souvenir.

Je n'ai pas tout vu. Qui peut tout voir de ces drames qui se passent dans l'enceinte d'une vaste nécropole. La mort seule, si elle voulait parler dans son implacable orgueil, pourrait nous renseigner. Mais l'insatiable qu'elle est se garderait bien d'étaler à nos yeux tout son lugubre travail. Elle est hideuse dans sa ténébreuse ambition. Elle veut que l'avenir lui appartienne encore. Si on savait tout... Qui sait! son sceptre si puissant pourrait bien ne devenir qu'un roseau, ne pouvant plus commander à ses sinistres ouvriers des champs de bataille. Hâtons-nous et de moins en moins donnons-lui de ces spectacles qui lui plaisent; pour le moment du moins déchirons un de ses voiles funèbres.

. . . .

. . . .

J'ai dit que je n'avais pas tout vu. Qui peut tout voir? je le répète. Mais on peut tout apprendre dans la suite. On apprend même beaucoup en suivant le champ de bataille, alors que le sang fume encore, alors encore que les blessés parmi les morts sont là pour nous faire partager leurs angoisses ou leurs espérances.

LIII

Il faut qu'un chef ait une rude confiance en ses soldats pour leur demander ce que va leur demander le héros de Malakoff. Mais ces soldats sont les fils de la France toujours. Et quand donc leur a-t-on demandé à ces fils généreux et qu'on n'a été obéi ?

De toute l'allure de son rapide coursier Mac-Mahon accourt vers la division de cavalerie Bonnemains. Et le regard en feu maintenant, toute l'autorité, toutes les vibrations du commandement sur les lèvres, il s'écrie à être entendu de tous :

« Général, en avant ! Le salut de l'armée l'exige. »

Et montrant la marée humaine qui monte, ces colonnes profondes qui approchent avec leurs formidables canons :

« Je vous demande vingt minutes pour arrêter l'ennemi... vous faire tuer... et favoriser la retraite. »

Vingt minutes dans la vie d'un peuple !

Voyons comment elles furent remplies.

Le même ordre avait été envoyé à la cavalerie de Duchesne. On savait comment il s'accomplissait à cette heure. Vous verrez qu'il en sera de même des cuirassiers de Bonnemains.

Au reste tous furent grands et beaux en ce jour, nos cavaliers, nos artilleurs, notre infanterie qu'on a si bien surnommée la reine des batailles.

La deuxième division de cavalerie se trouvait dans nos parages entre Frœschwiller et Elsasshausen. J'ai donc pu avoir une idée de cette poussée gigantesque par nos hommes de fer. Cette division se composait des brigades Girard (1e et 4e cuirassiers), de Bauer (2e et 3e cuirassiers), sous les ordres du général de Bonnemains.

Ils passent droits et fermes sur leurs étriers.

Je les salue.

Si vous placiez la main sur mon cœur, vous y saisiriez de ces battements qu'on n'éprouve qu'alors. La pensée n'est plus qu'à Dieu et à la patrie... pour aimer ces enfants davantage.

Dans leur exaltation de héros, France adorée, pouvaient-ils faire plus qu'ils n'ont fait pour ton salut et ta gloire ?

Non.

Ils n'ont pas réussi. Ont-ils été vaincus ?

Non !

Des hommes comme ceux-là, on les défait, on n'en triomphe jamais.

Depuis le matin on voyait sur leurs traits l'impatience du combat. Sur eux arrivait le fer de la Prusse. Ils avaient eu des blessés, des morts. Au-dessus de leur tête ils voyaient des nuages qui passaient, nuages de poudre qui se brûlait loin d'eux. Ils voulaient courir sus à ces canons qui lançaient ce fer et ces nuages.

En un mot, ils voulaient voir l'Allemand et se mesurer avec lui.

Ce moment allait se présenter enfin. On les avait formés en colonne par demi-régiment.

La présence subite du maréchal, ses gestes, son œil en feu ont tout révélé. Nos cuirassiers ont compris ce qu'on attendait d'eux, de leur dévouement et de leur générosité. Ils se répètent les paroles de Mac-Mahon. Le : garde à vous ! s'est fait entendre.

Ils sont en selle.

Ils attendent.

.   .   .   .

Les quatre régiments se sont ébranlés. Ils ont gravi la hauteur.

A cette apparition des hommes de fer dont l'armure étincelle aux rayons d'une abondante lumière, qu'ont dû penser les soldats de Guillaume ?

Mac-Mahon à la tête de tous ces braves leur montre ces masses noires de l'ennemi qui descendent de partout à la fois comme des torrents qui couleraient à pleins bords de toutes les hauteurs... Il leur montre ces canons qui lancent sur eux leurs féroces bordées, ceux qui accourent encore pour se mettre en position, et il répète ces paroles empreintes comme d'un certain désespoir :

« Je vous demande d'arrêter ces batteries pendant vingt minutes. Sacrifiez-vous pour la retraite. »

Convaincu qu'il serait obéi, il jette un dernier regard sur ces enfants qui vont mourir, et presse la main de celui qui les commande. Il étend de nouveau le bras du côté de Wœrth, sans prononcer aucune parole et s'éloigne. Il avait des larmes dans les yeux.

Est-ce grand et solennel?

Regardez, vous aussi, ces magnifiques escadrons qui vont à la mort. Regardez tous ces fronts, jeunes encore. Y trouvez-vous quelque chose de ce que la nature a le droit d'y étendre enfin dans ces circonstances décisives?

Plutôt vous y verriez comme de joyeux frémissements. Ainsi que leurs frères de Morsbronn ils semblent dire :

« A la bonne heure, notre tour est donc venu enfin ! »

Oui, braves gens, le moment est venu pour vous aussi de vous jeter dans une fournaise d'où vous ne reviendrez pas. Le gouffre dans lequel vous vous élancez ne rend pas ses victimes, ou bien, elles sont rares comme celles qui, parfois, sont recueillies sur la grève après un terrible naufrage.

Vous le savez... Qu'importe; on vous a dit qu'il fallait vous sacrifier... et mourir!

Allez donc, mes enfants. Le serviteur de Dieu, l'homme de paix qui vous contemple, vous bénit et

20

va prier pour vous. Que ne peut-il conjurer ces formidables tempêtes qui brisent et dévorent tant de précieuses existences !

LIV

Vous qui, après la bataille, avez suivi le chemin parcouru par nos indomptables cuirassiers, vous avez pu vous rendre compte des difficultés de ces charges poussées quand même avec une ténacité qu'on peut qualifier de furieuse..... des arbres, des fossés, des houblonnières, des vignes qui deviennent autant de sûrs abris pour les tirailleurs allemands.

Nos cavaliers seront deux mille sabres à peine pour enfoncer près de vingt-mille hommes et enlever cinquante pièces de canon et plus.

Je l'ai dit, ce n'est pas une victoire qu'on attend. Tous le savent déjà. C'est une autre pensée, sublime, qui va enlever ces jeunes Français, oublieux de leur avenir et de leurs espérances.

Qui reculera ?

Personne. **Déjà même je me repens d'avoir écrit** cette parole.

Voyez plutôt. **Des obus arrivent, font des trouées,** effarent des chevaux. On se contente froidement de combler les vides, de serrer la botte.

Voilà tout.

On voit toujours s'avancer épaisse la ligne allemande avec ses canons et son infanterie. On frémit pour ceux qui ne frémissent pas ; en présence de la rafale qui approche comme ces vents de tempête qui, au loin sur l'océan, accourent en poussant les flots qu'ils viennent de soulever.

C'est la brigade Girard (1er et 4e cuirassiers) qui va s'élancer la première par escadrons. Elle était au sud du plateau, dans la direction d'Elsasshausen. Le général la fait rompre en colonnes par pelotons. Elle avance silencieuse, grandie, ce semble, par la perspective de ce qui va se passer, elle avance au travers d'un terrain labouré par les obus, arrive au point qu'on lui avait indiqué.

Un moment d'arrêt, quelques secondes à peine pour jeter un regard sur le terrain qu'elle va parcourir... Des houblonnières et, là-bas, à sept ou huit cents mètres, des fossés bordés d'arbres... Derrière ces arbres comme dans les houblonnières, des masses de tirailleurs allemands.

. . . .

La brigade commence à s'ébranler.

Ne sentez-vous pas un froid qui vous saisit au cœur ?

Elle prend le trot sous les yeux du général commandant la division et du chef d'état-major de Coigny.

Les trompettes ont jeté leurs notes les plus vibrantes.

« En avant!... Chargez!... Vive la France!... »

Et nos cuirassiers sont partis, le 1er en tête, avec son beau colonel de Vandœuvre, qui, sabre au poing, galope en avant de tous ses braves... avec ses quatre escadrons qui se lancent successivement, commandés par les capitaines Thénevin, Haas, de Masin et de Benque. On traversera la bourrasque de plomb et de fer. On ira jusqu'aux tirailleurs.

. . . .

. . . .

Qui pourrait suivre la foudre dans sa rapidité? Un instant encore vous avez entendu comme son roulement qui s'éteint, ou plutôt qui se mêle à d'autres tonnerres, ceux des canons allemands.

Où croiriez-vous être en présence de ces entraînements, de ces déchirements par le fer et le bronze, de ces cris qu'on prendrait plutôt pour les rugissements de lions poursuivis jusque dans leurs repaires... oui, où croiriez-vous être, sinon sur les flancs d'une montagne que déchirent en bondissant les flots les plus irrités de vingt torrents à la fois, alimentés par les colères d'un affreux orage?

Oui, sous vos yeux, en ce moment, toute la rapidité et même, au grand soleil, par les casques et les cuirasses, tout le scintillement de ces flots qui bondissent et se couvrent comme d'une écume argentée.

Qu'un seul homme est petit en présence de ces masses qui préparent un de ces cataclysmes, comme

on n'en vit jamais que par les effondrements de la
guerre !

. . . .

L'ennemi qui a vu s'approcher ces fiers escadrons,
je dirai plus, ces audaces suprêmes auxquelles il
ne s'attendait pas, commence à croire à une défaite
pour lui. Que n'y a-t-il pas à craindre en effet de la
part de soldats enlevés par la fièvre de mourir? Alors,
et pendant que ses tirailleurs affolés vont se cacher
dans les houblonnières et derrière les grands arbres,
alors c'est une rage de ses canons qui, coup sur coup,
par d'incessantes bordées, vomissent la mitraille.
Vous diriez des nuées sombres, épaisses, qui se sont
réunies pour tout broyer, tout écraser de leurs
foudres.

Qui saura tout le fer et le plomb qui s'est abattu
sur la brigade Girard. On dit qu'elle a reçu plus de
mille obus, cinq cents boîtes à mitraille et cinquante
mille balles environ de la main des tirailleurs ré-
fugiés un peu partout.

Cet espace assez restreint dans lequel se meut la
première brigade, c'est bien un champ de jeunes épis
sur lesquels s'abat la grêle la plus épaisse.

Qui reviendra?

Qui sera assez heureux pour avoir traversé ces
flots des colères germaniques? Ce ne sera pas vous,
jeunes sous-lieutenants Dumont et Marmet que le
fer ennemi a déjà jetés à terre, vous autres aussi,
braves cavaliers, non pour mourir encore, mais

pour donner à la patrie une partie de votre sang
généreux. Vous vivrez pour de nouveaux combats.
Il n'en est pas de même, hélas ! de ces braves
entraînés par votre bouillante ardeur, Carré, Cayrou,
Lacondamine ! Ils gisent broyés par la mitraille sur
le sol qu'ils ont voulu défendre.

Des chevaux sans cavalier, l'œil hagard, passant
rapides comme des ombres et que vous diriez
saisis par des épouvantements qui ne sont vus que
par eux... D'autres qui traînent leurs cavaliers sus-
pendus et en lambeaux, la jambe prise dans l'étrier.
Connaissez-vous une mort plus horrible !...

Pour ceux qui des hauteurs peuvent le contempler, si du moins les larmes ne voilent pas leurs
regards, quel spectacle au travers de ces nuages de
fumée, entr'ouverts parfois par le souffle qui nous
vient du Levant et qui aurait mieux fait après tout
de laisser s'épaissir plus encore ces voiles de nos
grands deuils ! Quel spectacle toutefois celui qui ne
vous montre que des héros de cette trempe et qui
immanquablement vous rappellent ceux du prince
Murat !

Des officiers m'ont dit que nos soldats, battant
déjà en retraite, s'arrêtaient tout à coup et se retour-
naient pour voir ces charges épiques de leurs
camarades.

A quoi ressemble le bruit que vous entendez en
ce moment ?...

C'est bien l'entassement de tous les bruits, de

tous les frémissements à la fois, se mêlant, s'harmonisant comme d'une harmonie infernale... des cliquetis, des rumeurs, des plaintes, des hennissements, des clameurs et des grondements de tempête, le roulement continu de puissantes batteries en train de balayer le passé, tout le passé de la France ! On le croyait du moins.

. . . .

Et les débris de nos cuirassiers allaient toujours, surexcités encore, il faut le dire, par les hourras et les applaudissements de nos tirailleurs zouaves et turcos dont l'admiration, pour un moment, clouait à terre la vaillante carabine.

Et toujours sur ce sol où coulait notre sang si précieux, des officiers, des soldats, comme pour indiquer à ceux qui viendraient après eux le chemin de l'honneur et des grands sacrifices.

Chargez !... En avant !...

Et encore : Vive la France !... Tels seraient les cris que l'on pourrait entendre dans le lointain, s'ils n'étaient dominés par les rugissements de la tempête.

. . . .

Et à terre encore, avec de larges blessures, le lieutenant de Campou, le sous-lieutenant Bolachin ; les cuirassiers Briquet, Clapier, Dehot, Dester, Duny, ces derniers... morts !

LV

Cependant nos cuirassiers, après avoir franchi plusieurs obstacles qui gênaient leur course vertigineuse, arrivent en présence d'un fossé large et profond qui pourrait bien les arrêter ou tout au moins désagréger les escadrons et suspendre le vigoureux entraînement de la charge.

C'est ce qui arrive en effet. Quelle agitation alors sur les bords de cette tranchée imprévue! On va, on vient, on cherche un passage plus facile. Et l'ennemi qui profite de cet entassement d'hommes et de chevaux pour les accabler encore plus de ses feux. Des efforts surhumains tentés par quelques-uns de ces braves. Demandez donc au lieutenant Théribout s'il veut arrêter là sa course furibonde. Au risque d'être broyé par son cheval, il s'élance... il est de l'autre côté ; à tout prix, il a voulu servir d'exemple à ses soldats. Avec lui ou après lui les lieutenants Desnoyers et Blondeau. Des cavaliers qui les suivent. Deux ou trois autres encore... Bientôt à côté de nos intrépides lieutenants les maréchaux-des-logis, Berger et Marion, un trompette qui ne trouve rien de mieux que de sonner la charge. Là sont tués les cuirassiers Pitolet et Walter.

Mais que pourrait la poignée de braves qui ont franchi la tranchée pour courir encore sur les batteries allemandes? Ils sont faits prisonniers.

Le gros des escadrons est resté en-deçà de l'obstacle. La vigueur de l'attaque se trouve suspendue. L'ensemble en est détruit.

Le 4ᵉ escadron, après avoir donné lui aussi, est revenu auprès du général Gérard, qui fait sonner demi-tour pour engager le 4ᵉ cuirassiers.

Soudain arrive le maréchal, toujours dans la même exaltation, l'œil en feu, la parole vibrante de toute la responsabilité du commandement. Il ordonne d'engager de nouveau le 1ᵉʳ cuirassiers. C'est alors que les trois premiers escadrons de ce régiment décimé se jettent pour la seconde fois au milieu des fureurs de la tourmente.

Le 4ᵉ escadron allait s'élancer lui aussi. lorsque le général Gérard fait avancer le 4ᵉ cuirassiers, avec l'ordre de pousser la charge aussi loin que possible.

. . . .

. . . .

Le 1ᵉʳ cuirassiers, qui avait laissé sur le terrain de soixante à quatre-vingts hommes ou officiers, revient à son point de départ, toujours accompagné par les feux de l'ennemi, qui nous jettent à terre l'intrépide lieutenant Blondeau, nous tuent deux camarades, Wacker et Lesimple.

Plusieurs chevaux encore sont broyés, émiettés par la mitraille.

LVI

A toi maintenant, 4ᵉ cuirassiers...! En avant et le premier de tous un soldat auquel plus tard la France entière donnera des larmes et des regrets. Que n'est-il tombé au champ d'honneur sous le fer ennemi, plutôt que de tomber sous une balle fratricide dans les rues de l'une de nos cités!

Oui, c'est le colonel Billet qui va marcher en tête du 4ᵉ. Et son fils le suivra, ce jeune lieutenant qui, dès les premiers moments de l'action, recevra une affreuse blessure et qui, malgré ses souffrances, chargera plusieurs fois encore. Aussi mérita-t-il plus tard d'entrer dans notre grande Ecole pour y parler de dévouement et d'honneur à cette belle génération d'officiers qui, après avoir écouté religieusement ses leçons, ne manqueraient pas de marcher sur ses traces.

L'infanterie prussienne, sortant de Wœrth, gravissait les coteaux. C'est sur elle que va charger le colonel Billet avec ses quatre escadrons. Chacun d'eux s'élancera successivement.

Vous avez entendu les trompettes sonnant la charge dans une revue ou sur un terrain de manœuvre. Les avez-vous jamais entendues sur un champ de bataille réel, là où il y a du sang, là où l'on crie la mort, là où sont tous les bruits, tous les roulements de la mort ?

Ecoutez bien celles-ci. Leurs notes plus perçantes ont quelque chose de sauvage. En vous tout tremble, tout frémit sous leurs puissantes vibrations. Ce sont des chevaux, des hommes qu'elles ont à enlever pour les jeter dans des trépas inconnus.

Oui, ces notes qui vibrent encore, qui vibrent toujours, se mêlant à la voix des chefs, aux cris aigus des combattants... des bruits étranges, des clameurs de tempêtes que les oreilles n'entendent et ne saisissent qu'alors.

En avant !... Chargez !...

Et le premier escadron est parti, dans un galop vertigineux, les chevaux défonçant la terre... les cavaliers sabre au poing et leurs regards en feu comme leur armure.

Ils courent à un abîme, à la mort comme leurs devanciers qu'ils voient gisants, déchirés sur la terre sanglante ?

Y pensent-ils ?

Non !...

C'est un vent d'orage qui les presse... Et ils vont, ils vont descendant ces pentes sous une impulsion dont la puissance redouble sans cesse et toujours.

Qui les arrêtera ?

Ils arrivent en face d'une houblonnière. Là une masse noire de Prussiens qui les reçoivent et à bout portant par un déluge de balles auxquelles vient se mêler la mitraille des batteries, placées au sud-est d'Elsasshausen.

Les premiers rangs s'effondrent sous cette nappe de plomb et de fer dont ils ne peuvent fendre les flots.

Sur ces premiers rangs, une confusion d'hommes et de chevaux, s'abattent ceux qui les suivent...

..... Une barricade humaine que martellent et broient plus encore les colères germaniques.

Entendez-vous ce bruit mat et sourd que produisent les balles arrivant sur ces masses de chair, sur ces membres qui volent en lambeaux !...

Contre cet obstacle s'arrête le 2e escadron galopant après le premier et avec la même vitesse.

Il s'arrête, mais pour succomber lui aussi sous les coups de la tempête horrible, qui semble redoubler de fureur en présence des victimes qu'elle réussit à jeter à terre.

Que de morts !... Que de blessés parmi ces hommes du devoir ! Au nombre de ces derniers le commandant Broutta qui a le bras emporté par un éclat d'obus.

Tué, broyé pour ainsi dire avec son cheval, le lieutenant Schiffmarcher. Son corps a été retrouvé sous un tas de cadavres de chevaux et de pauvres cavaliers, rendus méconnaissables comme s'ils avaient été pilés, broyés sous les coups multiples d'un puissant marteau, tombant et s'abattant encore sur une vaste enclume !

Guerre !... Guerre !... que tu es hideuse !...

. . . .

Aveuglés, arrêtés par cette grêle de mitraille et de plomb, ceux qui restent ne peuvent pas avancer. Que pourraient-ils faire d'ailleurs contre des masses que leurs sabres sont impuissants à atteindre ? Ils prennent une autre direction. Ce ne sont plus que des débris !

LVII

Le colonel Billet qui a dirigé ces premières charges reçoit l'ordre d'en pousser de nouvelles avec les 3e et 4e escadrons. Ne croyez pas que le brave colonel ait dépensé toute son audace et toute sa vigueur. Il y en a une réserve encore dans son cœur de Français et d'homme du devoir. Suivez-le plutôt et vous verrez.

Il est à la tête du 4e escadron que suivra de près le 3e. Droit sur son magnifique coursier, l'épée haute et sa noble figure rayonnant d'héroïsme, il sonde l'espace qui est devant lui, large, profond et tout en feu.

Les trompettes ont retenti.

On a entendu cette parole toujours si solennelle et qui est comme un lever de rideau sur ces grandes scènes des champs de bataille :

21

En avant!... Chargez!...

Et les chevaux ont précipité leur rapide roulement du côté de l'ennemi.

Billet se dirige sur Wœrth en prenant une vallée sur sa gauche.

Mais tels les brouillards qui rasent la terre à une certaine hauteur, tels ces nuages de fumée qui partent avec des balles des houblonnières et des vignes. Ce sont comme des voiles qui cachent ceux que l'on voudrait sabrer. Nos cuirassiers ne distinguent que les batteries placées sur les collines et qui dirigent contre eux un feu d'enfer.

Soit... c'est sur elles que les emporte la rage de mourir, jalonnant leur passage en effet de morts et de blessés.

Tout à coup et dans la rapidité de sa course, le 4ᵉ escadron change de direction à droite. Où va-t-il se jeter, hélas! Il entre dans un verger, mais c'est pour se trouver au milieu d'une masse de tirailleurs dont les feux le dévorent comme feraient les flammes d'une véritable fournaise.

Un seul de nos braves en sortira-t-il vivant?

On dit : l'odeur de la poudre.

Et moi qui dirai que l'air est imprégné d'héroïsme.

Que de morts! Que de martyrs pour votre ciel, ô mon Dieu!

Tué, broyé, en lambeaux pour ainsi dire, le capitaine commandant d'Eggs.

Tué ainsi que son cheval le lieutenant Motte. Qu'on dise donc à sa mère avec quel courage, avec quelle intrépidité son fils est mort.

Parmi les blessés, le capitaine Hénot, les lieutenants Prévot et Pelletier, le sous-lieutenant Faure.

Que de cavaliers, que d'officiers qui ont leurs chevaux tués sous eux ! Un capitaine à lui seul est démonté trois fois. A cheval depuis vingt-quatre heures, les forces lui manquent pour se remettre en selle. Un fort-à-bras l'enlève et le replace sur une quatrième monture.

Si vous écoutez bien, peut-être au milieu de ces écroulements de nos escadrons pourrez-vous encore entendre le cri cent fois répété :

En avant !... En avant !...

Oui, contre tout et malgré tout la charge se poursuit.

Quel est ce jeune officier qui passe laissant un flot de sang après lui ?

C'est le sous-lieutenant Billet, le fils du colonel, qui vient d'avoir la mâchoire brisée par une balle. Ne croyez pas qu'il s'arrête pour si peu. Il ira de l'avant toujours.

Jeté à terre un de ses camarades avec une grave blessure. Vous en reviendrez, mon fils. On vous reverra encore plus beau, s'il est possible, sur d'autres champs de bataille.

Que ne peut-on citer les noms de tous les braves qui se distinguent parmi les braves ? Plutôt ne faudrait-il pas les citer tous ? Ils seront inscrits sur les annales du régiment. Toutefois que j'en détache les noms de ces trois cavaliers que l'exaltation guerrière porte partout pour ainsi dire : Pourcelet, Piraube, Reiss ; celui du brigadier Jousseaume, des maréchaux-des-logis Bois et Sigrist qui enlèvent leurs chevaux et les jettent au milieu d'un véritable ouragan de mitraille. Immanquablement ils ont dû recevoir tout au moins quelques larges égratignures. Ils ne s'en plaignent pas encore.

Je nommerai également le capitaine Aragonès d'Orcet, le lieutenant Pointe qu'on voit toujours au milieu de la bourrasque entraînant leurs cavaliers aussi bien par leurs paroles que par leur exemple.

Et on va toujours sous le fer et le feu de la tempête, semant des morts et des blessés.

La reine des tombeaux doit être satisfaite de voir ainsi se peupler son ténébreux empire.

Satisfaite !... Le sera-t-elle jamais, surtout quand ce sont les fils de la France qui tombent ?

On va toujours... Les cuirasses, les casques sont troués, laissant passer la mort. Les chevaux sont abattus, écrasant parfois le cavalier qui a roulé avec eux.

Encore si on pouvait atteindre l'ennemi ! Mais l'ennemi est inabordable derrière les abris où il s'est réfugié.

Dans cette impossibilité absolue, les survivants de ces combats du désespoir se voient obligés

d'abandonner la partie. Toujours est-il qu'ils auront
arrêté en s'immolant, suivant l'ordre reçu, l'infanterie prussienne, leurs formidables canons.

Tout à coup, le colonel Billet est étendu sur le
sol !... Son cheval vient d'être foudroyé et le couvre
de son cadavre pour ainsi dire.

Le colonel est tué ! Tel a été le premier cri de ceux
qui l'entourent. On court à lui. Il n'est que blessé.
Mais il restera au pouvoir des Allemands qui l'en-
verront dans une de leurs forteresses.

Un autre brave qui va paraître avec son nom glorieux dans ce drame du 4ᵉ, c'est le chef d'escadron
Négroni. Il a succédé au colonel Billet dans la direction, peut-on dire, du régiment. Ce ne sont plus que
des débris tourbillonnant, dispersés sous les feux de
la Prusse. Négroni jette ses ordres, sa personne un
peu partout sous ces ondées de mitraille. Il rallie
autant par son exemple que par ses paroles tous ces
escadrons entamés, déchirés de toutes parts, dévo-
rés par les feux qui les entourent et revient vers le
point de départ toujours harcelé par la multitude
des tirailleurs. Il n'était qu'à deux cents mètres de
l'ennemi, lorsque son cheval est tué. On lui en conduit un autre. Ce n'étaient pas les chevaux sans cavaliers qui manquaient, hélas ! Il reprend la tête de
sa poignée de braves et continue sa retraite... au
pas ! Une bravade jetée aux carrés des casques à
pointe, là-bas, bien abrités, mais tenant les Français
au bout de leurs carabines.

21.

Cent-soixante-dix morts ou blessés. Trois officiers
morts. Huit autres avec de graves blessures.... Comment trouvez·vous que le 4ᵉ a payé sa part de gloire
des cuirassiers de Reichshoffen ?

LVIII

Devant nous passent les débris du 1ᵉʳ et du 4ᵉ cuirassiers. Avez-vous jamais vu de ces ruines des
plus vaillants combats?... Non?... Eh bien, vous
n'avez jamais vu rien qui vous inspire le respect le
plus profond. Comme je comprends alors la vénération dont les chrétiens entouraient les restes des
martyrs de la foi, tombés au pied du tribunal des
proconsuls romains ou sur les dalles du Colisée.

Oui, France adorée, exalte, vénère les débris de
tes vaillants défenseurs, si jamais, si du moins ils
peuvent échapper aux glorieux trépas qui les attendent encore, si jamais, un jour ou l'autre, ils passent
sous ton regard.

Tu as des solennités et des jours de fête où tu
nous présentes tes combattants, tes guerriers. Ils
seront là, je l'espère, quelques-uns des héros de
Reichshoffen. Nous leur prodiguerons nos louanges,
nos fleurs et nos couronnes.

Que n'ai-je pu écrire ce drame de la brigade Gi-

rard avec la même rapidité qu'elle a mise à le poursuivre... Quelques minutes à peine !

Et le maréchal en avait demandé vingt pour cette
sublime immolation !...

Les autres vont être employées par la brigade
Bauer qui attendait, le cœur impatient et les regards
fixés sur les œuvres de la première. Le cœur impatient, ai-je dit. Je pourrais ajouter le cœur jaloux
des grands combats de ceux qui les ont précédés.

Une seconde encore, enfants, et... le moment sera
venu pour vous aussi.

. . . .

. . . .

Sans doute la brigade Gérard n'a pas réussi à
repousser l'ennemi au-delà d'Elsasshausen. Mais
enfin elle a jeté le désordre dans ses premières lignes.
Comme leurs camarades de Morsbronn, les cuirassiers de Bonnemains, par leurs charges vertigineuses et successives, par leurs poussées si audacieuses, ont un instant immobilisé les soldats de la
Prusse. Elles ont arrêté leur marche victorieuse,
conservé notre ligne de retraite et nous ont fait
échapper à une déroute des plus désastreuses.

On l'a vu, devant l'audace, en présence de nos
premières charges, grand nombre de tirailleurs
allemands ont pris la fuite, des artilleurs ont aban-
donné leurs pièces.

Pendant que nos cuirassiers contenaient l'ennemi
et qu'ils le jetaient dans une sorte de stupeur, notre

infanterie, si maltraitée, avait pu se reformer en partie et défendre pas à pas le terrain que des troupes fraîches et sortant du sol, pour ainsi dire, venaient lui disputer encore.

. . . .

. . . .

LIX

La retraite s'effectuera par la route de Reichshoffen. Mais que de difficultés encore ! Aussi, disons-le, c'est à tout prix qu'on défendra ce chemin du salut pour l'armée. Pour les soldats de l'avenir, pour vous, jeunes Français, quels exemples de tous les dévouements et de tous les héroïsmes !

Enfants, lisez encore. Il en vaut la peine... Et soyez ce que furent les braves de Reichshoffen.

Les protecteurs du chemin de la retraite seront, en première ligne, les débris de la brigade Girard, en deuxième ligne, le 2e lanciers.

Ah ! le 2e lanciers !... Nous en parlerons ainsi que de ceux qui le commandaient, le général de Nansouty, le colonel Poissonnier. Ils ont droit à une citation comme les cuirassiers de Bonnemains.

Le bataillon des tirailleurs de la division Pellé sera à 150 mètres sur le flanc droit.

Et la division des cuirassiers continuera à engager jusqu'au dernier de ses soldats.

C'est bien ce que vous désirez, braves gens. Tous, vous avez mis, grands et fiers, votre sang, votre épée au service de la France. Partez!... Oui, courez à la mort et à une gloire immortelle pour le salut de son armée. Faites-vous tuer pour qu'elle vive encore. Comblez d'étonnements ces vingt minutes qu'on vous a demandées. Qu'il y en ait de quoi remplir un siècle.

. . . .

La 2ᵉ brigade de Brauer s'est mise en mouvement. Sous un feu des plus intenses et avec un calme admirable, elle prend ses dispositions. Elle chargera par demi-régiment.

En tête, le 2ᵉ (colonel Rosetti).

Vous avez frémi d'admiration devant les faits et gestes de la 1ʳᵉ brigade. Attendez-vous qu'il en sera ainsi de la 2ᵉ. Dès lors, préparez vos applaudissements. Mais tout d'abord avec moi saluez ces braves qui vont mourir.

Nous voyons passer au pas les 1ᵉʳ et 2ᵉ escadrons sous les ordres du commandant Corot-Laquiente. Non, vous ne regarderez pas sans étonnement ces géants de l'armée que vous diriez de bronze, avec ce sang-froid, avec cette impassibilité qui les caractérisent. Ils vont à la mort... ils le savent. Y a-t-il un battement de plus dans leur robuste poitrine? Mais vous qui les regardez ne sentez-vous point passer sur vous comme un souffle glacial, comme ce vent qui murmure dans les cyprès au pied desquels reposent leurs ancêtres? Ceux-là du moins reposent sur la terre de France! Et ces enfants resteront sur une terre qui bientôt ne sera plus à nous peut-être!.... qui sait combien d'années!

Le commandant Corot-Laquiente a mis au trot ses deux escadrons qui effleurent la brigade Wolff fortement engagée sur ce point. Là il apprend la direction qu'il faut suivre pour arriver à l'ennemi.

L'ennemi! mais ne sera-t-il pas insaisissable comme toujours?

Toujours impassibles et au trot, nos cuirassiers traversent le champ de bataille où fume encore le sang de leurs frères. A chaque pas des cadavres d'hommes et de chevaux, lacérés, broyés par la mitraille, mêlés à des armes tordues, à des cuirasses, à des casques ensanglantés et informes.... Des blessés qu'on n'avait pu relever encore. Les uns regardaient tristement et avec des regrets dans les yeux... d'autres saluaient de la main restée libre et avaient encore assez de voix pour crier ce suprême cri d'amour : Vive la France!... Vivent les cuirassiers!

..... Des morts qui semblaient vivre encore avec leurs yeux grands ouverts. Ils allaient vous parler.

..... Des membres que retenaient à peine quelques lambeaux de chair.

Oui, pour des âmes qui n'auraient pas le feu sacré quels épouvantements!...... s'arrêter, reculer

peut-être. Mais les âmes de nos braves, on sait où
elles furent trempées mille fois. Elles restent ce
qu'elles furent, ce qu'elles seront toujours, fortes,
inébranlables, n'importe en présence de quelles
ruines, de quels effondrements. Du cuirassier de
Reichshoffen on peut bien dire : *Et si illabatur orbis,
impavidum ferient ruinæ*. Au reste regardez bien,
cette âme est sur tous ses traits. Elle déborde pour
ainsi dire. Il faut du large à l'âme des héros.

Le 3º cuirassiers et dans le même ordre, suit de
près le 2º. Ces charges par demi-régiment donneront
plus de résistance dans l'attaque par leur surface
plus épaisse.

« 1ᵉʳ et 2º escadrons, en avant! » s'est écrié le
commandant Corot-Laquiente.

Vous entendez le bruit que peut produire la
course à fond de train de cinq cents cavaliers, répé-
tant mille fois le cri de leur chef :

En avant!... Chargez!...

Les fourreaux de sabre se choquent les uns contre
les autres.... Les chevaux frappent le sol de leurs
sabots lourds et rapides.... Les balles arrivent sur
les cuirasses.... L'artillerie prodigue ses foudres et
sa mitraille.

Vous entendez..... mais si vous pouviez voir! Vous
diriez comme moi : ces soldats, on les tuera parce
qu'ils veulent se faire tuer. Mais dire qu'on les
vaincra! Non... non!... Leur mort ne pourrait être
une victoire pour celui qui les aura jetés à terre.

Enfants, allez toujours puisqu'il nous faut une
barrière de morts pour arrêter l'ennemi. Vous revi-
vrez dans vos enfants. Ils feront pour la France ce
que vous n'avez pu faire, vous autres. Pour aujour-
d'hui renonçons à la victoire. Elle nous a trahis.
Elle nous trahira encore peut-être. Secret impéné-
trable..... Elle nous reviendra.

. . . .

Et nos cavaliers sont acclamés par les turcos qui
sont là en tirailleurs pour arrêter comme nos cavaliers les progrès des armées allemandes.

« Vivent les cuirassiers! » s'écrient les enfants du
désert. Et savez-vous qui les commande sous l'averse
des balles prussiennes ? Il vous est déjà connu le
nom de ce jeune héros : c'est le capitaine de Ponté-
coulant qui a dû lui aussi envoyer un salut fraternel
aux officiers du 8e. Dans l'armée tous les cœurs sont
au même niveau que les épées.

Nos cuirassiers ont galopé un demi-kilomètre
environ sur un terrain assez difficile lorsqu'ils se
trouvent en présence de tirailleurs allemands, sou-
tenus par les lignes noires et épaisses de leur infanterie. Ce sont les soldats du prince royal qui, à la
vue de notre cavalerie avançant comme une trombe
de fer, se hâtent de disparaître et de se jeter dans
une houblonnière et dans des massifs d'arbres à
fruits.

On serait trop heureux encore si le terrain se prê-
tait à une charge. Mais toujours des obstacles im-

prévus qui arrêtent même les plus intrépides. C'est ainsi que le 2ᵉ escadron se trouve en présence d'un fossé large de plus de deux mètres avec des arbres sur l'un et l'autre bord. Qui le franchira?... Qui osera le franchir avec des chevaux épuisés? D'ailleurs les rangs sont déjà si serrés qu'il est impossible de prendre un élan favorable. Malgré tout, il y aura des cavaliers assez téméraires pour essayer d'atteindre l'autre bord. Hélas! chevaux et cavaliers tombent dans ces profondeurs où ils se débattent, où ils s'écrasent.

Un désordre, un entassement dont profitent les tirailleurs à tuniques noires, cachés dans une houblonnière voisine, pour cribler de leurs balles cette masse enchevêtrée d'hommes et de chevaux.

Ce n'est pas une balle que l'on reçoit, mais autant que le corps peut en recevoir pour ainsi dire... une cible que l'on peut cribler à son aise.

Une cible!... C'est le mot. En voulez-vous une preuve? Un cavalier à lui seul avait six blessures par six projectiles différents.

Et ce cheval parmi ceux que l'on put conserver encore, combien pensez-vous qu'il avait de balles dans le corps? — Quatorze qui furent extraites par le vétérinaire.

Brisés, c'est le mot, les capitaines Horrie et Verloin.

Haché de blessures le sous-lieutenant Divin qui, le lendemain seulement, fut relevé du champ de ba-

22

taille et porté à Hagueneau où il succomba à la suite d'une amputation.

Que n'ai-je le nom de tous les soldats morts ou blessés tombés autour de leurs chefs comme pour leur faire une garde d'honneur dans leur glorieux trépas ! Ils seraient inscrits sur ces pages. On les lira dans les annales du régiment.

Un cuirassier est frappé d'un obus en pleine poitrine. Il tombe. Son cadavre, une jambe prise à l'étrier, est traîné jusqu'au moment où le cheval lui-même est broyé par la mitraille.

Un autre camarade revient le poignet brisé. C'était la main qui portait le sabre. Croyez-vous qu'il a laissé son arme arriver jusqu'à terre ? Non, il la tenait pressée sous les débris du bras qui lui restait encore. On l'a trouvé évanoui dans les environs de Reichshoffen.

Grand nombres d'officiers, de soldats ont leurs chevaux tués sous eux, ou tout au moins avec de graves blessures. Ils sautent sur les chevaux qui passent sans cavaliers.

Pourquoi rester à terre, puisqu'on peut se battre encore ?

LX

Elles s'écoulent les vingt minutes demandées par le maréchal.

Ce n'est pas fini...

Comment ce n'est pas fini ! Mais où trouvera-t-on encore des hommes de bonne volonté, assez hardis pour traverser ces sillons où la moisson de la mort est tombée si abondante?

On en trouvera parce que tous veulent de ces trépas glorieux qu'on leur a demandés.

Voyez donc le commandant Lacour déjà à la tête du second demi-régiment. Ah! c'est qu'il veut lui aussi prouver ce que valent et ce que savent faire ses deux escadrons. Suivez-le du regard, si vous le pouvez.

3ᵉ et 4ᵉ escadrons, chargez!

Et ils sont partis. Quelle allure! quelle course à tout rompre, tout renverser devant soi!

Mais toujours de ces obstacles qui désunissent, qui brisent l'ensemble d'une charge... Une tranchée assez large et assez profonde. Il faut la tourner en laissant dans ses profondeurs quelques camarades, les uns pour avoir voulu la franchir, les autres culbutés par l'élan de la course et la pression des rangs qui viennent après.

Est-ce donc que tout devait nous être fatal en ce jour?

Une partie de nos cuirassiers se jette dans une houblonnière, puis dans un verger.

Le 1ᵉʳ escadron qui court à la droite du 2ᵉ sera-t-il plus heureux? Ce serait étonnant en ce jour où il faut s'attendre à toutes les infortunes.

Cet escadron s'engage dans une sorte de clairière qui lui paraît facile à traverser.

Mais là, des tirailleurs qui l'attendent cachés dans une houblonnière sur la droite, dans un verger sur la gauche. Ils l'attendent presque à bout portant et l'inondent de projectiles.

Tués, le lieutenant Humbert et le sous-lieutenant Chailley... Les blessés sont nombreux.

Que faire dans cet étroit espace où l'on reçoit la mort sans pouvoir la donner? Le lieutenant-colonel Boré-Verrier que la main de la mort n'a pas voulu frapper là... — elle le gardait pour plus tard, hélas! — le lieutenant-colonel Boré-Verrier d'un regard triste et désolé, mais rapide, considère ces deux escadrons, réduits à quelques hommes seulement. La retraite! s'est-il écrié en s'adessant à Corot-Laquiente.

Et un trompette, le seul qui eût survécu à cet effondrement de nos cuirassiers, jette comme il peut les notes du retour.

Les débris des deux escadrons s'élancent dans une prairie, toujours poursuivis par les feux des canons allemands, laissant sur le sol encore quelques morts et quelques blessés. Parmi ces derniers le capitaine adjudant-major Teillé et le sous-lieutenant Lacombe qui ont eu leurs chevaux tués sous eux.

Ces deux escadrons, si on peut leur donner ce nom encore, vont se reformer derrière l'une de nos batteries.

A l'une de ses extrémités, on aperçoit une pièce prussienne. Se jeter sur elle occupe à peine l'espace d'une pensée. Le lieutenant Bigot arrive le premier et en prend possession en la touchant de son sabre. Son bras était encore tendu et fier de sa conquête, lorsque le jeune officier tombe raide mort, frappé par une balle. Ses cavaliers cherchent les artilleurs. Ils étaient partis à la vue des hommes de fer.

Que je m'empresse de le dire : tous à terre et tués les cavaliers généreux qui avaient suivi le lieutenant... tous ! pas un seul que les hommes puissent récompenser ici-bas.

Les artilleurs reviennent à leur pièce.

Quelques cuirassiers des 3e et 4e escadrons ont pu atteindre l'ennemi. Mais les uns ont payé par la mort, les autres par des blessures leur audacieuse bravoure. Le capitaine Cabrié reste sur le terrain, avec une blessure assez sérieuse, à côté de son cheval broyé par un obus.

On m'a dit que le 2e cuirassiers avait eu pour le moins 140 morts ou blessés.

A l'heure où j'écris les hauts faits de notre belle cavalerie, je voudrais bien savoir où se trouvent les héros dont je vais citer les noms. Sont-ils tombés sur d'autres champs de bataille ? sont-ils encore dans les rangs de l'armée pour enseigner le courage et l'abnégation à nos jeunes soldats ? Si jamais vous les rencontrez, regardez comme un grand honneur de presser leur main si valeureuse. Ils étaient

22.

capitaines alors : Thurel, Astruc, Vaugiraud. Au premier rang toujours ils enlevaient leurs soldats par
leur exemple et par leurs paroles. Ils les entraînaient
au milieu de ces périls, dans ces abîmes où ils s'é-
taient précipités eux-mêmes les premiers. Que les
régiments parlent d'eux à la génération qui vient
apprendre comment on défend sa patrie. Qu'on lui
parle aussi des lieutenants Blondeau, Genau,
Lucotte, Soré, des sous-lieutenants Delort et Girar-
dot ; des cavaliers Desplanques et Juin ; des sous-
officiers Ferry, Bogard, Pelletier, Viollet, Tousch ; du
brigadier Morellet qui ont fait l'admiration de tous.

Dans une ville du Mexique, sur les murs des
arcades qui entouraient une grande place, plantée
d'orangers et où le peuple venait se promener tous
les soirs, j'ai lu inscrits en lettres d'or les noms des
braves qui avaient combattu pour la patrie. Ces
noms étaient nombreux.

Tous ceux des héros de Reichshoffen feraient bien
dans une salle d'honneur. Je dis tous, parce que
tous ont leur auréole d'héroïsme et de gloire.
Combien qui à tout jamais resteraient ignorés.
Relevez donc aux yeux de nos générations ces
hommes du devoir, qu'ils soient tombés avec l'épée
du commandement à la main, ou avec le sabre du
plus simple soldat. Faites bien comprendre que
l'estime et l'immortalité sont pour tous, n'importe
le rang qu'on aura occupé, pourvu qu'on y ait fait
ce qu'on devait y faire,

LXI

J'ai dit : Tout le monde en a voulu.

C'est bien maintenant que la fièvre de mourir semble devenir plus intense. Tous brûlent de montrer leur épée au soleil. Qui donc oserait dire aux escadrons du 3ᵉ cuirassiers de rester en arrière pour avoir été seulement les témoins de ce qu'ont fait leurs frères d'armes? Sans doute ils obéiraient parce que l'obéissance est la première vertu du soldat, une vertu qui l'arrêterait même dans ce chemin où il entrevoit pour lui tout ce que les hommes appellent la gloire. Mais enfin cet ordre de rester sur place n'est pas encore venu pour les cuirassiers du 3ᵉ. Aussi voyez-le s'ébranler pour s'élancer lui aussi dans l'arène de ces gigantesques combats. A leur tête le colonel de Lacarre. Il passe. Je lève les yeux que j'avais sur un pauvre blessé... Je le salue et me tiens découvert tant que défilent silencieux et droits sur leurs étriers les colosses de ces deux escadrons.

En reverrons-nous un seul !...

Encore quelques pas et ils vont s'élancer au galop... Le moment est venu... On est déjà sous la bourrasque des feux allemands... Le colonel s'est retourné vers ses hommes, les regarde d'un regard à jeter dans leur âme toutes les ardeurs qui sont dans la sienne. Il a brandi son épée.

.... Sa tête a roulé à terre emportée par un obus alors que ses lèvres venaient d'articuler la première syllabe de la charge...! Et on voit son corps encore debout, sabre en main, courir quelques secondes sur le champ de bataille, vers l'ennemi toujours, emporté par son cheval lancé à fond de train.

Le même projectile avait coupé en deux son trompette et brisé le poignet de son officier d'ordonnance.

Ce fait qui paraît incroyable est passé dans l'histoire. Je n'oserais le citer, même après ce que m'en ont dit des témoins occulaires, s'il n'avait été reproduit par un de nos écrivains les plus sérieux, le général Ambert.

Qu'on ne dise pas que c'est un fait unique dans les annales de la guerre. Nous avons bien vu, au siège de Puébla, un artilleur qui pointait sa pièce dans l'embrasure d'une batterie, s'affaisser tout à coup. Il venait d'avoir la tête emportée par un boulet mexicain.

Plus tard, à Sedan, j'étais à genoux auprès d'un jeune chasseur atteint d'une grave blessure. Je venais de retirer la main qui l'avait béni et j'étais au moment de me relever pour aller à un autre, lorsque tout à coup un obus tombe à quelques mètres. **Un de ses gros éclats vient frapper notre jeune blessé**

à la tête qui ne tient plus que par quelques lambeaux. Je n'ai eu qu'une pensée et je l'avoue, il me
semblait que la mort de ce pauvre soldat était aussi
ma mort. Un moment je suis resté comme pétri-
fié.... Ma soutane avait été labourée par quelques
faibles éclats de ce même obus ou par des débris de
pierre.

Dans cette minute, comment dirai-je, de trouble?
d'inconscience?... je recommandai mon âme à Dieu,
comme si la mort allait venir. Le plus courageux
en aurait fait autant sans doute et aurait cru ce que
je croyais alors.

Bref, je me relevai. Je dis une prière sur le cadavre de ce cher enfant et continuai mon ministère
dans ces parages si balayés par la mitraille. Que
pouvais-je faire de mieux pour redonner du courage
à mon âme que de la retremper dans ces flammes
si puissantes de la charité?

Femmes françaises, saurez-vous jamais combien
nous aimons vos enfants? Et toi, ma patrie adorée,
écoute bien ce que nous avons fait et ce que nous
ferions encore, pour tes soldats si braves, pour les
nobles défenseurs de ton sol béni et sacré. Non,
non, ce n'est pas la gloire, la gloire humaine qui
nous a fait quitter le calme et la solitude pour les
suivre sur ces champs de bataille, sanglants, dé-
solés, bouleversés par de vastes colères... pour les
suivre sur des plages lointaines et surtout au travers du calvaire de l'année si terrible. La gloire

humaine ! ses rayons sont trop facilement assombris. Sous ce rapport je préfère me rendre aux paroles de l'apôtre des nations qui disait qu'il en cherchait une autre incorruptible et dont le principe était Dieu lui-même. Le devoir pour le devoir et pour Dieu.

C'est cette gloire qui vous attend, colonel de Lacarre, vous et tous ces jeunes martyrs, après avoir vu toutefois leurs cendres ombragées par ces palmes que les hommes de cœur décernent aux hommes de cœur comme vous. Et c'est justice. Le Dieu juste le veut ainsi, ce Dieu qui couronne tous les grands sacrifices pour lui, pour une patrie qu'on adore.

Et voilà pourquoi les braves du 3e cuirassiers continuent leur immolation et s'enfoncent dans le brasier des feux allemands, sur ce terrain, battu par l'artillerie, creusé encore plus par des bordées de fer. Ils se heurtent à des morts et à des mourants, à des blessés que hachent plus encore de nouveaux projectiles.

Et le colonel de Lacarre est suivi dans la mort par plusieurs de ces braves dont il avait fait des héros. A terre et pulvérisés avec leurs chevaux les sous-officiers Baud, Proust et Vandebeulque. Quelques pas encore et c'est vous, capitaine Matter, vous aussi capitaine Fuchery qui êtes étendus sur le sol immobilisés, arrêtés par de sérieuses blessures.

Nos escadrons passent rapides comme la foudre devant une batterie. Une volée de mitraille les

attend. Ils le savent. Elle vient... Tués les cavaliers Charles Mounier, Viert, Jacquemont. Blessé le
capitaine Bloume qui roule avec son cheval dans
une mare de sang. Blessés également le capitaine
Lamotte et le lieutenant Boulhol.

La course folle continue, mais, on le dirait, la
mort va plus vite encore. Sous ses coups tombent
les cuirassiers Jisselbercht et Fauconnet.

Guerre... qui ne te maudirait !... Tu nous prends
nos plus précieux trésors...

Je m'arrête...

Oui je m'arrêterais, si ce n'était la France qu'on
veut jeter à terre et pulvériser, si je ne devais publier ce qu'ont fait ses enfants pour l'empêcher de
mourir.

Les cuirassiers du 3e vont toujours et ensanglan-
tent plus encore ce sol déja inondé de sang de leurs
frères. Les voyez-vous courant, se précipitant au-
devant des bataillons noirs de la Prusse, à la bouche
de leurs formidables canons.

Ils tombent... ils tombent sur ce vaste autel,
précieuses victimes pour le salut et la liberté de la
patrie.

Que ceux qui viendront après nous lisent dans les
annales du régiment les noms des maréchaux-de-
logis Rigaud, Lagrabe, Bouvet ; des brigadiers Re-
nault, Soufflard et Berthot ; du trompette Jost qui, à
terre, sonnait encore la charge !... admirable,
n'est-ce pas ?

Qu'on lise aussi sur ces pages sacrées les noms des cavaliers Lauzel, Levert, Chazaud, Desestret, Lombard, Marie et de tant d'autres camarades.

Que le 3e cuirassiers se souvienne encore de ceux qui se sont particulièrement distingués et qui furent mis à l'ordre, entre autres Maillet et Vuillemont, Lagrave et Desroziers.

LXII

Nous arrivons aux derniers moments de ce drame que le soleil éclaire encore de toutes ses splendeurs, le soleil de Dieu qui ne devrait être que pour féconder et illuminer les magnificences de la nature et les chefs-d'œuvre de l'homme. Dans quelques heures il épanchera sa lumière sur d'autres peuples. Y trouvera-t-il la paix ou des fleuves de sang ?

Il nous laissera dans les ténèbres avec nos morts et nos grandes douleurs, avec nos larmes et nos tristesses.

Cependant les derniers escadrons, 4e et 5e du 4e cuirassiers, s'apprêtent eux aussi à donner tout ce qu'il y a de dévouement dans leur âme, d'énergie dans leurs bras vigoureux. Ils vont opposer leurs poitrines à cette poussée incessante de ces lignes noires, épaisses, voulant avancer toujours comme les flots d'une marée sombre, écumante de colères.

A leur tête et l'épée hors du fourreau le lieutenant-
colonel de La Salle. Il n'y a plus qu'à jeter le cri : en
avant! et à commander aux trompettes...

Le délai fixé par le maréchal aux légendaires cuirassiers de Reichshoffen pour arrêter l'ennemi, se
faire tuer et sauver la retraite, ce délai qui peut,
dans la vie d'un peuple, tenir lieu d'un siècle d'héroïsme et de gloire... ce délai est atteint ! ! !...

L'ordre est envoyé au colonel de La Salle de suspendre tout mouvement du côté de l'ennemi. On
obéira. Il le faut. Mais que se passe-t-il dans ces
cœurs? N'y aurait-il pas comme un affaissement,
comme un poignant regret de ne point suivre ce
chemin tout indiqué par de glorieux frères d'armes?
Vous le verrez, il manquera quelque chose dans ces
existences de généreux soldats. Il y manquera la
charge de Reichshoffen.

Non, mes enfants elle ne vous manquera pas.
L'obéissance vaut autant, vaut mieux que le sacrifice.

Est-ce que vous n'étiez pas là prêts à vous
immoler? Est-ce que, dans votre attente, vous
n'avez pas subi les mêmes feux que vos camarades?
Vous êtes allés jusqu'aux premières marches de
l'autel. Vous avez offert votre sang, votre vie.
« Assez », vous a-t-on dit. Arrêtez-vous !

Vous êtes les nobles fils de la France comme ceux
qui sont morts pour elle. Vivez pour les jours qui
vont suivre. Qui sait ce qu'on devra vous demander
encore?

Quatre heures... Et ces charges épiques sont terminées.

Qu'en dira l'ennemi ? Lisez :

« Les cuirassiers français se jetèrent sur nos troupes avec une sauvage impétuosité et avec un héroïque esprit de sacrifice. »

Ces paroles résument toute ma pensée en écrivant ces pages. Je n'ai eu qu'un but, prouver jusqu'où peuvent aller l'énergie, le courage de nos soldats.

A d'autres de parler de l'opportunité, de l'utilité de ces charges gigantesques soit avant, soit pendant la bataille.

Pour moi, je me contente de dire qu'elles ont été admirables, étonnantes, au-dessus de tout ce que l'on pouvait attendre en présence des forces énormes contre lesquelles on avait à lutter.

La gloire de nos fiers escadrons a été celle du sacrifice.

Toujours est-il que bien que contraires à la tactique de la cavalerie, suivant que le disent les hommes du métier, ces charges, à l'allure vertigineuse, ont suspendu un moment le progrès de l'ennemi, aussi bien du côté de Morsbronn que dans les parages de Wœrth. Cette large et sanglante prodigalité d'hommes, cette grande immolation des plus braves gens du monde a duré assez longtemps pour que les débris de notre armée entreprennent une retraite que ne parviennent pas à interrompre tous les efforts et toutes les manœuvres de l'ennemi.

LXIII

En 1862, vers les derniers jours de la première quinzaine d'octobre, nous venions de quitter la Martinique pour entrer dans le golfe du Mexique. Nous sommes surpris par un coup de *Norté*, une véritable tempête.

Un vieux marin me disait : « Ce n'est pas étonnant ; nous approchons de la fête des morts. Nous en verrons bien d'autres dans ces parages où les vents qui soufflent du nord sont terribles. Il est vrai qu'ils balaient la fièvre jaune. Mais souvent on paie dur le service qu'ils nous ont rendu. Dieu veuille, ajoutait ce vieux loup de mer, que je ne sois pas devant Vera-Cruz le témoin de ce que j'y ai vu, il y a une dizaine d'années. Ce serait à dégoûter de lui faire des visites. Ce n'est pas que j'aie jamais tremblé sous les fureurs d'une tempête ; mais ce sont les désastres que l'on peut avoir sous les yeux et qui toujours vous navrent le cœur.

. . . .

Notre vaisseau, le *Navarin*, avançait dans le golfe sous un ciel de feu... Nous sommes dans la rade de Vera-Cruz. En face le fort d'Ulloa. A notre droite l'Ile de Sacrificios. Le lendemain je n'étais pas encore débarqué. Peu à peu le vent souffle du nord.

En quelques instants il devient épouvantable. Seize bâtiments du commerce sont brisés. Autour de nous des épaves de toutes sortes.

Telle la tempête à laquelle nous venons d'assister. Telles ses fureurs qui poussent devant nous les débris de nos escadrons, épaves sanglantes qui vont échouer dans un pli de terrain, un port inhospitalier où les poursuivent encore les dernières rafales de la tempête.

Le général de Bonnemains a rassemblé toutes ces ruines de ses beaux régiments tout à l'heure. Puis-je dire qu'ils sont plus beaux encore avec leur auréole de martyrs, avec leurs cuirasses labourées par les balles, leurs casques entamés par la mitraille, avec leurs sabres ébréchés et tordus? Toujours est-il qu'ils marchent haut et fiers ceux que leurs blessures n'empêchent pas de rester droits encore sur leurs étriers. Ils défilent impassibles toujours au milieu des applaudissements et des bravos de l'armée.

Ils descendent vers Reichshoffen.

Au risque de me répéter, je tiens à transcrire ici des paroles qui sont toutes à la gloire de nos intrépides cuirassiers, qui définissent bien la part qu'ils ont prise à la bataille et la manière dont ils ont facilité la retraite :

« Ces charges audacieuses avaient successivement immobilisé l'ennemi à Morsbronn, à Elsasshausen et devant Reichshoffen; elles avaient arrêté sa marche victorieuse, alors que notre infanterie épuisée par cette lutte inégale, était contrainte de reculer. C'est au dévouement des cuirassiers que l'armée dut de conserver sa ligne de retraite et d'échapper à un désastre complet. Mais alors que l'on voudrait contester à ces héroïques régiments cette glorieuse récompense du sang qu'ils ont versé, il leur resterait la suprême consolation d'avoir noblement soutenu dans cette journée la vieille réputation de leur arme. Aussi, est-ce avec raison que l'opinion publique a associé à leur nom comme un titre de gloire le souvenir d'une défaite si honorable pour l'armée française et dans laquelle ils ont fait preuve d'une si rare intrépidité. »

LXIV

Ma tâche serait-elle terminée, même après avoir raconté tous ces héroïsmes qui jetteront dans l'étonnement ceux qui viendront après nous ?

Non ! Il faut encore retracer les dernières heures de ce jour, faire entendre les derniers roulements de la tempête qui plane sur notre vaillante armée. Il faut que jusqu'à la fin nos enfants apprennent comment on défend le sol de la patrie. Nos enfants !... Oui, qu'on en fasse des soldats puisqu'il en faut aujourd'hui encore, hélas ! plus que jamais peut-

être. Et puisque tous doivent être soldats qu'on en
fasse des héros, des hommes de tous les sacrifices.
Or, pour être un homme de sacrifice il y a une première immolation à opérer : bannir de son cœur le
froid et cruel égoïsme, l'ennemi de tous les beaux
sentiments. Est-ce qu'il y a une patrie pour l'égoïste ?
Pour l'égoïste est-ce qu'il y a un autre que lui dans
le monde ? Tout son sang lui appartient. Qui donc
a le droit de lui en demander une seule goutte ?
Pour lui qu'est-ce qu'une grande cause ? La grande
cause ce sera toujours lui, lui et ses instincts et ses
passions à satisfaire. C'est donc lui qui consentira
à tout perdre, même l'honneur et les gloires de ses
pères, pourvu qu'il reste dans les horizons qu'il
s'est tracés.

Encore donc suivez-moi sur ce terrain ensanglanté
que nos soldats défendent avec rage maintenant,
qu'ils ne cèdent que pied à pied, pour ainsi dire,
comme une terre qui est à eux. Oui, à nous la terre
d'Alsace profanée par la coalition de toute la Germanie.

On nous la prendra.

Elle nous reviendra.

Il est des prophéties qui deviennent providentielles.

Mac-Mahon, et toujours en vue de la retraite,
concentre autour d'Elsasshausen les débris des divisions de Lartigue et de Conseil-Dumesnil. Il faut
encore disputer ce village à la Prusse qui vient

d'établir huit batteries pour le réduire en cendres.

Nos soldats brisés de fatigue, décimés, donneront encore tout ce qu'on leur demandera. Nos chassepots, nos canons brûleront jusqu'à leur dernier grain de poudre contre ces colonnes épaisses qui se succèdent, comme dans un grand orage, un nuage noir succède à un autre qui l'a précédé et qui s'est fondu sous les efforts de la tempête.

D'où viennent-ils donc tous ces Germains?

Le village est en feu. Qu'importe, nos soldats de toutes armes, infanterie, chasseurs, zouaves, turcos, se sont retranchés dans les rues. Les uns à plat ventre, d'autres abrités par des cadavres de chevaux et tout ce qu'ils peuvent entasser de débris, vont recevoir les masses qui approchent. Elles paraissent. Nos balles ont sifflé. Les Prussiens, arrêtés un instant par la fureur de nos carabines, reprennent, mais en toute prudence, leur marche en avant. Alors, presque au milieu des flammes, de maisons qui s'effondrent, un carnage affreux, horrible, avec des cris qui glaceraient d'épouvante, si les âmes étaient encore accessibles à tout autre sentiment que le désespoir des plus fiévreux, des plus terribles combats.

Voyez-les donc à cette œuvre des grandes ruines sanglantes ceux qui se disent les rois de la création. Quelle différence entre eux et certains de leurs sujets. Leur palais si beau, à la voûte azurée, ils le changent en cet enfer où des démons révoltés s'achar-

neraient contre Satan et ceux qui lui sont restés
fidèles.

Ces magnificences qui devraient avoir toute leur
admiration, faire leur bonheur et leur gloire... ils
n'en font que des ruines.

L'oiseau fuit pour emporter ailleurs et ses chants
et ses joies. Au lieu de la rosée qui féconde, la fleur
souillée de sang s'incline et meurt dans la poussière.
Le ciel pur est voilé par des vapeurs immondes. A
la place de riches moissons, foulées par la fureur de
lourdes et incessantes cohortes, les sillons sont
encombrés de cadavres, de fer.

L'enfant et sa mère, la vierge timide, le vieillard
sont confondus dans des flots de colère.

Et après?... après, celui qui a le plus fait, celui
qui a été la force, se croise les bras et d'une éminence quelconque promène son regard sur la vaste
nécropole, contemple les horreurs du cataclysme et
savoure les éloges et l'encens que des adulateurs
encore plus fous viennent lui prodiguer.

Quand est-ce donc qu'un peuple, pressé par l'ambition d'un autre peuple, ne sera plus forcé de courir à ses frontières, d'opposer de vaillantes et
généreuses poitrines, d'avoir au cœur de ces
héroïsmes qui étonnent après tout, de ces dévouements et de ces courages comme en débordent nos
soldats aujourd'hui ? Oui, l'héroïsme, la bravoure,
on peut le dire, coulent à pleins bords.

Chers enfants, je préférerais bien vous savoir

auprès de votre vieux père qui, lui aussi, dut être soldat comme vous, aidant ses bras à féconder vos sillons, couronnant de bonheur sa vieillesse. Mais non, il faut refouler des colères et des ambitions désastreuses, préserver des provinces qu'on voudrait nous ravir. Il faut veiller à cette France adorée qu'on voudrait n'être plus notre France.

Dès lors, donnons de notre vie, de notre sang tout ce que nous pouvons en avoir.

Pour moi, je vais demander à Dieu d'éloigner de ce monde de telles nécessités et de les remplacer par l'amour dont nous parlait le Maître.

Il serait si facile de remplacer tous ces chefs-d'œuvre d'héroïsme par ces deux paroles : Aimez-vous !

LXV

Ecrasés par le nombre comme toujours, nos combattants d'Elsasshausen doivent battre en retraite. Notre artillerie de réserve se met alors en position entre ce village et Frœschwiller pour arrêter les progrès de l'ennemi.

L'air qui nous environne frémit sous les coups de toutes ces pièces et aussi sous les coups des innombrables canons de la Prusse.

Au milieu de tourbillons de fumée blanche on

voit passer, rapide comme une flèche, Mac-Mahon seul, sans aucun officier d'état-major. Où va-t-il ?... Que veut-il encore ?... Une victoire ?... Hélas ! sur ses traits on voit bien qu'il ne l'espère plus. Qui sait s'il ne court pas après la mort qui ne veut pas de lui ! Qui connaîtra jamais la tempête qui grondait dans cette âme

Tout à l'heure des officiers, des soldats même ont dû saisir la bride de son cheval au moment où il allait avancer plus encore sous les feux des canons de la Prusse. Non, maréchal, vivez !... La France a besoin de vous.

Notre artillerie fait des prodiges de valeur sous la pluie des projectiles, éraillant ses canons, brisant les affûts et les roues, éventrant nos caissons qui éclatent comme des bombes énormes et prodiguent la mort !...

Quel est donc cet officier qu'un sergent de turcos emporte sur ses robustes épaules ?

C'est le colonel de Vassart, atteint de trois blessures au milieu de ses pièces. Son noble front a pâli. Sa tunique déchirée laisse passer des flots de sang. Le lendemain on disait qu'il était mort !

Sont-ils beaux, superbes d'entrain et de calme fierté nos officiers d'artillerie dans cet effondrement de leurs canons qu'ils affectionnent, qu'ils caressent du regard comme ils feraient pour des enfants bien-aimés ! Il faudrait les nommer tous ainsi que leurs intrépides servants. Elle serait longue aussi la liste

de leurs morts et de leurs blessés sous cette avalanche de plomb qui leur arrive presque de partout à la fois.

Après avoir brûlé jusqu'à sa dernière gargousse et
lancé sa dernière boîte à mitraille, après avoir
arrêté un instant l'ennemi, notre artillerie se retire
vers Reichshoffen, abandonnant plusieurs pièces,
faute d'attelage et de servants.

Parler du missionnaire des champs de bataille au
milieu de tous ces fracas du cataclysme... à quoi
bon ? Seulement fait-il son devoir comme tous ceux
qui l'entourent avec une générosité, un dévouement
que sa conscience et Dieu approuveront ! A-t-il
tremblé ? Tremblera-t-il encore ? pourquoi donc
aurait-il des frayeurs ? Sa pensée est plus haut que
ce monde. Elle est dans ces régions qu'il montre à
ses enfants. Elle est pour cette croix bénie qu'il
approche de leurs lèvres mourantes. Elle est toute à
ces jeunes martyrs qu'il aime de son plus grand
amour.

Trembler !... quel en serait le motif quand on
accomplit l'œuvre si belle, l'œuvre sublime de la
France et de Dieu ?

. . . .

. . . .

Il n'y a qu'un instant, c'est vrai, j'ai vu comme
la mort venir à moi avec tout ce qu'elle peut avoir
d'effrayant.

J'étais à genoux auprès d'un cuirassier qui venait

de me dire : « Mon père, mon affaire est réglée. Je
n'ai plus qu'à terminer celle de ma conscience avec
Dieu. Si vous n'avez pas peur des balles, donnez-
moi deux minutes.

— Les balles, mon fils, n'ont qu'une chose désa-
gréable, c'est qu'elles vont sur le même air toujours. Ça finit par devenir monotone. Il faut bien
s'habituer à tout. »

Ce brave garçon avait commencé à faire sa confi-
dence, lorsque des chevaux arrivent sur nous à fond
de train, effarés et sans cavaliers. J'avoue que j'ai
cru à mon dernier moment. Je courbe la tête jusqu'à
terre. C'est du vent qui nous effleure! Un de ces
chevaux nous a franchis. Sa course était si rapide
que si je l'avais regardé, je ne l'aurais plus aperçu.

— Dépêchons-nous, mon père. Je sens que ma
tête se trouble.

— Vous vivrez, mon fils. Je peux vous l'assurer.

— Prenez ceci, mon père. Vous l'enverrez à ma
famille. Pauvre mère!... Elle est veuve. Je ne lui
laisse qu'une sœur et un frère plus âgé que moi.

Ce que me remettait ce jeune chrétien, c'était une
médaille que sa mère lui avait donnée au départ.

LXVI

Le moment est venu de demander un effort suprême à ces deux régiments si éprouvés à Wissembourg, le 50ᵉ et le 74. Ils ne refuseront rien, surtout après les félicitations que leur a adressées le maréchal. Ces deux régiments marchent au feu avec un seul souvenir, avec une seule pensée, réparer leur glorieuse défaite de l'avant-veille. Leurs pertes sont cruelles encore en officiers et soldats.

Et le 1ᵉʳ turcos lui aussi qui a été si éprouvé à Wissembourg, où est-il en ce moment ? Il est là piétinant sur place, impatient de prendre une revanche qui marquera dans ses annales. Mac-Mahon apparaît. A peine a-t-il fait appel à son dévouement que l'air retentit des cris : vive la France ! vive le maréchal !

Le colonel Morandy à leur tête élève son sabre et commande : en avant ! Les clairons sonnent la charge. Les Africains jettent leur cri de guerre et s'élancent au pas de course. Voyez-vous ces rudes soldats, le visage, le regard tendu vers cet ennemi qui les a déjà au bout de sa carabine ?

A la vue de ces hommes à l'allure sauvage, disons plutôt de ces lions des déserts africains qui ne tremblèrent jamais devant la mort, l'ennemi est terrifié.

24

Il s'arrête et de ses profondes colonnes lance une pluie de balles qui nous fait essuyer des pertes sérieuses. Le lieutenant Got a la poitrine traversée d'une balle. Un coup de feu traverse la cuisse du capitaine Lepène. Un autre brise la jambe au capitaine Menneglier. Un fait terrible. Le lieutenant Trawitz est blessé à la poitrine. Quatre hommes de sa compagnie accourent pour l'emporter et le mettre à couvert. Ce groupe attire l'attention de l'ennemi qui tue deux de ces braves et achève le lieutenant.

Le lieutenant-colonel Barrachin, le commandant de Coulanges ainsi que deux capitaines ont leurs chevaux tués.

Et combien de leurs braves soldats jetés à terre !

Mais rien ne peut arrêter l'élan de nos enragés tirailleurs. A la baïonnette toujours ils s'élancent sur les six pièces qu'il avait fallu abandonner faute d'attelage et font mordre la poussière à tous ceux qui essaient de les défendre.

Les Allemands, de plus en plus terrifiés par les fiers enfants de la Kabylie, reculent et vont se jeter dans le Petit-Bois. Les turcos les poursuivent et les poussent même jusqu'au Nieder-Wald. Mais là ils sont écrasés par une puissante artillerie. Qu'importe. Voyez donc à leur tête et sur son cheval toujours, ce capitaine agitant son képi et leur jetant de ces paroles qui leur plaisent. Regardez encore un instant... Ce brave, hélas ! tombe frappé d'une balle en plein cœur, au milieu de son entraînant enthousiasme. Il faut le nommer ce jeune héros. C'était le capitaine Quantin.

Après lui, c'est le lieutenant Lacaille qui l'avait remplacé, et encore le sous-lieutenant Mohamed-ben-Ismaël.

Et le drapeau qui flotte toujours au milieu de la tempête. Et toujours au premier rang le colonel Maurandy avec tous ses officiers.

L'artillerie, les Dreyses allemands redoublent de fureur, nos munitions et nos forces se trouvent épuisées, il faut céder au nombre, à ces masses toujours croissantes.

Le clairon lance les notes vibrantes et plusieurs fois répétées de la retraite. Nos Africains ne veulent pas les entendre. On dirait que tous veulent mourir. Ils reviennent sur les six pièces qu'ils veulent ramener à tout prix. C'est un acharnement qu'on ne saurait définir. La mitraille, les obus ont beau devenir plus épais, arriver comme sous un vent de tempête, nos turcos plient, s'élancent de nouveau et se cramponnent à ce bronze qui est à eux.

Le clairon sonne toujours... La voix des chefs finit par les arracher à ce travail qui les décime.

Nos braves se retirent en formant plusieurs carrés et tenant à distance cet ennemi si nombreux qui n'ose les poursuivre cependant.

Le 1ᵉʳ tirailleurs venait de perdre encore près de 800 hommes tués ou blessés. Mais son audace et ce

qu'il a inspiré de terreur aux ennemis a grandement
contribué à assurer la retraite.

.   .   .   .

.   .   .   .

Je peux dire que j'ai vu l'héroïsme sous toutes ses
formes, s'il est permis de parler ainsi, dans toute
son expansion, dans son allure vertigineuse, emporté
comme la foudre... Je l'ai vu dans toute sa force et
toute son énergie, mais calme, muet pour ainsi dire.
Alors c'est la dignité, la solennité du vrai courage.

LXVII

Pourrai-je, jusqu'à la dernière heure, être le témoin des efforts étonnants, sublimes, inouïs de
notre valeureuse armée? Avec elle et pour elle tout
mon cœur, c'est vrai, toute ma volonté, fût-elle encore plus étendue. Mon Dieu, soutenez-moi. Elar-
gissez, s'il est possible, l'ardeur de mon dévouement
et de mon patriotisme. Je ne dirai pas, veillez sur
mon existence. Déjà je vous l'ai offerte avec celle de
mes enfants qui meurent. Toutefois, si vous croyez
qu'elle leur soit utile encore, gardez-la jusqu'à
l'heure suprême de ce grand sacrifice qui, sur ce
vaste autel, s'offre pour la patrie. Et après, s'il
vous plaît que je meure, que je descende dans une
de ces larges fosses que tant de fois j'ai vu s'ouvrir

pour recevoir nos héros. Que mes yeux se ferment pour ne voir point les humiliations de la France. J'ai tant vu de ses gloires et de ses grandeurs! Volontiers à côté de ces jeunes martyrs je dormirai mon dernier et paisible sommeil.

Elle arrive cette sombre agonie qui précède la mort, la défaite d'une armée. Combien à travers des déchirures de ces nuages de poudre qui voient le ciel bleu pour la dernière fois!... Combien qui, dès ce soir, ne verront plus leur jeunesse caressée par les beaux rayons d'or de ce soleil de Dieu!

Non, ils n'y pensent pas ces enfants, leur pensée n'est pas pour ce voile si sombre qui va s'étendre sur les beaux rêves de leur avenir. Ils sont tout à l'œuvre de la patrie qu'on est venu troubler dans ses gloires et dans sa marche vers le progrès. La sauvagerie, le meurtre à la place de la civilisation et du trésor de la paix.

L'Infini est à nous et nous nous arrêtons sur une motte de terre, pour nous la disputer, pour l'inonder de notre sang au besoin.

Guerre affreuse..... je succombe en présence des profondeurs de ton gigantesque et à jamais incompréhensible mystère, ce semble. Plus je veux le sonder et plus s'épaissit le rideau sanglant que ta main de fer ne se lasse d'étendre avec un sourire de mort!...

LXVIII

Les masses prussiennes, bavaroises et autres se tassaient de plus en plus à peu près sur tous les points de l'horizon que semblait encore rétrécir une bande de nuages formés par la poudre qui brûlait depuis de si longues heures... ces masses, une muraille d'hommes qui se rapprochait, se resserrait toujours, précédée des voix plus sonores, plus étourdissantes de canons innombrables.

La fin allait venir, et nos soldats la prévoyaient. Allaient-ils s'arrêter?... Non! Leur sacrifice était fait, résolu. Jusqu'à la dernière pulsation de leur noble cœur ils iront de l'avant.

Ducrot tient toujours bon à la gauche où il lutte avec acharnement.

Les Allemands, n'ayant plus à s'occuper de notre droite, peuvent facilement se porter sur Frœschwiller avec le contingent vurtembergeois qui compte 35,000 hommes. Réunis aux troupes de Von der Thann ce sera un effectif de 80,000 combattants! Une de leurs brigades continue son attaque contre le bois de Frœschwiller. Une autre cherche à le tourner. Des fractions du 48ᵉ sont rejetées sur la lisière sud, pendant que le 2ᵉ turcos, les 8ᵉ et 13ᵉ chasseurs luttent dans la partie basse. Les 1ᵉʳ et

2ᵉ bataillons du 36ᵉ sont toujours à la lisière nord pour arrêter le mouvement tournant de l'ennemi.

Qui dira la valeur, l'inébranlable ténacité de tous ces braves. Il serait bien embarrassé celui qui voudrait dépeindre le feu de leur mousqueterie, leurs charges à la baïonnette. Sous la volée des balles et des obus allemands qui passent et mugissent au travers des grands arbres, les cassant, les brisant comme feraient toutes les colères d'un ouragan des plus terribles. Admirez donc le colonel Suzzoni, à son poste toujours, malgré une violente blessure et bien qu'il voie tomber près de lui tous ses officiers supérieurs et grand nombre d'autres officiers. Il va, il vient, il est partout à la fois, jetant de ces paroles qui feraient des héros si tous ne l'étaient déjà. Les grenadiers même de la garde fuient devant nos turcos.

De nouveaux renforts arrivent aux Prussiens. Or, il vient un moment où, écrasés par le nombre, les plus héroïques dévouements doivent céder enfin. La pluie de fer et de feu augmente d'intensité. Tout se brise, tout tombe autour de nos soldats. Les colosses des forêts, ces géants séculaires, sont hachés par la mitraille. Leurs membres si robustes broyés, lacérés, vont joncher la terre avec un fracas qui ferait peur.

. . . .

Et le drapeau... le drapeau mutilé qui flotte toujours au-dessus des débris du régiment! Les Prussiens le voudraient,.. Ils ne l'auront pas!

— Tu vas le sauver, — s'écrie Suzzoni à un vieux sergent.

— Oui, mon colonel.

— Comment feras-tu?

— Comptez sur moi.

Le fier Africain roule la soie autour de la hampe, prend avec lui une vingtaine de camarades et ils passent au travers des forêts, des chemins creux, se cachant dans les roseaux, se glissant dans les houblonnières, lançant des balles quand ils sont attaqués, courant toute la nuit, et arrivant à Strasbourg, après deux jours de marche, épuisés par la faim et toutes les fatigues. Là ils sont comme portés en triomphe et accueillis aux cris mille fois répétés : vive la France, vivent les turcos!

Peintres qui si bien savez glisser la vie sur vos toiles... grands artistes dont les ciseaux opèrent des merveilles, donnez-nous un de ces chefs-d'œuvre qui dira toute la fierté de ces enfants du désert qui ne voulurent d'autre patrie que celle qui est la nôtre.

Prodiguez toutes les éloquences à vos savants pinceaux. Faites parler ou le bronze ou le marbre. Croyez-le, vous aurez bien mérité de tous les cœurs français.

LXIX

A l'heure qu'il est tout va vite, je dirais presque avec une rapidité vertigineuse. Il faut essayer de tous les efforts, de tous les désespoirs suprêmes. Vous connaissez le colonel Carrey-de-Bellemare, vous qui fûtes de notre armée au Mexique. Le voyez-vous encore devant Puébla avec son énergie de major de tranchée ? Eh bien, c'est avec cette même bravoure aujourd'hui qu'il se place à la tête de son brave 78ᵉ et qu'il l'entraîne, sabre haut, au cri répété mille fois par ses officiers : En avant!... Le 78ᵉ en avant!...

Et on est parti, presque sans munitions. La baïonnette fera le reste. La charge est deux fois répétée sous une pluie de balles qui décime officiers et soldats.

Tout à coup se présente un général bien connu des armées d'Afrique, de Crimée, d'Italie et d'ailleurs. C'est le général Raoult qui s'écrie : « Voyez, je n'ai plus rien. Autour de moi tout est tombé. Tenons jusqu'à la fin... ou bien faisons-nous tuer tous, tous jusqu'au dernier. »

Tout près luttent et en désespérés une partie du 8ᵉ chasseurs, les débris du 2ᵉ turcos.

Le commandant Poyer est atteint d'une balle

au cœur. Suzzoni tombe frappé en pleine poitrine.

Que de sang nous coûtera cette défense du bois de Frœschwiller ! La majeure partie des officiers sont à terre. Les rangs de nos turcos, de nos chasseurs s'éclaircissent sans cesse.

Le colonel du 48e, voyant un moment d'arrêt dans son régiment, court se placer en tête et s'écrie : « Au drapeau ! les enfants, au drapeau!... Vite et ferme !... »

Et son lieutenant-colonel, Thomassin, qui tient haut son képi, à la pointe de son épée! Quelques pas à peine dans ce rude chemin de l'honneur... Il tombe, rompu par la fatigue et la souffrance. Il est fait prisonnier, malgré l'énergique défense des quelques braves qui l'entourent.

Savez-vous ce qu'a perdu ce beau régiment dans cette journée lamentable? huit cents hommes, onze officiers tués, huit blessés grièvement.

Toutes les bravoures, toutes les décisions les plus énergiques en ces moments suprêmes : Le colonel Krien, voyant les Prussiens escalader le plateau de Frœschwiller, envoie son porte-drapeau cent mètres en avant et crie à ses soldats : « Voyez-vous, c'est là qu'il faut aller, mes enfants, et montrer qui nous sommes, un régiment de braves. Suivez-moi et à la baïonnette ! »

Enlevés par ces paroles tous se précipitent là où flottent les trois couleurs de la patrie, surmontées de l'aigle d'or.

Je vous le dis, une journée où la France montra toutes ses valeurs... ou jamais.

Le colonel, le porte-drapeau Beaumelle et plusieurs officiers blessés, d'autres à tout jamais couchés sur ce sol qui est encore à nous.

Après cette première charge une seconde qui se brise contre la muraille allemande avançant toujours comme une citadelle humaine.

Une compagnie de turcos, sous les ordres du jeune lieutenant Anglade, se précipite au secours du 36e. Ils ont tous l'élan audacieux de celui qui les commande. Vous allez voir. Soudain un cercle de fer se forme autour d'eux. Un major allemand s'approche :

« Que voulez-vous faire encore ? Bas les armes... et rendez-vous. »

« Ce que nous voulons faire ! Tu vas le savoir, » s'écrie Anglade, en se rapprochant du major... Et il lui plonge son épée dans la poitrine.

Le lieutenant tombe percé de coups.

Tous les turcos se démènent, se battent et veulent mourir comme lui, écrasés par un ennemi dix fois supérieur.

. . . .

. . . .

Jeunes soldats, saluez les débris du 36e. Je dis les débris : Déjà plus de 40 officiers, près de 800 sous-officiers et soldats fauchent le champ de bataille. Lisez, admirez ce que vont faire ceux qui restent

encore pour la défense du signe le plus sacré de
l'honneur. Après avoir lu, publiez ce que je vais
écrire. C'est beau, c'est digne au possible des nobles
fils de la France, en présence des masses profondes
d'un ennemi qu'on dirait naître sur place et à torrents. En auraient-ils fait autant nos vainqueurs
d'aujourd'hui ?...

Le 36e, plus que décimé, est parvenu, malgré les
rafales de la tempête, jusqu'à l'entrée de Frœschwiller qui s'effondre et qui brûle.

Que n'ai-je une plume aussi savante, aussi en-
flammée que j'ai d'admiration et de patriotisme au
cœur !

Tout à coup le drapeau disparaît, le drapeau mutilé, noirci par la poudre. Celui qui le portait — je
l'ai déjà nommé — le lieutenant Beaumelle, est à
terre, la poitrine ouverte par un rude morceau de
fer. Dans un effort suprême il se relève, tend le drapeau au lieutenant Lacombe en lui criant :

« Sauve-le ! sauvez-le, mes amis ! »

Et il retombe dans une mare de sang.

Les Bavarois accourent en foule. Les quelques
survivants de la garde d'honneur font des efforts
inouïs et ne cessent de crier : « Au drapeau ! camarades, au drapeau ! » Alors se précipitent des officiers, des soldats. Des cris de désespoir. On s'assomme, on se broie, on s'étrangle.

L'étendard ensanglanté, déchiré, reste aux Français qui battent en retraite, une centaine à peu près,

ayant à leur tête le lieutenant Brambille. Quelques
pas à peine, et encore une masse d'ennemis dont
les balles déciment et broient les intrépides gardiens du drapeau.

Brambille est grièvement atteint. Seuls les lieutenants Lacombe, Pichet et une poignée de combattants encore. Ils se jettent dans une grange, barri-
cadent la porte avec tout ce qui leur tombe sous la
main, arrachent la soie de l'étendard et la cachent
sous un tas de fagots. Ils veulent en faire autant de
la hampe et de l'aigle d'or. Mais la porte est en-
foncée à coups de crosse et cent bras se tendent
vers les derniers vestiges du glorieux drapeau du
36e qu'on ne peut même plus défendre, accablés que
l'on est, étouffés par le nombre.

La petite troupe est désarmée aussitôt, et ces soldats malheureux, inondés de sang et de blessures,
pouvant à peine se soutenir, sont contraints de défiler devant un ennemi qui les insulte !

Fiers Allemands, si l'un de vos princes eût été là,
il vous aurait astreints à les saluer, j'en suis sûr,
comme tout à l'heure pour les prisonniers du Nieder-
Wald.

. ,.   .   .   .   .

.   . .   .

Plus tard un prêtre dont le cœur était resté français fit parvenir au 36ᵉ la soie de son glorieux drapeau. Ce prêtre de l'Alsace, avant de s'en séparer,
dut plus d'une fois porter à ses lèvres cette précieuse relique. Il dut aussi lui confier quelques
larmes avec des espérances pour des jours plus
heureux.

.   .   .   .

Le drapeau, après l'avoir défendu avec toute l'é-
nergie que peuvent donner les forces humaines...
le drapeau, jeunes soldats, il faut l'anéantir, le réduire
en cendres plutôt que de le voir tomber aux mains de
l'ennemi. Au besoin, qu'il soit réduit en lambeaux...
qu'on le dévore!... heureux ceux qui auront l'honneur d'assister à ce glorieux banquet!...

Le drapeau!... Comme il en parlait bien ce vieux
soldat qui, après ses campagnes un peu sur tous les
points de l'Europe, s'était fait maître d'école et avait
tapissé tous les murs de la salle des batailles de
l'Empire, des portraits des grands généraux! Je n'a-
vais que dix ans; mais comme je l'écoutais !

Voyez-vous ce soldat jeté à terre, nous disait-il?
Eh bien, ayant aperçu une colonne qui emportait un
de nos drapeaux, il se précipite et reprend notre aigle
tant de fois victorieuse. Mais il tombe criblé de balles.

« Mes amis, s'est-il écrié, sauvez le drapeau, et je
meurs content! »

Puis devant Masséna et se découvrant toujours comme pour saluer : « En voilà un qui était brave et qui se moquait rudement des Anglais. »

Je ne sais ce que les Anglais avaient pu faire à notre maître d'école ; mais il avait toujours l'air de ne pas les aimer beaucoup.

« Masséna, enfermé dans Gênes, disait-il, devait se défendre tant qu'il aurait un soldat pouvant rester debout ; pour rester debout, il faut manger. Or, il n'y avait plus rien dans la ville, pas même un morceau du pain affreux auquel on avait eu recours. Alors et alors seulement la place capitula. La troupe sortit avec les honneurs de la guerre. Regardez bien le général en grand uniforme. C'est ainsi qu'il voulut quitter la place le dernier. Le drapeau à la main, il traversa le port dans une barque sous les boulets de l'escadre anglaise qui aurait dû cependant respecter la capitulation. »

LXX

Cependant Frœschwiller est encombré de cadavres, de blessés, de mourants. On se bat au milieu des flammes pour ainsi dire, sur des ruines sanglantes, au pied de maisons qui s'effondrent. Des obus en masse éclatent dans les rues... un ouragan de balles et de débris de fer. Toutes les routes qui vont sur Reichshoffen sont encombrées de soldats, de voitures qui battent en retraite.

Ici, à Frœschwiller, c'est de la rage, les combattants qui s'y trouvent encore veulent lutter et lutter toujours. La-bas, au bout du village, du côté de Wœrth, une compagnie du génie, sous les ordres du capitaine Gallois, veut brûler jusqu'à sa dernière cartouche, au milieu de cadavres d'hommes et de chevaux, de voitures et de canons renversés.

D'autres colonnes ennemies avancent au pas de course et veulent tourner le village. Ils sont reçus presque à bout portant. Le général prussien Bosc tombe grièvement blessé.

Il faut cependant en finir avec ces Français. Les Poméraniens et les Bavarois se jettent dans le village par le nord et par l'est. Nos soldats ne veulent plus entendre les notes de la retraite, moins encore les sommations des Allemands qui leur crient de se rendre. Se rendre ! allons donc, ils ont trop fait jusqu'ici pour appréhender la mort maintenant. Il faut ou la donner, ou la recevoir. Mais aussi voyez si les chefs ne sont pas les premiers à maintenir leurs soldats dans cette fièvre de mourir. Le colonel Parmentier, au milieu de ses sapeurs, le front brillant d'énergie, de courage, a deux chevaux tués sous lui. Le capitaine Gallois, malgré ses blessures, continue à se jeter un peu partout, dans une traînée de morts et les pieds dans le sang.

Les Allemands, ahuris en présence de ces combattants furieux, désespérés, combattant comme des lions échappés de leurs chaînes, recourent à l'incendie pour triompher d'une résistance dont ils ne furent jamais les témoins assurément. C'est le petit nombre qui se démène pour son droit contre la force. Le village devient un enfer dont toutes les issues sont closes par des murailles humaines.

Et ces rugissements et ces cris qu'on prendrait pour des voix de tempête, s'élançant des vagues bouleversées, tourmentées, contre ces autres voix qui descendent de la nue sombre, se confondent et jettent l'effroi dans les âmes.

Seraient-ce des démons qui se déchirent au milieu des plus lourdes et des plus sinistres malédictions ? Est-ce que les hommes — on le dirait — veulent se faire une fin du monde où tout n'est que fureur, effondrements horribles... chaos ?... plus encore, par un effet de l'imagination surexcitée par tous ces tonnerres qui roulent et grondent depuis de si longues heures — depuis une éternité ! — C'était partout le même cataclysme, les mêmes étonnantes et vastes colères... partout les mêmes épouvantements d'un monde qui s'écroule ici... là... derrière ces forêts, ces montagnes... par delà tous les horizons enfin.

Rien pour borner la pensée... Tout pour la porter plus loin encore, comme sous les rafales de ce vent de tempête qui a l'immensité pour secouer et pousser, pousser toujours ses fureurs.

Et dans quel but toutes ces ruines, toutes ces des-

25.

tructions horribles ? Quelle est la force, la volonté mystérieuse qui préside à tous ces renversements de ce qui était hier ?

.   .   .   .

.   .   .   .

L'incendie augmente, court et s'étend avec ses tourbillons de fumée noire, étouffante, secouant par milliers des étincelles et des débris en feu. On va être brulés vifs jusqu'au dernier?

Non !... Nos soldats s'élancent, à la baïonnette toujours et surtout parce qu'ils n'ont plus une balle à glisser dans leur carabine.

Quelques-uns réussissent à se faire jour et courent sur Reichshoffen.

Les Prussiens sont maîtres du village, si on peut appeler ainsi un amas de ruines encombrées de cadavres, crépitant sous les flammes.

.   .   .   .

.   .   .   .

Et les rangs de notre valeureuse, indomptable infanterie de plus en plus se creusaient sous le fer de la Prusse.

LXXI

Ne pensez pas que ce soit fini pour Frœschwiller. Ce village semble avoir une attraction pour nos

vaillants soldats. C'est ainsi que les survivants du
2e turcos, ceux du 78e, du 48e, du 36e, ainsi que des
8e et 13e chasseurs, ayant entendu la fusillade de ce
côté, se précipitent pour secourir leurs camarades.

Avec eux le général Raoult qui avancera jusqu'à la
porte de Frœschwiller et qui crie à des soldats qui
battaient en retraite :

« A l'ennemi ! mes enfants. »

Cette voix les arrête et enflamme de nouveau leur
ardeur.

— Avez-vous des cartouches ?

— Oui, général.

— Nous allons les brûler et... nous verrons ensuite.

Il les lance avec ceux qui sont venus avec lui.
Tous sont électrisés, pour ainsi dire, par l'exemple
de ce brave qui, fièrement campé sur son cheval et
montrant l'ennemi du bout de son épée, devient un
point de mire pour les feux allemands. Autour de
lui on tombe. Et lui toujours le regard tourné du
côté des Bavarois, toujours excitant ses hommes
par ses paroles, n'a pas encore senti la morsure des
balles qui arrivent épaisses cependant.

Une partie de nos soldats a forcé de nouveau l'entrée de Frœschwiller où vient d'arriver le 5e corps
prussien par la route de Wœrth, pour se joindre aux
Bavarois venant du côté opposé, c'est-à-dire par la
route où se trouve le général Raoult qui n'a plus
autour de lui un seul soldat de son escorte. Tous
sont tombés au champ d'honneur.

Mais qui dira le paroxysme de cette dernière lutte qui s'engage dans le village en flammes de Frœschwiller, au milieu de ces décombres fumants, dans ces rues que balaient les obus, la mitraille? vit-on jamais dans une poignée de soldats une rage pareille, une telle fièvre du désespoir? C'est la baïonnette qu'on plonge dans une poitrine, qu'on retire sanglante pour la plonger dans une autre... Elle est brisée, tordue!... c'est à coups de crosse maintenant qu'on assomme, qu'on broie les membres de son adversaire. Et tout à l'heure, quand vont arriver au galop, dans les rues de Frœschwiller, pour les traverser sans merci, les chariots, les canons de la Prusse, qu'adviendra-t-il pour les morts, pour les blessés qu'on n'aura pu recueillir?... horreur! Tout sera broyé, pétri dans des mares de sang!!! Et on verra les roues de ces lourds engins de la colère des hommes emporter dans leur course rapide des lambeaux de chairs palpitantes encore!!!

Seule cette pensée glisse dans mes membres un frisson qu'on dirait accompagné de la glace des tombeaux.

LXXII

Tout est à retenir de ce que je vous ai dit jusqu'ici. Vous retiendrez encore la page que je vais écrire. Elle est pour un grand soldat qui, depuis le matin, n'avait pas manqué de paraître, là où étaient les plus formidables dangers... le général Raoult. Il était à la porte de Frœschwiller. Plus un aide-de-camp, plus un soldat de son escorte. Tous morts ou blessés. Il luttait encore, il luttait toujours avec la poignée de braves qu'il avait sous la main.

Le torrent s'approchait, débordant à pleins bords, laissant un peu partout des épaves de sa colère. Raoult, de la pointe de son épée, montrait ces flots de nos vastes dévastations. Il demandait, il aurait voulu des poitrines assez nombreuses pour opposer comme une digue à ces vagues qui se poussaient, se précipitaient comme sous un vent de tempête. Mais hélas! que de poitrines brisées, jetées à terre, ralant la mort, après avoir donné plus encore que ne peuvent donner des poitrines humaines! Dans son impuissance ce grand soldat devait avoir des larmes dans les yeux, en prévision des immenses malheurs de la patrie.

. . . .

. . . .

Tout à coup on le voit chanceler. Il tombe mortellement atteint. Il vient d'avoir l'aîne et la cuisse brisées par un projectile ennemi.

Il est étendu sur la route parmi d'autres blessés, parmi des morts, rendant plus sacrée encore cette terre d'Alsace qu'il inonde de son sang valeureux.

Pendant qu'il est là souffrant et sans pousser une

plainte, lutte encore dans les rues de Frœschwiller,
sublime de désespoir, notre dernière phalange de
héros qui meurt et ne se rend pas. Le clairon a beau
jeter les notes de la retraite, on ne l'a pas entendu,
ou on n'a pas voulu l'entendre... Par ordre des chefs
il répète sa sonnerie plus vibrante, s'il est possible...
On obéit enfin. Mais combien sont-ils ceux qui vont
se frayer un chemin vers le bois de Frœschwiller !

Un de ces braves, comme il y en a tant dans notre
armée, soutient jusqu'au bout les efforts de la tempête et, semblable au capitaine d'un vaisseau qui va
descendre à tout jamais dans l'abîme, se retire le
dernier. Ce brave c'est le commandant Duhousset,
du 48ᵉ de ligne. Il a aperçu le général Raoult, à terre,
sur le chemin, et qui va être écrasé sous les roues
de l'artillerie arrivant au grand trot. Il court à lui, le
prend sous les épaules et le met à l'abri au pied d'un
mur.

Le général Von der Thann, qui passe au galop de
son cheval, est averti et s'approche de Raoult qu'il a
connu en Afrique et pour lequel il professe une profonde estime. Il le confie à un officier et le fait
transporter dans une maison. Le prince royal pré-
venu se rend auprès de ce grand soldat et lui dit
des paroles bien dignes d'une grande infortune.

Il est fâcheux que ces hauts personnages ne soient
pas arrivés plus tôt. Leur présence sans doute aurait
empêché un de ces actes qui ternissent une victoire.
Les Bavarois aperçoivent Raoult et Duhousset et

continuent à leur envoyer des balles. Duhousset
agite son mouchoir. Pendant qu'un soldat se jette
sur lui pour s'emparer de son sabre, un autre lui
arrache sa croix avec un lambeau de sa tunique.

Le général Raoult, transporté dans le château du
comte de Leusse, mourut le 3 septembre.

. . . .

. . . .

Et là, toujours dans ces maisons de Frœschwiller,
de Wœrth, d'Elsasshausen, dans ces ruines fumantes,
des créatures du même Dieu, des hommes égorgés,
massacrés, brûlés, des chairs crépitantes dans les
flammes qui ne s'éteindront que demain, plus
tard sans doute, alimentées qu'elles sont par les cadavres de ceux qui s'y massacrent encore comme des
démons, dont le feu, dont les brasiers seraient la
demeure habituelle.

LXXIII

Le général l'Hérillier a traversé Frœschwiller en
feu avec ses deux aides-de-camp. Il arrive à l'extrémité du village au moment où des colonnes bavaroises s'y précipitaient. « Que faire? me disait plus
tard mon ami le colonel Bataille, alors capitaine.
Nous clouons nos éperons dans les flancs de nos
chevaux et, ventre à terre, nous traversons une

pluie de balles sans en recevoir aucune. J'en avais déjà assez pour mon compte. Depuis deux heures j'en tenais une dans le bras. Un éclat d'obus m'avait fortement labouré l'épaule.

» L'infortuné Raoult, avant sa blessure, m'avait aidé à remonter à cheval. »

La mort a bien fait de respecter le capitaine.Bataille. Plus tard colonel et d'une haute intelligence, il était dans notre grande école en qualité de directeur des études. . . . .

Des débris du 2° turcos, d'autres débris de régiments des 8° et 13° bataillons de chasseurs, entendant la fusillade de ce côté, se précipitent au secours de leurs camarades.

Et d'abord lutte acharnée sur le plateau où le commandant Mathieu est frappé mortellement, sous les yeux des capitaines Lelong et Sénac, des lieutenants Dabrin, Paquin, Mohamed-ben-Moktar, Graulle, Mohamed-oula-el-hadji et Gardarein, des braves, on le dirait, qui veulent rester sur le champ de bataille. C'est la mort qu'il leur faut puisqu'ils ne peuvent avoir la victoire.

Enfin on est dans le village après avoir semé la route de ses morts. Là au milieu des flammes, pour ainsi dire, sur des décombres brûlants une de ces luttes suprêmes qu'on ne saurait qualifier.

Les quelques survivants de ces derniers héros se réfugient sous les balles dans le bois de Frœschwiller où leurs officiers, la rage au cœur, les encouragent

à résister encore et toujours, jusqu'à la mort! Ce
sont les lieutenants Malpel, d'Artaud. Ce sont les
sergents Dumortier, les soldats Boisseau, Guillemain,
Huzard.

Ecoutez, écoutez jusqu'au bout. Il est cinq heures
et demie. Le lieutenant colonel Girgois..... Est-ce
qu'il cherchait la mort pour ne point survivre à tous
ces effondrements de notre armée? Avec ce qui lui
reste du 78ᵉ, une poignée de combattants, il se précipite sur Frœschwiller. Il n'est plus qu'à quelques
mètres du village, lorsque des feux multiples de
peloton viennent décimer ses officiers, ses soldats.

« Enfants, s'écrie-t-il, c'est fini! vivons pour
d'autres combats, » et il les entraîne vers Reichshoff-
fen sous les feux allemands, toujours.

France, ô ma patrie, si la mort ne leur creuse pas
des tombeaux, à leur retour, pour tous ces braves,
prépare des louanges et des palmes immortelles.

Qui dira ce que nous ont coûté les efforts de ces
heures suprêmes!

. . . .

78ᵉ de ligne, écrivez dans vos annales les noms
glorieux des 750 soldats que vous avez perdus et dont
240 sont restés morts sur cette terre d'Alsace.
Ecrivez les noms aussi de vos 24 officiers dont 10
dorment là leur dernier sommeil.

Le commandant Gibbou, mort! Tués également
les capitaines Paulin, Jalabert et Guérin; le lieutenant Perrey qui a eu les deux jambes emportées par

un obus; le lieutenant Lacòurpaille qui avançait
toujours l'épée haute, malgré les balles qu'il avait
dans le corps et qui n'est tombé qu'à la troisième en
criant : Vive la France!

Que dire de ces jeunes sous-lieutenants Candy,
Boussey, de Kergaradec, Bergé, sinon qu'ils sont
morts comme meurent les braves, bien qu'ils vissent
le feu pour la première fois! Leurs nombreuses
blessures, si elles avaient encore une voix, vous
crieraient comment il faut donner son sang pour la
patrie.

Et tous ces officiers qui avaient fait tout ce qu'il
fallait pour rester sur place et qu'on a pu relever
avec des blessures seulement, mais plusieurs assez
sérieuses. Pellène, Jacquet, Bac, Baudisson, Favand,
Scalier, de Kergariou, Cambriel, Delaunay et tant
d'autres. Que Dieu les garde, pour apprendre par
leurs leçons et par leurs exemples, comment il faut
combattre ces grands combats qui décident du salut et de la liberté d'un peuple qu'on voudrait jeter
à terre.

. . . .

Combien qui restent du 8e bataillon de chasseurs?
Facilement on pourrait les compter : Trois officiers
et cent hommes à peine sous la conduite d'un capitaine qui lui-même n'est pas sans blessures.

Le 13e bataillon lui aussi a rudement payé sa
dette dans cette néfaste journée de Frœschwiller:
Cinq officiers tués, cinq autres avec des blessures

plus ou moins graves. Cent cinquante hommes seulement qui restent des neuf cents que l'on comptait le matin.

Oui, morts les capitaines Pierre, Armand, de Cardou de Sandrons, les lieutenants Guillemot, de Cléry. Dormez en paix, mes enfants. D'autres après vous continueront l'œuvre du salut de la patrie que si bien vous avez défendue.

Notre 2ᵉ turcos.... ne pourrait-on pas dire qu'il n'existe plus ? Il comptait 76 officiers et 2,200 hommes. Combien sont-ils maintenant ? Quelle éloquence dans les chiffres en faveur de leur renoncement à la vie !... Les officiers ne sont plus que huit !... Les tirailleurs 450 !... Mais aussi, sur les 16 officiers qui ne sont plus, trois officiers supérieurs. Morts le brave colonel Suzzoni, les commandants Jodosius et Mathieu. Parmi les blessés le lieutenant-colonel Colonien et le commandant Canale.

Avec de tels chefs qui oserait ne pas avancer toujours, jusqu'à ce que la terre vous manque, ou plutôt, jusqu'à ce qu'elle se creuse pour vous offrir une tombe ?

LXXIV

Le clairon fait entendre les notes de la retraite pour ceux qui luttent encore sur le plateau et dans

les bois de Frœschwiller. Mais tous les chemins où
à peu près sont occupés par les masses prussiennes.
Raison de plus pour jeter le dernier feu de toutes
les énergies. C'est ainsi que le colonel Carrey-de-
Bellemare, le sabre au poing, suivi de trois cents
hommes et de quelques officiers, parvient à forcer
les lignes wurtembergeoises et à gagner Reichshoffen.

Le capitaine Viennot se porte sur la route de
Saverne avec 250 hommes et trois officiers. D'autres
se dirigent sur Strasbourg, isolés ou par groupes ;
d'autres sur la place de Bitche, obligés le plus souvent de faire encore le coup de feu.

Mais le plus grand nombre se replie sur Reichshoffen, par des chemins encombrés de morts et de
mourants. Dans ces masses d'hommes jetés à terre,
les brancardiers commencent à choisir ceux qui
donnent encore quelque signe de vie.

Quel aspect ces campagnes si belles, si riches
autrefois! On dirait que des démons ont fouillé,
labouré ce sol avec des yeux sauvages, pour y semer des débris de bronze et de fer. Plus encore et,
pour compléter leur œuvre infernale, ils ont couru,
armés de torches, pour allumer partout ces incendies
où frissonne la chair des cadavres sous la morsure
des flammes.

Hideux pour toi, pauvre humanité qui pourrais
rester si belle sous le regard et avec la loi de
Dieu !

. . . .

. . . .

Que de blessés, que de morts nous a coûtés la
défense du bois maudit de Frœschwiller! Sur d'autres
pages j'ai écrit les noms de tous ces héros avec une
prière à Dieu pour ceux qui ne sont plus et aussi
pour mettre fin à ces grands sacrifices des nations.

. . . .

. . . .

Et notre monde voguait dans l'immensité, entraînant avec lui ces êtres, ces atomes qui se dispu-
taient pour y occuper une place plus large... et,
pour avoir ce point plus large, plus étendu, ils se
tuaient, se massacraient, se jetaient à terre pour ne
plus se relever. Ils devaient appeler gloire une plus
grande abondance de sang répandu par des moyens
longtemps recherchés.

Notre monde toujours voguait dans l'infini entraînant ces cadavres et ceux qui les avaient faits
ainsi mutilés, broyés, sans forme désormais... et
le soleil, un beau soleil éclairait ces choses lamentables.

Mais quelle heure marquait dans le ciel ce soleil
de Dieu, destiné à éclairer les œuvres de l'homme?...
Et pourquoi, pour le moment, ces torrents de lumière sur le travail des ouvriers de la mort, alors
qu'il aurait dû comme dans ces régions lointaines,
là haut, vers le Nord froid et glacial, se traîner derrière des brumes qui lui auraient fait comme un

suaire... oui, un voile bien épais sur cet astre qui engendre la vie et qui maintenant ne sert qu'à semer des cadavres, des morts.

Quelle heure?... Mais le temps semble n'avoir plus ses divisions habituelles. On ne veut plus compter. Toutes les pensées sont à la mort, à promener sa vaste faux sur la moisson humaine.

. . . .

. . . .

Et les soupirs si pénibles, les agonies, les gémissements et les espérances de nos blessés se perdaient dans les rugissements et les clameurs sans nom de la guerre, comme les appels des pauvres naufragés se perdent dans les rafales de la tempête.

LXXV

A genoux auprès de ces enfants que j'aime et dont les blessures donnaient à la patrie ce sang généreux qui est le trésor des nations, je retenais autant que possible les larmes qui voulaient couler abondantes et bien amères. J'étouffais ces sanglots qui allaient encore plus oppresser mon pauvre cœur, plus que jamais endolori, brisé par tous les malheurs de l'heure présente, par tous ceux que nous annonçait un avenir bien sombre, noir... sombre et noir comme les colères qui, depuis que ques jours, se déchaînaient contre nous... contre ces populations pour lesquelles tout s'effondrait dans le sang, dans des incendies d'autres siècles.

J'étais comme dans une vaste nécropole où des morts sans cesse s'ajoutaient à d'autres morts. Je voyais passer sanglants, déchirés, ces soldats qui venaient de combattre les combats de la patrie... luttes gigantesques qui étonneront le monde. Ah! pour espérer encore comme il me fallait souvent élever mes regards vers le ciel! Et d'ailleurs, comme il me fallait le montrer, sublime récompense, à ces jeunes martyrs qui n'avaient plus rien à attendre ici-bas, pas même ces lauriers éphémères que ternit sitôt le souffle empesté de la mort!

Quelle atmosphère, celle des champs de bataille... âcre, livide, empestée, nauséabonde!... Un tremblement de terre qui aurait bouleversé la demeure des morts et les aurait jetés à la surface avec tout ce qu'ils auraient de hideux. Partout ailleurs rien qui rappelle cet air qu'il vous faut respirer. On dirait même que les regards avec tout ce qu'ils vous montrent d'horreur contribuent à l'empoisonner, avec tout ce sang, tous ces membres broyés, tordus... avec tous ces débris informes, sans nom... larges miettes du vaste et lugubre festin de la mort.

. . . .

. . . .

Des balles encore, des obus sur nos soldats qui

battent en retraite. Les éléments tourmentés, bouleversés, vous donneront-ils jamais de ces rugissements?

Je le vois bien, ô mon Dieu, l'heure est venue pour moi d'en finir avec la vie. Je vous l'offre avec tout son avenir et toutes ses espérances. Que mon sang se mêle à flots au sang généreux de ces précieuses victimes qui tombent pour le salut de la patrie.

France adorée, après Dieu, avec Dieu reçois ma dernière pensée. Que le dernier battement de mon cœur, que ma dernière parole soient pour te dire : Je t'aime! Oui, terre chérie, mon beau pays de France, je t'aime ! Et c'est parce que je t'aime que je suis, que je reste avec tes enfants si braves.

. . . .

Un lieutenant me fait signe d'aller à lui. Qu'il était jeune et quelle distinction sur ses traits, malgré le sang qui inonde une partie de son visage ! sa tunique... en lambeaux. Une jambe... comme écrasée, broyée par un de ces éclats de fer auxquels on donne aujourd'hui comme les serres d'un oiseau de proie, comme les griffes de ces bêtes féroces qui déchiraient nos martyrs sur les dalles du Colisée. Qu'elle était douce sa parole !

— Mon père, bénissez-moi... Je vais mourir.

— Non, mon fils, non, pas encore.

Et après avoir étanché le sang qui l'inondait, j''approche mes lèvres de son front si pur. Sa mère lui aurait-elle témoigné plus d'amour ?

J'appuie sa tête sur mes genoux. Ses yeux tournés vers le ciel, il reçoit la sainte absolution.

— Mon père, je meurs avec un regret... Je n'aurai pas reçu le viatique précieux du Sauveur ! Je voulais tant finir avec ce trésor dans mon âme !

Et en prononçant ces paroles, on voyait toute la foi, toute la piété du chrétien... un de ces martyrs d'autrefois pour lesquels la mort avait des douceurs quand ils avaient reçu le pain des forts.

J'étais en admiration en présence de ces sentiments si élevés. Ma pensée n'était nullement aux dangers qui m'environnaient, Je gardais le silence. Je contemplais, j'écoutais ce héros, ce saint qui s'en allait mourir.

— Mon fils, vous serez transporté dans une ambulance du village et là, le prêtre, l'aumônier pourra vous donner ce que demande votre cœur de chrétien. Cher enfant ! je me trompais, seul son désir devait le suivre devant Dieu. Ses lèvres faiblement murmuraient une prière avec moi.

Il me tend sa main ensanglantée.

Il se mourait, ce jeune martyr.

Encore quelques battements de son noble cœur... Il était avec Dieu !

De nouveau de son front j'ai approché mes lèvres. Je pleurais...

Pauvre mère, saurez-vous jamais que c'est un prêtre, un ami qui a donné à ce cher enfant les premières larmes, les premiers regrets qui sont dus à nos morts ?

C'est bien à la glorieuse bataille de Coulmiers, plus tard, qu'une ambulance fut installée dans l'Eglise. Des blessés qui se trouvaient dans le sanctuaire me disaient qu'ils étaient tout heureux d'avoir été placés là, tout près du tabernacle. Dans leur foi simple et encore intacte, au souvenir de l'Eglise de leur village, ils ajoutaient : cela nous portera bonheur. L'un d'eux qui était mortellement atteint, me disait: Oh ! s'il était là Notre-Seigneur, que je serais heureux de le recevoir ! Je n'ai pas longtemps à vivre !

En effet, le cher enfant avait tous les symptômes d'une mort prochaine. Il avait perdu beaucoup de sang. Il en perdait encore en abondance. Du sang qui tombait sur les dalles sacrées, à côté de cet autel sur lequel, tous les jours, coulait celui de la sainte victime !

Ah ! ce n'était pas une profanation ! Je l'offrais à Dieu pour le salut de la patrie, comme tous les jours le prêtre offrait au Seigneur celui de Jésus pour le salut du monde.

Je me gardai bien de faire comprendre mes appréhensions à ce cher enfant. Tout simplement je lui fis part du bonheur que j'éprouvais de pouvoir correspondre à ses sentiments religieux. La réserve ayant été placée dans la sacristie, je lui portai la sainte communion en viatique, au milieu du recueillement de tous ses camarades.

La nuit venue, les docteurs firent allumer des cierges sur l'autel et aux différentes parties de l'Eglise.

Notre jeune martyr rendit doucement à Dieu sa belle âme comme en un jour de fête. Il ne manquait que des fleurs avec leur paisible et suave parfum . Mais là, sur les dalles du temple, n'y avait-il pas comme une jonchée bien précieuse de toutes ces fleurs tombées au printemps si beau de la vie !...

...Mon père, m'avait dit ce cher enfant, j'ai dû laisser mes études pour suivre notre bataillon de mobiles, vous savez, celui qui s'est si bien battu tout à l'heure. Ayez la bonté de prendre sur mon livret qui est là, dans ma musette, le nom et l'adresse de ma famille. Vous lui écrirez lorsque je serai mort.....

— Non, non, mon fils, pas de ces idées.

J'écrirai à votre famille. Je lui dirai que vous avez été un brave soldat qui a reçu sans frémir le baptême du feu, mais qui a été payé d'une blessure un peu sérieuse..... ce qui n'empêchera pas de les revoir bientôt.

— Vous croyez, mon père ?... Et tout ce sang.....

— Il y en a d'autre encore.... Et puis nous sommes jeune.

— Demain, si vous avez le temps, et avant que d'autres écrivent au pays, veuillez donner de mes nouvelles à ma famille. Vous lui direz que j'ai fait mon devoir de soldat. Vous lui parlerez du bonheur que j'ai eu de vous avoir près de moi. Elle est très pieuse. Quelle douce consolation pour ma mère, au milieu de ses larmes, d'apprendre que je suis mort comme je serais mort auprès d'elle !

— Mon fils !... mon cher enfant !... ne parlez pas ainsi...

Je retirai de la musette un livret inondé de sang et j'écrivis l'adresse du jeune mobile.

Dans ce livret je trouvai une image sur laquelle on voyait une croix entourée de pensées.

Au bas ces paroles :

« Pour Dieu, pour la France, mon fils. Si tu tombes, tombe en chrétien, en soldat. Tu n'oublieras jamais les leçons de ta mère. »

Lorsque ce brave garçon eut rendu son dernier soupir, je revins à lui pour lui fermer les yeux et je pris cette image sur laquelle s'étaient glissées quelques gouttes de sang. Je l'envoyai à la famille. Quelle relique précieuse !

Vous le voyez, bonnes mères, nous aimons bien vos enfants. Qui ne les aimerait et pour eux et pour vous !

Le viatique pour le soldat qui va mourir !

Nous étions à Orizaba, le 3 du mois de mars 1863. Le matin, de très bonne heure, l'armée se mettait en mouvement pour le siège de Puébla. Un chef d'escadron d'état-major, le brave Capitan, se présente devant l'hôpital de San-José. Il laisse son cheval à la porte et vient me prier de descendre à la chapelle. Il veut se confesser, dit-il. Il tient à faire, et comme il faut, son devoir de soldat. Comme on ne sait ce qui peut arriver, il veut être prêt, oui, prêt à paraître et bien en règle au dernier appel du bon Dieu, si jamais il vient à sonner pour lui.

. — Commandant, vous allez faire la sainte communion.

— Impossible, mon père ; le temps me manque. L'état-major est déjà en tête de la colonne. Mais au prochain village, je serai des vôtres.

— C'est bien.

L'étape a lieu à Acultzingo, au pied des grandes cumbrées. Au premier jour, le commandant se rend à l'église et demande au prêtre la sainte communion. Elle devait être son viatique, hélas ! Presque dans les premiers jours du siège, le brave Capitan recevait une blessure qui amena sa mort. Toute l'armée lui donna des regrets.

Et d'Aurelles de Paladines, quand il eut constitué l'armée de la Loire qui, pour ses premières armes, allait avoir la victoire de Coulmiers et donner des espérances à la patrie !... Nous étions encore à Mer. D'Aurelles m'envoie son aide-de-camp pour me demander l'heure où il pourrait se présenter chezmoi.

— Dites au général que ses moments sont trop précieux. Je me rendrai à son hôtel vers deux heures. En effet, à l'heure indiquée, je suis en présence de ce grand soldat. Retenez bien ses paroles. Ce sont celles des preux chevaliers chrétiens d'autrefois.

— Mon père, me dit-il, quand un général a fait, pour constituer ses troupes, tout ce qui lui était possible, il ne lui reste plus qu'un parti à prendre, mettre en règle sa conscience pour n'être pas un obstacle aux desseins de Dieu sur l'armée qu'il a placée

27

sous sa main. Mon père, confessez-moi, je vous prie.

Je regardais le général pendant qu'il me parlait avec cet air grave, sérieux et bon en même temps que tout le monde lui connaissait. Je regardais cette tête vénérable blanchie par les années.

. . . .

. . . .

Nous nous séparâmes en nous donnant une loyale poignée de main, et après que le général eut ajouté : Priez, mon père, priez pour cette armée qui peut être le salut de la France... Que moi-même, après avoir fait tout ce que je devais faire, je n'oublie pas que la meilleure artillerie, c'est la prière, que le meilleur pointeur, c'est Dieu.

Et le général Félix Douay qui, dans sa dernière maladie, fut porté dans la maison des frères de Saint-Jean-de-Dieu... Quelle fut sa première parole en entrant dans ce pieux asile de la souffrance et de la charité ?

— Mes frères, je suis heureux de venir chez vous, non seulement pour y retrouver peut-être la santé que j'ai perdue, mais aussi et surtout parce que, après avoir rempli mes devoirs de soldat, je pourrai, dans cette paisible solitude, accomplir mes devoirs de chrétien.

Que de faits, que de nobles cœurs je pourrais citer encore !

Tant que nous sommes dans l'église de Coulmiers, un mot encore, deux peut-être.

Parmi les blessés, un Bavarois, qui me paraissait
grièvement atteint. J'ignorais sa langue comme il
ignorait la mienne. Je m'approchais de lui comme
des Français, même, le voyant préoccupé de se trouver parmi nous, je lui témoignais une affection toute
particulière. Il me fit comprendre qu'il était catho-
lique. Le pasteur protestant, attaché à l'armée, connaissait assez d'allemand pour me servir d'intermé-
diaire. Je le priai de lui dire qu'il voulût bien se
préparer à recevoir l'absolution. Ce pauvre soldat
ne pouvait assez me témoigner toute sa reconnaissance.

.   .   .   .

.   .   .   .

Voilà quelque temps déjà que nous n'écoutons
plus les rugissements de la guerre. J'ai été entraîné
à parler des sentiments religieux de nos soldats. Il
fallait bien un instant reposer ce cœur endolori par
toutes les ruines que j'avais sous les yeux. C'était à
pleins bords que coulait le calice de mes grandes
amertumes.

O ma patrie, mon beau pays de France, reste toujours chrétienne. Il sera grand toujours, même au
milieu de ses infortunes, le peuple qui, en élevant
ses regards vers le ciel, verra toujours à la même
hauteur son drapeau et la croix du sublime crucifié

LXXVI

Les Allemands sont maîtres d'Elsasshausen, c'est-à-dire de ruines fumantes, de toitures qui s'effondrent, de poutres enflammées qui avancent dans les rues comme des débris d'échafauds, de potences dont les victimes seraient tombées dans des brasiers qui les dévorent... Vestibule, antichambre d'un enfer inventé par la hideuse colère des hommes !

Maintenant, l'ennemi veut s'emparer de Reichshoffen. Ce sera le moyen d'empêcher notre retraite que va protéger la brigade du Houlbec par ordre du général Ducrot.

Les Bavarois sont en colonnes épaisses et ont sous la main une puissante artillerie.

Pour des lions qui veulent triompher ou mourir, qu'importe que les chasseurs soient nombreux?

Pendant que le 1er turcos exécute son attaque sur les Allemands, débouchant d'Elsasshausen, trois bataillons du 1er zouaves et deux du 45e sont placés dans le Grosser-Wald, et, pour les diriger, des chefs qui furent tous des héros au Mexique, Bertrand, Carteret-Trécourt, Gautrelet. Ils n'attendent pas d'être attaqués. Carteret a levé son sabre. « En avant ! » Et on est parti. Aux premiers coups de feu, terre Gautrelet, mortellement atteint. Carteret-

Trécourt, quoique blessé, va toujours de l'avant. Trois fois on recommence la charge et on arrête l'ennemi.

Ducrot indique ensuite à l'artillerie une position avantageuse pour continuer l'œuvre de l'infanterie.

Nos troupes peuvent se réunir à Reichshoffen, mais elles ne font qu'y passer.

Une centaine de zouaves, emportant leur drapeau, se dirigent sur Niederbronn.

. . . .

. . . .

J'avais annoncé aux élèves de notre grande école de France que j'avais à leur parler de l'un de leurs anciens. Il en vaut la peine. Et surtout on ne sera pas surpris de ce que je vais dire. Il y a longtemps qu'elle est connue la bravoure de l'Ecole polytechnique. C'est bien en 1814 que cette élite de la jeunesse française se porta sur les hauteurs de Charonne et se mit au service de l'artillerie qui défendit Paris, le beau, l'invincible toujours. Eh bien, ceux qui viennent après ne manquent pas d'avoir dans les veines le sang généreux de ceux qui les ont précédés. Faut-il répéter le nom de notre héros d'aujourd'hui? Il est déjà connu. Mais enfin il est des noms qu'on n'écrira jamais assez, à l'honneur de certaines générations, de celle surtout qui fut si belle et si dévouée dans la rude période de l'année terrible.

Pistor, élève de première année, ne vit rien de mieux que d'aller passer ses vacances dans les rangs de l'armée du Rhin.

27.

L'ennemi allait entrer dans Elsasshausen qu'on défendait cependant avec la rage du désespoir. Pistor, en ce moment, se trouvait dans une batterie de mitrailleuses qui venait de faire un feu d'enfer contre les Prussiens. Mais voilà que tous les servants sont tombés autour de leurs pièces. L'ennemi va s'en emparer.

Pistor promène un regard sur la batterie, un de ces regards rapides comme il en faut alors et quand la pensée crée un de ces projets qu'il faut accomplir à l'instant et n'importe à quel prix. Il aperçoit une pièce dont l'attelage existe encore en partie. Il s'élance, relie la crosse de la mitrailleuse à l'avant-train, saute sur un des chevaux, et à toute vitesse, sous une pluie de balles, la ramène au milieu des camarades.

Vous entendez sans doute les bravos, les applaudissements de mains qui accueillent notre *artilleur*.

Pistor est décoré sur le champ de bataille.

LXXVII

Il est des privilèges pour le capitaine d'un vaisseau. Il y tient... il doit y tenir.

De tous ces privilèges le plus sacré c'est celui d'être le dernier à quitter son bâtiment en détresse.

Tel le maréchal au milieu de la tempête qui

gronde, qui brise et renverse autour de lui. Le dernier il quitte le champ de bataille.

Mais que je le dise, dans ce soldat, droit et ferme sur son cheval, couvert de poussière, les habits en lambeaux par les coups de feu, reconnaissez-vous le maréchal Mac-Mahon ? Oui, sans doute, c'est lui, parce que toujours on voit le même héroïsme, le même mépris du danger. Et encore c'est lui et lui seul qui, au Grosserwald, en avant de ceux qui protègent la retraite, l'épée à la main, sous une pluie de fer, c'est lui et lui seul qui a pour ainsi dire le droit de prononcer ces paroles :

— Ce qui vous arrive là, ce n'est rien, mes amis. Cela ne fait plus de mal !

Ces paroles, que doivent répéter tous les échos des champs de bataille, valent bien celles de Malakof.

Oui, il est de ces moments où le fer et le feu ne sont plus rien, absolument rien quand il s'agit de la patrie en danger. Les cœurs, pour la sauver, pour sauver son honneur et ses gloires, devront braver mille morts, s'il le faut. Soldats de l'avenir, retenez bien ce que je viens d'écrire.

. . . .

Mac-Mahon incline sur Reichshoffen, à 1,500 mètres environ du Grosser-Wald. Avant d'entrer dans le village, il s'arrête sur une éminence.... un promontoire sur un océan tourmenté dont les vagues ne soulèvent et n'entraînent que des épaves. Aussi loin que la vue peut s'étendre, c'est la dévastation

qui place sur les lèvres cette parole du prophète :
desolatione desolata est terra. Oui, une vaste désolation. Partout des cadavres... des blessés dont on
aperçoit encore certains mouvements. Les uns se
traînent, d'autres essaient de se relever. Il en est qui
font des signes pour appeler un secours... Des
chevaux qui font des efforts inouis pour rester
debout et qui retombent dans des mares de sang...
d'autres qui courent effarés, les flancs entr'ouverts
et traînant après eux comme des entrailles sanglantes. Des armes, des casques, des lames, des
vêtements et des manteaux déchirés jonchent la
terre. Des chariots, des canons renversés. Hachés
les arbres avec leurs branches qui pendent et ressemblent à des bras qu'on aurait mutilés. Des murs
criblés de balles et d'obus. Des fermes, des maisons
d'où s'élèvent des tourbillons de flammes et de
noire fumée avec des myriades d'étincelles quand
c'est une muraille, une toiture qui s'effondrent.
Mais surtout des cadavres de nos pauvres soldats.
Et si on pouvait voir de plus près ces blessures qui
ont donné la mort !

En regardant bien, et depuis un instant, on doit
voir changés les traits du maréchal. Ils apparaissent
maintenant bouleversés par la douleur, en présence
de tous ces enfants qui jonchent la terre, étendus
dans des fossés, sur les pentes de ces collines, dans
ces sillons encore si riches hier. Il est parti... Où
va-t-il ? — Il veut se jeter au-devant de l'ennemi,

combattre encore... rester lui aussi sur le champ
de bataille qu'il a si bien défendu et qu'il n'a pu
conserver à la France! Avec sa vaillante épée,
avec ce sang qui bout encore dans ses veines, il
ne peut, il ne veut pas comprendre que tout soit
fini !...

On se jette au-devant de lui, on a saisi son cheval
et on l'éloigne des projectiles prussiens.

Brave maréchal, grand soldat que la fortune a
trahi !... la France a besoin de vous encore. Nous
saurons vous empêcher de mourir.

Une autre parole sublime dans sa simplicité.
Mac-Mahon était à cheval depuis vingt-quatre
heures. Epuisé, anéanti de fatigue, il tombe et
s'évanouit. Revenu à lui, on voit des larmes dans
ses yeux. Son entourage doit en avoir aussi.

« Maréchal, pourquoi pleurez-vous ? lui disent des
officiers, des soldats. Est-ce que nous avons refusé
de mourir ? »

Sublime ! je le dis encore... solennelle cette scène
qui se passe sur un champ de bataille au milieu de
tous les effondrements de la guerre ! Quel peintre
avec ses savants pinceaux la reproduira pour ceux
qui n'en furent pas les témoins ?

Mac-Mahon, remonté à cheval, se dirigea sur
Niederbronn, toujours sous l'avalanche des feux de
l'ennemi.

Mac-Mahon... Il y eut un moment, pendant la bataille, où le maréchal se trouva placé en observation sur une éminence, à gauche d'Elsasshausen. Il était sous un marronnier. De ce point son regard embrassait toute l'étendue de ce champ où luttaient deux grands peuples, l'un pour des triomphes éphémères, l'autre pour conserver l'honneur. De cette éminence avec sa longue-vue, le maréchal pouvait apercevoir de l'autre côté du Sauerbach, sur une colline, le kron-prinz au milieu de son état-major. Autour de lui et faisant des victimes, venaient s'abattre des projectiles. Son cheval est tué. Il saute sur un autre et ne bouge pas. Son regard sonde toujours les profondeurs de la forêt, espérant en voir déboucher les renforts qu'il attendait. Mais non, pas un régiment, pas un soldat, pas même ce paysan armé qui fit dire à Napoléon à son débarquement de l'île d'Elbe :

« Eh bien, Bertrand, voilà déjà du renfort ! »

Si j'osais, je dirais que cette campagne a été remplie de fatalités.

Le brave maréchal attendait toujours sous cet arbre devenu un point de mire pour l'ennemi, et rien ne survenait, hélas ! Il voulait se porter en avant encore plus. On l'arrêta en saisissant la bride de son cheval.

. . . .

. . . .

Les habitants ont conservé une profonde vénération pour ce marronnier qu'ils n'appellent plus que l'arbre de Mac-Mahon.

Je les approuve.

Combien d'autres arbres tout aussi sacrés auprès desquels expirèrent nos héros ! Combien de pierres, de mottes de terre sur lesquelles nos pauvres soldats agonisants appuyèrent leur tête ensanglantée pour y rendre leur dernier soupir !

Que le voyageur qui plus tard suivra les plaines et les coteaux de Frœschwiller ait le même respect que pour les dalles d'un temple saint. Pas une tige d'herbe, pas un brin de mousse qui n'aient été trempés du sang de nos jeunes martyrs.

Vous venez de lire les œuvres étonnantes des hommes de fer. Le 2e lanciers, de la division de cavalerie Duhesme, donnera lui aussi et largement de sa générosité et de son héroïsme pour protéger la retraite. Ce serait presque assez dire que de nommer celui qui conduisait la brigade, le général Nansouty, d'écrire le nombre de ceux qui manquèrent à l'appel le lendemain de la bataille : onze officiers et deux cent-trente sous-officiers et soldats.

Le 2e était à cheval dès les premières heures de ce jour et presque aussitôt il avait trois hommes tués et plusieurs blessés. Parmi les morts le lieutenant Salmon, frappé d'un éclat d'obus dans les reins.

Le soir, après avoir chargé l'ennemi qui poursuivait nos soldats se repliant sur Reichshoffen, il va

prendre position à l'est du village, toujours pour
protéger la retraite.

Vers trois heures et demie, sur les bords du plateau qu'il vient d'occuper, apparaît une forte colonne d'infanterie allemande avec deux batteries qui
vont s'établir au-dessus d'Elsasshausen, et ouvrent
un feu de mitraille.

Le général Nansouty fait avancer son brave 2ᵉ et
le dispose par échelons d'escadron, la gauche en
avant.

Mais malheur! Le colonel Poissonnier tombe
mortellement frappé à la tête au moment où il
donne l'ordre de pousser la charge.

Le chef d'escadron Colné prend le commandement
sous une véritable grêle d'obus. Son cheval est tué.
Il est lui-même blessé grièvement et doit abandonner le champ de bataille. Nombre d'hommes et
de chevaux sont à terre. Le lieutenant de La Fres-
nay a le ventre ouvert par un coup de feu. Mais
aussi, de ces audaces, de ces entraînements comme
il y en a eu à toutes les heures de cette grande et
mémorable journée.

Que de noms glorieux qu'il faudrait écrire à
l'honneur du 2ᵉ lanciers ! J'écrirai le vôtre, commandant Jouve, capitaines Fleury et Brokwelle,
adjudant Larocque, maréchal-des-logis Prudhom-
meaux ; le vôtre aussi, cavalier Dechosos.

C'est le lieutenant-colonel Guyon-Vernier qui
commande maintenant sous une avalanche de fer,

et sans frémir, je vous l'assure. Je voudrais bien savoir quel est celui qui a tremblé un seul instant au milieu des fureurs de cette tempête, comme les éléments révoltés n'en auront jamais de plus longue et de plus terrible.

Le général Nansouty voyait augmenter sans cesse le nombre des morts et des blessés. Il voyait ses chevaux balayés et broyés par l'ouragan. Alors et alors seulement il juge que la place n'est plus tenable. Il fait, au milieu d'un tapage infernal, jeter les notes de la retraite et porte son régiment dans la forêt où les balles et les obus le poursuivent toujours et tuent encore quelques hommes et quelques chevaux.

A travers des difficultés inouïes, incessantes, le régiment arrive le lendemain à Saverne.

Je l'ai dit, onze officiers et deux cent-trente hommes ont manqué à l'appel.

2e lanciers, je vous salue et j'ai à grand honneur de presser votre main valeureuse, comme j'ai pressé celle de vos camarades du 6e, des cuirassiers de Michel et de Bonnemains.

LXXVIII

Cependant des colonnes allemandes avancent sur Reichshoffen. Ils lancent même de la cavalerie sur nos régiments en retraite. Ducrot avait placé des troupes sur les hauteurs qui avoisinent le village; parmi ces troupes des zouaves. A leur vue l'infanterie prussienne s'arrête. La cavalerie veut donner; mais elle se brise contre un carré de nos vieux Africains. Elle fait demi-tour et disparaît dans le bois, laissant après elle une centaine de morts ou de blessés.

Tous les efforts de notre brave général Ducrot ont donné le temps d'évacuer Reichshoffen. Les escadrons ennemis reviennent sur nous, pénètrent dans le village et continuent à nous poursuivre, mais ils sont tenus à distance par les chassepots de nos soldats. En même temps, le génie pratique des tranchées dans les routes que pourrait suivre l'ennemi. On renverse des chariots, des fourgons, d'autres voitures encore.

Il en est qui ont écrit la manière dont se sont conduits les Allemands dans cette retraite et ailleurs. Je me tairai sur ce sujet.

. . . .

. . . .

La cavalerie allemande se porte vers Niederbronn. Elle est durement repoussée par le 16° bataillon de chasseurs et ensuite par la division Guyot-de-Lespart qui arrive à toute vitesse. D'un autre côté survient l'artillerie de la 1ʳᵉ division du 7° corps, qui avec la brigade de cavalerie de Septeuil, protège également la retraite.

Quelques coups de canon encore de la part des Prussiens du côté d'Obersbronn, et ce sont les derniers de la bataille de Wœrth, suivant la dénomination que lui a donnée l'ennemi. Pour nous Français, nous l'appelons de Frœschwiller ou de Reichshoffen. C'est ce dernier nom qui est resté à la journée du 6 août 1870.

Les débris de notre armée, d'après l'ordre du maréchal, devaient marcher sur Saverne. Quelques groupes cependant prirent la route de Bitche. D'autres se dirigèrent sur Strasbourg.

La retraite, malgré le mélange de certaines armes, s'est effectuée avec ordre, je dirai même avec dignité. Elle a donné lieu à des actes de bravoure que j'ai racontés ailleurs.

Mac-Mahon marchait à l'arrière-garde. Il arrive le 7 à Saverne et adresse aussitôt cette dépêche au major général.

« Je me suis battu toute la journée. J'ai perdu la bataille. Envoyez-moi des vivres et des munitions. »

Le jour même il met à l'ordre de l'armée la proclamation suivante qu'il faut lire et retenir, jeunes Français :

« Soldats,

» Dans la journée du 6 août, la fortune a trompé votre courage ; mais vous n'avez perdu votre position qu'après une résistance héroïque qui n'a pas duré moins de neuf heures. Vous étiez trente-cinq mille combattants contre cent quarante mille, et vous avez été accablés par le nombre. Dans ces conditions une défaite est glorieuse, et l'histoire dira qu'à la bataille de Reichshoffen les Français ont déployé la plus grande valeur.

» Vous avez éprouvé des pertes sensibles, mais celles de l'ennemi sont plus considérables encore. Si vous n'avez pas été suivis, cherchez-en la cause dans le mal que vous lui avez fait. L'empereur est content de vous : et le pays tout entier vous est reconnaissant d'avoir si dignement soutenu l'honneur du drapeau. Nous avons été soumis à de rudes épreuves qu'il faut oublier. Le premier corps va se reconstituer et, Dieu aidant, nous reprendrons bientôt une éclatante revanche. »

D'après l'ordre de l'empereur, l'armée du maréchal devait se concentrer sur Châlons.

LXXIX

Peuples, lisez et lisez bien ; je vais établir le bilan de vos luttes sanglantes. Après vous réfléchirez.

Les Français ont perdu 200 officiers et 5,000 sous-officiers et soldats environ.

Les Allemands laissaient 480 officiers et 10,150 sous-officiers et soldats sur le champ de bataille.

On nous faisait plusieurs milliers de prisonniers.

Et je répète ces paroles que j'ai écrites ailleurs :
La guerre... un peu de gloire... beaucoup de sang...
de l'honneur et des larmes. Nul ne l'aime et nul ne
la fuit.

. . . .

. . . .

On va se hâter de faire disparaître les morts. Ils
pourraient empoisonner la victoire.

LXXX

Le tonnerre promenait des roulements dans le
ciel. Le silence s'est fait...

Ce silence vous paraît d'autant plus profond que
tout à l'heure le bruit était plus formidable. Ce
bruit toutefois n'a duré que quelques instants.

Mais ces frémissements, ces hurlements de guerre
qui se perpétuent depuis de si longues heures, qui
ont ébranlé tout ce qui était vous-même... Il a cessé.
Pour vous c'est comme un étonnement.

. . . .

. . . .

Le jour allait finir. Il en reste encore assez cependant pour éclairer ce vaste cimetière. Le vainqueur
tient à savoir ce qu'il a fait. Il doit être tout étonné
d'avoir triomphé de ces soldats qu'on regardait

28.

comme les premiers soldats du monde. Nous lui passons son étonnement. Mais nous ne lui passerons pas sa fierté. A six contre un, une victoire peut devenir facile !

Facile !... Je pourrais bien me tromper.

Enfin soit... Nous avons été défaits. Serait-ce à tout jamais qu'on aurait balayé les gloires de la France.

Non, croyez-le. Les canons peuvent porter loin et bien loin... ils n'atteindront jamais ces horizons extrêmes où brillent encore et où brilleront toujours les beaux rayons de notre antique auréole.

Un voile... Et après ?... Un bras eut la force de l'étendre. Un autre peut avoir celle de le déchirer.

Enfin, restons-en là pour aujourd'hui. Nous sommes défaits. Acceptons notre défaite.

Mais que je le dise et que je le proclame mille fois :

La France peut rester et restera toujours grande en dehors des tristes aventures d'un champ de bataille. C'est un peuple qui est pour être grand toujours. Ses destinées ne sauraient tenir ni dans la gueule d'un canon, ni dans le fourreau d'un sabre.

LXXXI

Et maintenant, pauvre missionnaire des champs de bataille, maintenant que tu as dit comment étaient tombés ces héros, comment avaient été jetés à terre ces fils si audacieux de la France, suis et avec ton cœur le plus dévoué, le plus aimant, suis ces sillons de la mort. La moisson est des plus abondantes, et, disons-le, quelle couche épaisse, là où elle avait fait une halte. Oui, de loin en loin des amas, des tas de ces gerbes sanglantes.

J'ai dit cette fougue, ces élans qui entraînaient nos soldats au milieu de tous les périls. J'ai fait entendre ces cris de guerre que dominaient à peine le bruit du canon et le crépitement de la mitraille. J'ai voulu graver à tout jamais dans les cœurs le souvenir de ces cuirassiers épiques, dignes fils des cuirassiers de la Moskowa qui, avec Caulaincourt, enlevaient la grande redoute et sabraient les Russes, fiers descendants des cuirassiers de Milhaud qui, à Waterloo, offraient leurs poitrines aux balles des enfants rouges de Wellington, hommes de fer, grands et forts, pareils à des géants sur leurs chevaux solides.

Tout est fini. Il n'y a plus qu'à traverser les épaves de ce vaste naufrage, s'approcher des poi-

trines qui gisent à terre et écouter s'il y a des battements encore.

Pour qui n'a pas vu un champ de bataille, impossible de s'en faire une idée. Sans doute les peintres
avec leurs savantes couleurs ont voulu dérouler
sous nos yeux ces arènes sanglantes. Mais vous
n'entendez plus le choc de ces deux vastes cibles
humaines qui se déchirent, qui se tordent, qui s'en-
lacent, comme feraient deux bandes de ces rois du
désert qui veulent s'anéantir, se dévorer ensuite.
Vous n'entendez pas les hurlements, les rugissements de la mort. Vous ne sentez plus, vous ne
respirez plus ces mouvantes horreurs qui vous
donnent comme une certaine ivresse. Tout ce sang
et parfois toutes ces larmes vous donneraient aussi
comme des nausées.

Si jamais vous venez sur ces vastes champs de la
mort, venez-y avec un grand cœur, avec des pensées
qui n'aient rien de l'égoïsme. Si j'osais, je dirais :
venez-y comme un Dieu.

Tout ici a quelque chose qu'on ne trouvera jamais
ailleurs. C'est l'inconnu du mystère toujours
inexplicable à tout jamais.

Effets de la volonté des hommes, dira-t-on. Mais
cette volonté est-elle assez puissante par elle-
même pour opérer de ces œuvres ? Il doit y avoir,
dira-t-on encore, une volonté supérieure...

. . . .

. . . .

Un champ de bataille... une vaste enclume sur laquelle un puissant marteau aura broyé des chairs palpitantes et des os.

Un champ de bataille... des poitrines avec des déchirements sans nom... des membres dans lesquels vous diriez qu'ont travaillé les griffes et les dents des bêtes les plus féroces... des corps hachés... Des blessures comme des abîmes d'où s'échappe la vie avec des flots de sang... Et ces yeux fixes, grandement ouverts, dont le regard semble s'attacher après vous.

Les morts !... Ne pourrait-on pas dire que ce sont les plus heureux ? Et ces pauvres blessés qui attendent, qui attendront jusqu'à demain peut-être avec cette soif qui les brûle !

. . . .

. . . .

Avec amour, avec la plus tendre affection, je m'approchais de ces jeunes martyrs. Croyez-le, on est bien accueilli toujours de ces braves enfants. Que de confidences qui vous sont faites parfois!...

Non, jamais, je n'ai dû m'éloigner de ces enfants à la suite d'un refus.

Ce n'est plus le soldat de la chambrée qui n'ose pas, qui veut passer pour être comme les autres, lesquels autres sont comme lui au fond. On tiendra des propos qui pourraient être plus sains, on dira : Les curés!... Mais remarquez que ce soldat ne dira jamais : Mon curé ! Ce prêtre lui revient à la pensée

avec tant de souvenirs, avec toutes ses vertus! C'est
ce prêtre qui l'a préparé à la première communion.
Sa mère le vénérait. Elle a conduit son fils près de
lui avant son départ pour le service, et ce fils aimé,
après avoir entendu les adieux touchants du vénérable prêtre, a entendu ses conseils à propos de sa
vie au régiment.

Mais il faut dire comme les autres : Les curés!...
Et qui sait combien de ceux qui parlaient ainsi tout
à l'heure, qui sait combien conservent sur leur poitrine la médaille bénie et qui, avant de s'endormir,
se garderaient bien de ne point faire, mais en secret, le signe de la croix que leur apprit leur mère,
au sortir du berceau !

Ici le soldat est ce qu'il fut toujours au foyer domestique, sous les yeux de parents bons chrétiens.

Aussi, en travaillant sur ce bon terrain, quel bien
nos officiers peuvent faire dans leurs conférences du
quartier !

Oui, dans ces moments suprêmes des grands combats, que de confidences intimes ! — Mon père, je
vais mourir. Vous écrirez à ma famille, je vous prie.
Vous lui direz que vous vous êtes trouvé près de
moi. — Cher fils, encore vous vivrez. De cette croix
approchez vos lèvres, cher enfant. Ce baiser vous
portera bonheur.

Un blessé me fait signe. La parole ne pouvait plus
passer sur ses lèvres. C'étaient du sang, des débris...
Il avait eu les deux joues traversées par une balle.

Il prenait ma main, la pressait et tournait ses regards vers le ciel. J'ai tout compris. Lui aussi a compris mes paroles d'espérance.

Un jeune soldat, aveuglé par des débris de mitraille. Bientôt il a compris qui j'étais.

Je rencontrais aussi parfois des blessés allemands. A tous, amis ou ennemis, je donnais des témoignages de dévouement. Une fois tombé, tout soldat doit être votre frère.

. . . .

J'étais à bout de forces. J'ai dû m'arrêter un instant. Dans ce moment de repos, j'ai demandé à Dieu de soutenir ma faiblesse.

Et aussi, j'étais étonné d'avoir échappé au cataclysme. Les égratignures reçues ne devaient compter pour rien.

J'ai su que les autres aumôniers étaient à leur devoir dans les ambulances ou ailleurs.

Après un moment d'arrêt, je continuai mon œuvre.

C'est un sous-officier, dont le bras, labouré de la main jusqu'à la partie supérieure, apparaît comme un lambeau de chair suspendu à l'épaule.

Il serait long de faire l'historique de toutes ces blessures, si diverses dans leurs causes et dans leurs effets. Mais ce qu'il y a d'égal, c'est la résignation de ces enfants étendus à terre, assis au pied d'un arbre ou dans un fossé. Ils s'étaient traînés là, ou bien des camarades les y avaient placés pour éviter de nouvelles blessures.

J'ai parlé de résignation. J'ai rencontré toutefois un soldat, plongé dans une profonde tristesse. On avait arraché de sa tunique la médaille militaire et les médailles commémoratives d'Italie et du Mexique. Ce n'est pas de sa blessure qu'il me parla tout d'abord, mais de ces médailles qu'il ne reverrait plus. On sait combien nos soldats tiennent à ces insignes. Ceci me rappelle un fait du premier siège de Puebla.

On n'a pas oublié tout ce que la petite armée du général de Lorencez avait prodigué d'énergie, d'héroïsme, en présence des 20,000 défenseurs de la place, des forts de Guadalupe et de Loretto.

Un jeune sergent de zouaves, frappé d'une balle en pleine poitrine, fut trouvé respirant encore et transporté par les Mexicains dans l'intérieur de la ville. Un homme de l'art visita la blessure et constata qu'elle était très sérieuse. Il procéda à un pansement provisoire et notre blessé resta sans connaissance sur le grabat où on l'avait étendu. Il était dans toute la fleur de la force et de la jeunesse, vingt-cinq ans à peine ! C'était un de ces merveilleux soldats dont les membres semblaient avoir été pétris dans le bronze, un de ces soldats que le maréchal Bosquet appelait ses panthères et dont les campagnes d'Afrique, de Crimée et d'Italie ont doté la France. Sur son front on lisait les plus nobles, les plus généreuses pensées. Sa figure, que la main de la mort avait déjà effleurée, conservait encore un reflet de l'ardeur qui l'animait, au moment du combat. Ajoutez que l'ange des tombeaux, planant au-dessus de lui, le couvrait de son ombre mystérieuse et répandait sur ses traits la touchante poésie qui appartient d'ordinaire à ceux qui fuient bien jeunes les régions de ce monde.

Une de ces femmes que l'on prendrait pour des anges descendus du ciel et dont la vie se passe à répandre le baume de la charité sur toutes les misères humaines, s'arrêta un instant à le regarder mais de ce regard qui annonce la compassion et la douleur... un regard de mère sur son enfant qui va mourir ! Sans nul doute, elle s'apitoyait en présence de tant de jeunesse et de tant d'avenir à jamais flétris et brisés. Avant de s'éloigner, elle détacha le rosaire béni qui pendait à sa ceinture, rapprocha l'une de l'autre les mains du moribond, comme on fait dans la prière, puis, entre les doigts immobiles, plaça la croix d'argent où le Christ suspendu semble étendre les bras, comme pour enserrer le monde dans un acte d'amour.

Tout à coup, le zouave fit un léger mouvement... sa poitrine se souleva. Un souffle passa au travers de ses lèvres décolorées... Il ouvrit les yeux ! D'abord il n'eut pas conscience de ce qu'il apercevait. Mais peu à peu le souvenir lui vint avec la pensée... Surpris, soucieux, il regarde les objets qui l'entourent... Et lui, l'habitué des champs de bataille, on dirait qu'il a peur !... Il referme les yeux. Qu'aurait-il aperçu ?

Il se voit dans une salle immense dont les hautes
murailles, savamment étendues de peintures, avec
toute l'énergie du pinceau espagnol, représentent le
jugement dernier. Dans le fond, le Seigneur apparaît
avec toute la splendeur de sa majesté divine. Au-
dessous de cette gloire est réunie la suite des générations qui peuplèrent l'univers. L'Eternel donne
l'ordre à ses anges de séparer les justes des mé-
chants. Les justes entrent radieux et transfigurés au
séjour de la lumière et de l'immortelle joie. Les mé-
chants, sombres et hideux, sont précipités dans
l'abîme.

Cette salle était la chapelle d'un couvent trans-
formé en hôpital pour la circonstance. La peinture,
d'un aspect saisissant, était d'un artiste du dix-sep-
tième siècle.

Là gémissent et meurent les tristes victimes de la
guerre. Ici on procède à l'amputation de quelque
membre. Le patient jette des cris affreux. A quelques
pas, un médecin sonde la blessure d'un soldat, au
visage rude, à qui la souffrance arrache des larmes
silencieuses. Plus loin, un tout jeune homme,
presque un enfant, se tord en criant : Ma mère !...
ma mère !...

Partout la douleur... et le sang et les larmes.

Sur une longue table en marbre noir, les morts
sont étendus avec une croix de bois blanc sur la
poitrine. Quand la table est couverte... on les emporte pour faire place à d'autres !...

On comprend qu'un pareil tableau soit fait pour émouvoir même un zouave et surtout un zouave expirant. Le nôtre toutefois ne tarde pas à maîtriser sa première impression. Le jour se faisant peu à peu dans son esprit, il se rend compte de son état. Il se rappelle qu'une balle l'a frappé, qu'il est tombé ensuite et que la nuit s'était faite autour de lui. « Je suis à l'hôpital, pense-t-il, à l'hôpital dans l'intérieur de Puebla. Donc les Français sont vainqueurs. »

Et il est tout à coup consolé. Mais ayant prêté l'oreille, ce n'est pas le langage de la France qu'il entend. Tout le monde parle une langue qui n'est pas la sienne !... Alors il songe que peut-être il est prisonnier. Voulant éclaircir ce doute, il tente de se soulever. La douleur que provoque cet effort lui arrache un gémissement. En portant la main à sa poitrine, il rencontre la petite croix d'argent de la religieuse... Il a compris que son heure était proche. Soldat et chrétien, il accueille cette révélation avec courage, et loin d'avoir la faiblesse de s'attendrir sur son propre sort, il cherche des forces dans la religion, inépuisable consolatrice qui n'abandonne jamais ceux qui cherchent en elle un refuge.

Un prêtre, dit-il, je voudrais un prêtre. On l'entend, et bientôt une voix grave et amie prononce ces paroles : « Vous m'avez demandé, mon fils, le Seigneur soit avec vous. »

A force d'énergie, il parvient à tourner la tête et

voit à son chevet un prêtre, un vieillard portant une longue barbe, blanchie par les années et qui donne à son visage un air encore plus vénérable.

— Oui, mon père, dit-il, en essayant un sourire, je sais que je vais bientôt paraître devant celui qui passe la dernière revue et je tiens à mettre mon fourniment en état. Mais d'abord apprenez-moi, je vous prie, quelle a été l'issue de la bataille.

— Dieu, qui a tant de fois donné la victoire aux Français, la leur a refusée aujourd'hui.

A ces paroles, le zouave se met à pleurer, sa propre infortune le touche moins qu'un revers de la France. « Que ne suis-je mort le lendemain de Magenta ou de Solférino ! »

— Consolez-vous, mon fils, vous habiterez, bientôt peut-être, dans un monde où les luttes de celui-ci ne parviendront jamais avec leurs frémissements si sombres et si lugubres. Là, toujours le bonheur et la paix.

-— Je n'avais jusqu'à ce jour entrevu la mort qu'au milieu d'un triomphe et d'une auréole de gloire.

— Pensez au salut de votre âme, mon fils... votre âme qui vaut plus que tous les trésors et les gloires du monde.

— Pardonnez-moi, mon père, dit le zouave, après un moment de silence, et que Dieu accepte cette dernière épreuve comme un sacrifice qui lui soit agréable. Maintenant, veuillez bien m'écouter.

Et il commence sa confession à haute voix, sans

se préoccuper de ceux qui sont à son entour et qui peuvent l'entendre.

— Parlez plus bas, mon fils, dit le prêtre avec bienveillance.

Mais lui :

— L'homme qui n'a pas craint de commettre une faute ne doit pas craindre de l'avouer et d'en témoigner du repentir.

Lorsque notre brave sous-officier a terminé ses aveux et que le prêtre, élevant sa main miséricordieuse, a fait descendre sur lui le pardon et les grâces du ciel, il ajoute :

« J'ai laissé là-bas sur la terre de France deux êtres chéris qui me donneront bien des larmes, ma bonne mère et ma fiancée. Je voudrais leur envoyer un dernier souvenir. Mon père, détachez de mon uniforme ma médaille militaire, ainsi que ma médaille de Crimée et celle d'Italie. C'est la seule chose que je possède. Promettez-moi de les leur faire parvenir, en leur disant surtout que ma dernière pensée fut pour elles. »

Le prêtre prend l'uniforme déposé sur le pied du grabat. Hélas ! les décorations n'y sont plus !

Notre jeune héros était parvenu à se soulever pour déposer un suprême regard sur ces souvenirs d'un passé si glorieux pour la France et pour lui.

Qu'a-t-il vu pour jeter un cri si déchirant et si lamentable? Il a vu les précieux rubans déchirés par des mains ennemies !...

Sa tête est lourdement retombée... Il était mort!!!...

D'autres blessés français, également recueillis sur des pentes et dans des fossés de Guadeloupe, se trouvaient dans cette même salle. Témoins d'une scène si douloureuse, ils donnent des larmes à leur cher camarade, pendant que la bonne sœur en pleurant, elle aussi, s'est approchée pour lui fermer les yeux.

Le moine, à genoux, récitait les prières qu'on récitera plus tard sur la terre de France.

Après le second siège de Puébla, je suis resté quelque temps dans la place pour remplir les fonctions de mon ministère auprès de nos malades et de nos blessés. La majeure partie se trouvait dans le même couvent où était mort notre brave zouave, c'est-à-dire dans le vaste couvent de San-Francisco. C'est là que la bonne sœur m'a raconté le fait que je viens d'écrire. J'ai été long, mais le sera-t-on jamais assez quand il s'agit des beaux sentiments de nos valeureux soldats?

LXXXII

Par intervalles encore on entendait le roulement du canon, comme qui dirait ces coups lentement sonnés de la cloche qui demande des prières pour un chrétien agonisant. Ces voix sinistres, derniers fré-

missements de la tempête, arrivaient à mon âme
saturée d'émotions et de fatigue, comme les gémis-
santes clameurs de la France qu'on venait de jeter à
terre pour être broyée sur l'aire même de la patrie,
par le fléau si lourd des colères d'une nation cent
fois vaincue.

C'était bien l'empressement, la fièvre, la folie de la
victoire... Courir après ces Français, fouler, hacher
sous les roues des canons les hommes et les chevaux qui tombent... se ruer contre eux, comme ces
roches immenses détachées du sommet des montagnes, roulant jusque dans la plaine, après n'avoir
fait que des ruines... Il ne faut rien laisser debout
de ce qui fut la France, de ce qui fut son armée.

. . . .

. . . .

Tout est fini de cette tempête immense. Si nous
percevons encore un bruit, c'est comme ce bruissement de la houle qui vient expirer sur le rivage.
Est-ce réel?... Est-ce comme un reste du retentissement de ces canons, de ces cris, de la mitraille dont
les échos sont parvenus à notre âme durant de si.
longues heures ?

. . . .

. . . .

Je reviens à ce que je disais tout à l'heure.

Nous étions à l'entrée de la rade de Vera-Cruz.
Une brise s'était levée là-bas, à l'horizon. Elle traçait
sur l'eau comme des dessins, comme des lignes,

qui s'allongeaient, s'étendaient un peu sombres...
Cela approchait. On entendait déjà comme un
bruissement. Les lames encore basses couraient les
unes après les autres.

Un coup de *norte*, s'écrient les marins.

Et en effet, le vent, le moteur, l'âme de ces vastes
perturbations, siffle sa grande tristesse... bientôt il
roule plus puissant, comme ferait un tonnerre continu au travers des cordages, des mâtures et des
flancs du navire, qui gémit et auquel il arrache des
voix qu'on ne saurait nommer. Il soulève les vagues
comme de longues montagnes, creuse des vallées
comme des abîmes... Il entre en fureur.

De ces vagues qu'il a soulevées les unes sont lancées sur le pont avec une force qui brisera tout sans
doute, d'autres se dérobent sous notre navire pour
continuer à courir. Sous les accès de sa colère elles
s'évanouissent comme de la fumée, comme de la
poussière humide qui inonde l'atmosphère d'une
teinte grisâtre...

Seize bâtiments ont péri !

Egalement il y a eu des victimes pour ce vaste
tombeau qu'on appelle la mer... la mer dont chaque
vague répète une note de son hymne de mort... la
mer, ce cimetière mouvant dont les tombes se
creusent sans cesse sous la main d'un invisible fossoyeur.

Le len demain, j'étais sur la terrasse du fort Saint-
Jean d'Ulloa, sortant des eaux comme une masse de

granit en face de Vera-Cruz. C'est devant ce fort que le prince de Joinville, en 1837, vint chercher des boulets qu'il emporta en France, incrustés dans la muraille de sa corvette — *la Créolle*. Du haut de cette terrasse, mon regard se porta sur la vaste mer. C'est avec étonnement que je la vis calme et paisible, avec quelques vagues à peine, sous un reste de brise. Le soleil qui, la veille, apparaissait comme un disque pâle et à peu près éteint derrière ces brouillards de poussière humide, était aujourd'hui dans toute sa splendeur, répandant à torrents ses flammes et ses clartés sur les maisons blanches de Veracruz. Les cent clochers des églises et des couvents, revêtus de faïences aux milles couleurs, scintillaient comme des perles sous des rayons, riches de la plus ardente lumière.

Oui, le calme, la tranquillité absolue de la mer avec ce cercle immense qui semble servir de limite et d'appui à la voûte des cieux.

Plus rien de la tourmente d'hier, à part, là-bas, sur la grève et dans l'île *de Sacrificios*, des lignes funèbres et sinistres... des ruines, ces vastes ossements de tout ce que toucha la main de la mort !

C'est bien par une tempête aussi étonnante, aussi formidable que nous venons d'être ballottés, balayés, faibles esquifs, atomes de quelques heures. N'y a-t-il pas eu les mêmes bouleversements et les mêmes colères? N'a-t-on pas vu comme des vagues humaines poussées par des vents en fureur, se poursuivre, se mêler, se confondre avec rage et voler en poussière ?

Et après, ce ne sont pas les épaves, les ruines qui ont fait défaut. Jetez donc un regard sur ces plages désolées et sanglantes. Que manque-t-il pour vous rappeler ce qui fut un gigantesque naufrage ? Je vous le demande, en présence de ces étonnements sinistres autant qu'inexplicables, n'y en aurait-il pas pour ressentir son âme comme entraînée par des flots d'amertume dans les abîmes de toutes les douleurs ?

Un instant je me suis assis, courbé enfin, prosterné comme sous le fardeau de la plus intolérable souffrance et l'écrasement de tout mon être.

.   .   .   .

.   .   .   .

Et ma pensée voguait dans cet infini bleu dont la profondeur et le mystère vous séparent des horreurs qui sont sous vos regards, de ces ruines humaines, miettes sans nom, tombées de ces vastes festins de la mort, je l'ai dit.

Je cherchais le silence après tous ces écrasements, tous ces chaos, tous ces bruits, après ces longues agonies gigantesques.

Je cherchais comme le vide. Ma pensée s'étendait et s'étendait plus encore. Elle le creusait, le creusait... sans en être effrayée. Je voulais laisser derrière moi tout le désordre sans nom qui m'entourait, au point de n'avoir plus rien qui me rappelât ces haines sanglantes de l'homme. Je voulais ne plus y croire... reculer et reculer toujours les limites de l'espace, les lointains de l'immensité... me trouver enfin dans un monde nouveau.

...Et je pleurais!... Vous avez dû le comprendre, elles soulagent, les larmes que l'on verse parfois, comme si l'on était seul dans le monde. Elles allègent le cœur pour de nouveaux devoirs.

LXXXIII

Après de formidables combats, vous êtes-vous jamais trouvé sur un champ de bataille, le soir, quand la nuit allait venir... enfin?

Au milieu de vos pensées confuses et tristes que sont pour vous ces voiles qui s'étendent dans le Ciel, provenant de la fumée des incendies, de la poudre qui a brûlé de si longues heures. C'est bas, c'est sombre, entremêlé parfois d'étincelles et de teintes sanglantes... Aucune forme, pas même celle de nuages. Votre imagination saturée d'images vibrantes, de déchirements, de désolations et de ruines, surexcitée par tout ce qu'elle vient de voir et d'entendre, sortant comme d'un rêve où tout était perturbation, lignes confuses et indécises, votre imagination leur donnerait une forme cependant. Ce seraient comme des êtres regardant les œuvres de l'homme, et à ces êtres, à ces fantômes vous prêtez tout ce qui est dans votre pensée, à vous, sortant d'un autre monde, pour ainsi dire.

.   .   .   .

.   .   .   .

La nuit allait venir, une de ces nuits que la tristesse ne dira jamais belles, fussent-elles plus belles encore. Pour elle seront voilées toutes les magnificences du ciel. Oui, pour l'âme dans la douleur ce sera toujours le poids d'une lourde obscurité, une voûte immense, qui s'abaisse encore et toujours. On a comme des étouffements. Tout reste noir comme les pensées qui nous agitent.

J'en ai vu de ces nuits opaques, épaisses comme des murailles qu'il faudrait traverser ! Oublierai-je jamais ces nuits sur l'Océan, au centre de la plus formidable tempête de l'équinoxe... Les nuits où, au milieu des plus épaisses forêts du nouveau monde, nous courions après un ennemi qui nous fuyait toujours... la nuit après les charges de Cholula par les chemins les plus affreux... celle de Puebla où tous les tonnerres du ciel se mêlaient à ceux des canons de la place ?... Oublierai-je surtout celle de la descente dans la *Barranca d'Atinquiqué,* un abîme de douze cents mètres, aux parois presque à pic, avec des pierres roulantes sous les pieds ?...

Mais ici non seulement tout est sombre et noir, mais de plus et presque à chaque pas, vous rencontrez des ruines humaines, des cadavres, des blessés, des mourants, mêlés à un encombrement d'armes, de ténèbres, de canons.

Apôtre des grands combats et des champs de bataille, le devoir ! Oui, le devoir toujours et quand même.

Et la faim qui creuse, qui laboure pour semer toutes les douleurs...

Faut-il le répéter encore? Le devoir, et le devoir avant tout. S'il te faut mourir, meurs comme ces enfants. Il ne fallait pas tant les aimer. Tu le sais bien, les pages saintes te le disent : *Fortis est ut mors dilectio.*

. . . .

. . . .

Je poursuis mon œuvre auprès des morts et des blessés, amis ou ennemis, réconciliés dans la douleur et le trépas.

LXXXIV

De loin en loin on voyait des torches, des falots essayant de percer l'épaisseur de la nuit sombre. Pourquoi faire? pour relever les blessés sans doute, pour creuser de larges fosses qu'on allait combler de cadavres. Ce n'était pas pour éclairer les œuvres sinistres de ces bandes de vampires qu'on appelle les dépouilleurs de nos morts et de nos blessés.

Ceux-là fuient la lumière. Il leur faut les plus sombres ténèbres, le silence le plus profond pour leur infernale besogne. Et surtout que le blessé qu'on dépouille se garde bien de jeter un cri, de pousser une plainte. Ces misérables ont des moyens pour l'empêcher de crier!... On raconte à ce sujet des faits qui glacent d'épouvante. Je garde pour moi ce que m'ont dit certains blessés, alors qu'ils avaient dû passer la nuit sur le champ de bataille. Je ne parlerai que d'un jeune lieutenant des tirailleurs algériens, M. B...... qui enleva si bien ses turcos dans la mémorable journée du 24 juin 1859. Il était tombé avec la cuisse broyée par une balle sur les pentes de ces collines qui s'étendent de Castiglione à Solférino. Le soir, après l'orage, deux hommes armés l'approchent et veulent le dépouiller de tout ce qu'il possédait. Il proteste et veut faire usage de son revolver, tombé à quelques pas de lui heureusement, et vers lequel il ne peut se traîner. Ces misérables se contentent de lui enlever sa montre en or. Dans leur empressement ils laissent le dernier anneau de la chaîne. Que de fois M. B...... en traitement dans une des salles du grand séminaire de Crémone, m'a-t-il montré ce souvenir de l'heure, comme il le disait, la plus triste et la plus lamentable de sa vie. « Ah! que n'ai-je pu saisir mon revolver! Celui qui aurait survécu m'aurait achevé après, mais enfin j'aurais délivré la terre de l'un des plus grands criminels qui se puissent voir. Qu'ont-

ils dû faire sur d'autres blessés comme moi! J'ai
passé la nuit sur la terre détrempée par la pluie,
dans la boue. Ce n'était rien en présence de l'horreur que m'avaient inspirée ces bandits. »

Un autre fait à citer. Oubliez-le si vous trouvez
qu'il fait descendre trop bas, plus bas encore la nature humaine!!!... Nous sommes à Solférino. C'est
la nuit de cette même bataille qu'a eu lieu le for-
fait dont je vais parler, et qui vous fera maudire
plus encore ces vastes hécatombes qu'un de nos
ennemis appelait un principe de civilisation.

Ah! comme le simple peuple, dans ces grandes
questions, voit plus clair que les conquérants ambitieux!

On se battait durement dans un champ de blé qui
n'attendait plus que la faux du moissonneur. Mais
à la place des épis mûrs et dorés une autre moisson sanglante devait joncher la terre. C'est bien ce
que nous vîmes plus d'une fois dans ce large champ
de bataille qui s'étendait de Castiglione à Solférino.
Vers les dernières heures de ces vaillants combats,
un capitaine venait d'être profondément blessé. Il
paraissait avoir cessé de vivre. Sa compagnie qui
avançait toujours et qui l'aimait regretta de laisser
là son *cadavre* sans sépulture. L'orage survint terrible, vous le savez. Après l'orage la nuit. La blessure du capitaine était grave, mais elle n'était pas
mortelle. Il était revenu à lui. Mais il dut rester sur
place. Vers le milieu de la nuit, il sentit qu'on ou-

vrait sa tunique, qu'on écartait son vêtement. Ce
devait être une main amie qui venait lui prodiguer
ses soins. Aussi sur ses lèvres passa cette parole qui
est toujours la première de nos pauvres blessés et
qui vous arrive si suppliante : de l'eau ! Doucement il a ouvert les yeux. C'était une femme ! Oh !
alors la vie allait lui revenir ! Il est si bon, si généreux, si dévoué le cœur de cette créature que Dieu
semble avoir placée ici-bas pour soulager nos misères dont, après tout, il faut bien le dire, elle porte
la majeure partie. Qui sait si quelque souvenir,
comme une douce vision, celui de sa mère peut-
être, ne revint pas au capitaine. En voyant cette
femme penchée sur lui, il renouvelle sa prière avec
plus de confiance encore sans doute : de l'eau !

Et il laisse retomber sa tête appesantie par la douleur, attendant ce qu'il avait demandé.

Cette femme... Un démon !...

Tout à coup le capitaine ressent dans les yeux
une douleur des plus aiguës. La misérable venait
d'y plonger la lame d'un couteau !...

Elle pouvait alors impunément, et sans crainte d'être
reconnue jamais, poursuivre son œuvre diabolique.

Hideux, horribles, n'est-ce pas ? les dépouilleurs
de nos morts et de nos blessés.

Le capitaine fut relevé au jour, mais dans quel
état ! Il fut transporté à Brescia où les soins lui
furent prodigués. Il vécut plusieurs années encore,
mais complètement privé de la vue.

Je le répète : hideux, horribles les dépouilleurs de
nos morts et de nos blessés qui, pour s'emparer des
anneaux d'or, coupent les doigts et tordent les
mains... et d'ailleurs il faut aller vite dans ce trafic,
dans ce commerce infernal où les concurrents sont
nombreux ! ! !...

Lisez ces paroles. Vous savez qui les a écrites :

« Nous ne sommes pas de ceux qui flattent la
guerre ; quand l'occasion s'en présente nous lui
disons ses vérités. La guerre a d'affreuses beautés
que nous n'avons point cachées ; elle a aussi, con-
venons-en, quelques laideurs. Une des plus sur-
prenantes, c'est le prompt dépouillement des morts
après la victoire. L'aube qui suit une bataille se
lève toujours sur des cadavres nus.

» Qui fait cela ? Qui souille ainsi le triomphe?
Quelle est cette hideuse main furtive qui se glisse
dans la poche de la victoire? Quels sont ces filous
faisant leur coup derrière la gloire?... Cueillir des
lauriers et voler les souliers d'un mort, cela nous
semble impossible à la même main.

» Ce qui est certain, c'est que, d'ordinaire, après
les vainqueurs viennent les voleurs. Mais mettons
le soldat, surtout le soldat contemporain, hors de
cause. »

On a dit encore : le plus sage pour un blessé,
c'est de faire le mort pendant les ténèbres et d'attendre la lumière du jour avant d'invoquer la pitié
du passant.

LXXXV

Quelle heure pouvait-il être pour cette nuit aux
ténèbres profondes, parsemée d'étoiles nombreuses,
jetées comme notre monde dans les plages sans fin
de l'immensité ? Leur paisible lumière n'arrivait pas
assez puissante pour dévoiler les laideurs de notre
pauvre planète. Un instant de repos dès lors pour
nos regards qui en avaient tant vu.

Oui, quelle heure dans ce beau ciel de France ?

On aurait pu répondre par cette même parole qui
peut-être fit trembler la cour légère du grand Roi.
Le Père Bridaine prêchait sur l'éternité des peines...
Tout à coup, dans le désespoir de ses immenses douleurs, un damné jette ce cri de rage sous les voûtes
infernales de Satan : Quelle heure, quel jour pour
ces tourments qui nous dévorent ?... Et des voix qui
répondent : l'Eternité !... l'Eternité !...

Oui, l'Eternité pour ces enfants qui gisent à terre
dans les feux de la fièvre, sous les ardeurs d'une soif
qui les brûle... L'Eternité, depuis qu'ils sont là
broyés, déchirés par les serres du fer ennemi...
L'Eternité, cette attente incertaine d'un secours.

Toujours est-il qu'épuisé, anéanti au milieu de la
nuit sombre, je dois suspendre ma course et m'arrêter auprès de quelques voitures renversées, aban-

données dans les champs. Les unes portaient des
bagages d'officiers, d'autres des munitions ou des
caisses à biscuits dont je recueillais quelques débris
qui se trouvaient à terre. J'en fais mon repas !... J'ai
dû mieux dîner, en d'autres jours ; pour le moment
c'est un véritable festin. Qu'avais-je pris durant les
pénibles et longues heures de la bataille?

Autour de ces voitures des morts, des blessés
aussi avec lesquels je causai un instant.

Je fus saisi par un sommeil de plomb qui dura
jusqu'aux premières lueurs de l'aurore.

Je m'en voulais presque d'avoir dormi si longtemps. Mais les forces humaines ont des limites
qu'on ne pourrait dépasser. Il faut plier enfin.

Le jour était venu. Au-dessus de toutes ces ruines,
l'air, les chemins se remplissaient de cette lumière
si pure que nous donnent les beaux soleils du matin. Je poursuis mes investigations sur le champ de
bataille. Autour des voitures, dans des caisses
brisées, je trouve encore quelques débris de biscuits,
maculés de quoi? de boue, de poussière? Qu'importe. J'en fais une petite provision et je pars, après
avoir donné une poignée de main à mes compagnons de nuit. Un jeune lieutenant avait cessé de
vivre à la suite d'une hémorragie. Quelle blessure
dans le haut de la cuisse ! Je lui ferme les yeux et
pour lui je fais une prière. A côté, un sous-officier
de zouaves râlait la mort. Je lui donne une dernière
bénédiction.

Pêle-mêle on voit des Allemands et des Français.
Comme la mort sait tout réunir, amis ou ennemis !

Les fossoyeurs avaient repris leur sinistre besogne.

Les blessés étaient mis à l'abri, dans des maisons,
dans des granges, sous des hangars.

D'après tout ce qui m'entoure je reconnais que je
me trouve sur les lieux où ont été poussées les
charges de la cavalerie Bonnemains. Sur ce sol, ensanglanté, bouleversé comme par de puissantes
charrues, des cadavres d'hommes et de chevaux,
des débris de toutes sortes, des cuirasses trouées
par les balles, par des obus arrivant de plein fouet,
des casques, des lances, des sabres tordus et couverts de sang... des sacs, des manteaux déchirés,
des bidons. J'avais recueilli deux de ces derniers
qui renfermaient encore un peu d'eau-de-vie. Elle
me servira pour les blessés qui gisent au milieu
de ces ruines, des ruines qui indiquent bien la
marche suivie, la veille, par la trombe humaine.

Des cuirassiers morts à côté de leurs chevaux
dont quelques-uns essaient de se remettre debout...
ils retombent dans une boue sanglante. Il en est
qui, ayant leurs jambes broyées, relèvent la tête
avec des regards d'effarement et de morne tristesse,
jettent un de ces souffles puissants qui annoncent
la douleur et s'affaissent de nouveau comme s'ils
allaient mourir. D'autres couraient par bandes,
poussant des hennissements lamentables, dans des
galops vertigineux.

LXXXVI

J'allais repartir pour rejoindre mon poste. Tenant toujours à voir monsieur l'aumônier du 7ᵉ corps, je pris de nouvelles informations. On me dit qu'on l'avait vu la veille à Fræschwiller, au plus fort de la lutte, et que le soir, aux dernières heures, il était allé rejoindre sa division qu'il aurait suivie dans la retraite. D'autres m'assuraient qu'ils venaient de voir un prêtre se dirigeant vers le Nieder-Wald et de là sur Morsbronn.

J'avance de ce côté. Quel tableau!... Au milieu de centaines de morts et de blessés qui ont souffert une nuit entière sans abri, sans eau pour étancher cette soif ardente que provoquent les blessures, on voit la terre couverte de toutes sortes de débris, d'éclats d'obus, des sabres, des manteaux souillés d'une boue sanglante, des canons sur des affûts brisés, dans des flaques de sang des chevaux au poitrail entr'ouvert... du linge, des carnets, des lettres!... Et au-dessus de longues bandes de fumée s'élevant des incendies et se traînant dans le ciel comme des voiles de deuil... En un mot l'image de toutes les désolations.

Ceux qui ont commandé ces effondrements, ceux qui les ont présidés, qu'ils soient rois, princes ou empereurs, forcez-les donc à suivre pas à pas toutes ces ruines, à respirer cette odeur de sang qui donne des nausées, à considérer ces déchirements de membres et de cadavres, à arrêter leurs regards dans ces larges fosses où l'on va cacher les œuvres sinistres de leurs colères et de leurs ambitions. Confrontez-les avec toutes ces victimes qui furent si généreuses. Et après, faites planer sur leurs têtes cette parole que le prophète ne craignit pas de laisser tomber au pied d'un trône :

Tu es ille vir.

. . . .
. . . .

Les fossoyeurs continuent leur lugubre travail. En passant, je prie pour les morts. Je bénis les blessés. Je leur dis des paroles d'espérance et de consolation.

L'un d'eux me demande de l'écouter un instant. Il avait le front labouré par un projectile. Les yeux disparaissaient sous un voile de sang coagulé. Je crois bien qu'il avait perdu la vue pour toujours.

Je m'arrête dans la demeure d'un cultivateur. Là, dans une chambre, quelques blessés attendent la visite des docteurs. Chez tous, on l'aurait dit, la résignation par la consigne. Le silence qui planait au-dessus et autour de tous ces corps mutilés était parfois interrompu par un soupir profond qu'on aurait dit venir des profondeurs de la blessure même.

Sans ce soupir, vous vous seriez cru dans une

chambre de morts. Seulement ces morts vous regardaient avec un sentiment de tristesse indéfinie, attendant toujours quelque chose. Je m'approche de chacun d'eux en respectant cette couche de paille sur laquelle ils étaient étendus. Je le crois bien, elle était imprégnée de leur sang!... Quel respect ne faut-il pas avoir pour le sang des martyrs!

Sur le mur blanchi de cette chambre modeste, se détachait un Christ ombragé du rameau béni. Ce signe sacré avec une image de la Madone avait dû avoir plus d'un regard de ces pauvres enfants. Qui sait les souvenirs pieux qu'ils faisaient descendre en leur âme! C'était bien cette même croix, cette Vierge si bonne qui protégeaient la maison paternelle, ce même Jésus aux pieds duquel ils avaient prié et que leur mère leur montrait au sortir du berceau. Moi aussi je les leur montrais du regard et, si j'avais le cœur de leur mère pour les aimer, j'aurais bien voulu avoir de même cette voix si tendre et si suave qui adoucit tant de maux en nous parlant de Dieu.

Laissez donc la foi à nos enfants. Vous aurez des héros, des hommes de sacrifice pour les suprêmes combats de la patrie. Vous aurez des héros quand il faudra mourir sur la paille d'une ambulance, ou la tête appuyée sur une motte de terre.

Près de la porte, sous un appentis couvert de chaume, d'autres blessés, recueillis pendant la nuit ou aux premières heures du jour. Ils avaient encore leurs vêtements souillés d'une boue sanglante. L'un d'eux, au travers des lambeaux d'uniforme, laissait voir une de ces blessures profondes, larges, dont les lèvres adhéraient, se mêlaient à ces mêmes lambeaux. Pauvre enfant! comment allait-on le débarrasser de cette tunique qui semblait ne plus faire qu'une seule et même plaie avec ses chairs, avec ses membres mutilés!

Un de ces enfants avait eu l'épaule broyée. On avait étendu sur un débris de bois recouvert d'une couche de paille son bras qui tenait à peine par quelques restes meurtris, déchirés. Il me fit signe d'aller à lui : Oh! mon père, peut-on souffrir plus que je ne souffre! me disait-il. Souffre-t-on davantage pour mourir?... Je voudrais m'entretenir un instant avec vous.

Pendant qu'il me parlait, j'avais la main appuyée sur son front qui brûlait de tous les feux de la fièvre. Il voulait pleurer... Je ne sais par quelle force d'énergie il arrêtait les larmes qui montaient à ses yeux.

— Pleurez, mon enfant! pleurez! Il y aura pour vous comme un soulagement.

Une parole que je n'oublierai jamais. Elle m'a rendu meilleur encore pour ces chères et précieuses victimes :

— Votre main sur mon front!... il me semble que c'est la main de ma mère!

Ce brave garçon venait de s'engager. Il avait à peine 18 ou 19 ans!

Elle est donc bien bonne la main d'une mère dans la douleur ! Hélas ! je l'ai toujours ignoré pour moi-même, mais je l'ai compris par les paroles que je saisissais sur les lèvres de ces enfants. Non, je n'ai jamais su cette tendresse, cette bonté du cœur et de la main d'une mère. Une année à peine... et la mienne n'était plus !

Que je le dise encore... Elle est donc bien douce et bien bonne la main de votre mère ! Ne serait-ce pas comme une vertu céleste qui s'en échapperait quand elle vous prodigue ses caresses, quand elle essuie vos larmes et qu'elle veut calmer vos douleurs !...

Votre mère !... N'est-ce pas, mes enfants du premier bataillon de France, que je me plais à vous le répéter bien des fois... Votre mère !... A genoux, votre regard dans son regard divin, dites-lui : Je t'adore !... Dieu, mon fils, ne sera pas jaloux de ces adorations.

LXXXVII

Je continuai ma course vers Morsbronn au milieu de tous ces débris du champ de bataille, débris humains, mêlés à tant d'autres, on aurait dit que la terre elle-même criait la douleur. La pensée lui donnait comme des gémissements. Il y en a bien dans le saule qui pleure sur nos tombeaux, dans le cyprès qui déverse son ombre si lugubre sur la terre des morts. Le navire ballotté, agité par la tempête, a bien son âme qui gémit, vous dira le vaillant matelot.

Oui, la nature a ses plaintes et ses pleurs. Comment n'en aurait-elle pas ici où elle fut si tourmentée !

Enfants des hommes, cessez donc vos sanglantes querelles. Au lieu de les détruire savourez ces bienfaits qui vous entourent, qui vous sont prodigués. Pensez donc qu'ici même la réconciliation se fera, si elle n'est déjà faite, dans ces larges tombeaux qui viennent de s'ouvrir et où sont descendus amis et ennemis. La réconciliation dans la mort ! Mais, hélas ! où en seront les fruits désormais ! N'attendez donc pas cette heure qui, à tout jamais, vous jettera dans l'éternité, dans le néant de vos ambitieux projets. Que vous servira d'avoir entassé dans un espace restreint de ce monde, toutes ces souffrances, tous ces déchirements... tous ces cadavres !...

— Mais les palmes de la victoire seront là pour les voiler.

— La mort, le temps qui ruine et qui dévore se soucient bien de vos lauriers sanglants... Un rire funèbre... Un souffle qui passe... plus rien de ces palmes que vous disiez immortelles.

. . . .

Plus loin un jeune lieutenant, qu'on avait déjà placé sur une civière, me remet une photographie et un anneau qu'il avait eu soin de retirer de son doigt. Après avoir porté à ses lèvres une dernière fois ces deux objets précieux sur lesquels était tombée une larme, il m'indique à qui il faut les remettre, me presse la main et me dit adieu. « Je n'ai plus que quelques instants à vivre, ajouta-t-il d'une voix bien faible. Vous direz à... qu'elle a eu ma dernière pensée. Nous ne nous reverrons plus que dans le ciel. »

Que la couronne nuptiale se change pour eux en une couronne de gloire.

Je faisais tous mes efforts pour retenir mes larmes, étouffer mes sanglots. J'approchais mes lèvres de ce front si jeune encore Un baiser sur cette croix, mon enfant. Qui sait si un jour je ne pourrai pas le transmettre à ceux que vous aimiez?

Ce cher enfant tourna vers moi un de ces regards qu'on n'oubliera jamais. Ce regard vous disait : Merci... Que vous êtes bon ! Vous adoucissez mon heure dernière.

Le lieutenant avait la poitrine traversée par une balle. Le sang qui passait sur ses lèvres contrastait grandement avec la pâleur de son jeune visage. Arrivera-t-il jusqu'à l'ambulance?

Dans quelques jours sa mère saura que j'étais près de lui et que je lui ai donné ses derniers embrassements.

On nous dit qu'une vingtaine d'infirmiers volontaires vont arriver sur le champ de bataille avec un grand nombre de voitures. Qu'ils se hâtent. Elle sera large la moisson de leur charité.

J'approche de Nieder-Wald. Je suis dans ces bois, sur ces pentes où la tempête a exercé toutes ses fureurs. Est-ce bien là une œuvre des hommes? Tout est débris, tout est ruines. Tout est rongé par la mitraille. Le sol est labouré par les obus. On dirait que la mort a passé là sa lourde charrue pour y semer des cadavres.

Les arbres sont hachés. Leurs grands bras pendent comme des bras de géants dont le corps est resté debout, mais mutilé cent fois. Et ces patriarches des forêts, qui malgré d'autres puissants orages, avaient conservé leur sombre et épaisse chevelure, l'ont laissé tomber à terre aujourd'hui sous la fureur de cette tempête, bien autrement terrible que tout ce que peut donner la nature.

Dans les vergers, dans les plaines que je viens de suivre est-il un arbre qui n'ait au cœur une balle ou un débris de fer? Forcément ils mourront pour la plupart... squelettes desséchés dont les branches s'inclineront hideuses, comme ces pendus que nous vîmes en des régions lointaines, dans une forêt de sapins, se balançant depuis bien des jours, consumés par un soleil de feu et la voracité des oiseaux de proie.

Ici, dans le Nieder-Wald, les morts sont nom-

breux, plus nombreux que les blessés. Mais aussi,
la lutte a été si terrible! La grande moissonneuse de
la pauvre humanité, avec son bras à jamais infati-
gable, a promené là sa vaste faux. Dans ses sillons
sanglants des épis en désordre. Que lui importe,
pourvu qu'ils aient jonché le sol. On pourrait dire
que la terre est son domaine inaliénable. La vie ne
fait qu'y passer. La mort en a fait sa demeure.

A terre des soldats de toutes armes. Là, au bord
d'un fossé, deux cuirassiers étendus à terre. Ils se
tenaient par la main, Sans doute avant de rendre
leur dernier soupir, ils s'étaient dit un suprême
adieu. L'amitié jusque dans la mort! Ne pouvant
leur faire entendre une parole d'affection, pour eux
j'ai prié. De leur front bien jeune encore j'ai
approché mes lèvres. J'ai tant de respect pour les
martyrs du devoir! Est-ce que ceux qui les aimaient
et qui ne les reverront plus, n'auraient point fait ce
que je venais de faire, malgré ce froid, cette glace
de la mort sans pitié ?

Tout près d'eux leurs casques bosselés traînant
dans une boue sanglante. Leurs cuirasses rouges
de sang avaient été ouvertes par la mitraille. A
quelques pas deux chevaux. L'un était mort. L'autre
gémissait lourdement, le poitrail déchiré par un
puissant débris de fer. On voyait qu'il allait mourir
lui aussi.

Ces enfants, après une charge sans doute, étaient
venus s'abattre là, épuisés par leurs blessures...

31.

Quelles paroles avant de mourir?... Quels regards?... Avaient-ils eu des regrets pour ce bel âge de la vie?... Non, les héros sont trop généreux. Ils ne regrettent jamais ce qu'ils ont fait pour la patrie si aimée. Quelles confidences s'étaient-ils faites, si jamais l'un deux survivait à l'autre?

Oh! mystère de la mort, dans quelques instants plus mystérieux encore! Une fosse... quelques pelletées de terre, et tout sera fini sur ces fleurs à peine écloses.

. . . .

Plus loin, parmi les morts, on avait trouvé au pied d'un arbre un capitaine de zouaves qui tenait dans sa main refroidie par la mort... une lettre qu'il avait dû porter à ses lèvres avant de rendre le dernier soupir. Cette lettre écrite depuis quelques jours seulement était de sa petite fille.

Ces soldats qui vous étonnent, qui vous jettent dans l'admiration, vous le voyez, la bravoure n'est pas le seul sentiment qui embellit leur âme de héros. S'ils ont au cœur l'amour de la patrie pour laquelle ils ont tout sacrifié, ils ont aussi et au même niveau l'amour de la famille. Je l'ai toujours compris. Quand un officier, surtout dans nos campagnes lointaines, m'avait une fois parlé de ses enfants et de leur mère, je savais quelle joie je lui procurerais plus tard en le ramenant de temps en temps sur ce sujet.

Oui, tous les beaux sentiments au cœur de nos

soldats. Rappelez-vous ce que j'ai dit ailleurs du zouave Trop-tôt, aidant à déménager les habitants de Puebla aux heures d'armistice, portant dans ses bras une corvée de petits enfants. Rappelez ce jeune lieutenant avec ses six pains de munition pour une famille mexicaine se mourant de faim dans la maison qu'elle n'a pas voulu abandonner.

Nos soldats, ne les regardez pas uniquement comme des hommes qui savent donner la mort et qui savent aussi la braver sans frémir quand la patrie le leur a demandé.

On recueille les blessés français et allemands. Comment ont-ils passé cette nuit dont les heures ne finissaient jamais, hélas ! attendant toujours un soulagement à ces souffrances qui à la longue devenaient atroces ? Et la soif, la soif qui était toujours là avec le feu de la fièvre pour augmenter les tourments.

J'avais rempli d'eau un de mes bidons. Mais comme bientôt il a été épuisé. La vie, vous l'eussiez dit, passait sur les lèvres qui avaient le bonheur d'en approcher. Où sera donc la source qui me donnera de cette vie encore !

Il est étonnant comme certains souvenirs vous reviennent. Celui du roi David m'est revenu, alors qu'après un de ces rudes combats, il exprimait son vif désir de boire de l'eau de Bethléem. Son vœu fut satisfait. Que n'avais-je là un ange du bon Dieu pour aller puiser à une source connue ce breuvage qui calmerait tant de douleurs !

Sans nul doute plusieurs de ces enfants passeront
encore bien des heures sur cette terre ensanglantée, au milieu des broussailles, malgré tout
l'empressement qu'on pourra mettre à les relever.
Je leur donne des espérances. Que ne puis-je par
mes paroles alléger toutes ces douleurs !

.   .   .   .

.   .   .   .

Des infirmiers volontaires de toutes les classes de
la société, des hommes d'un grand cœur et d'un
grand courage, vont prodiguer leur dévouement et
leurs soins. Mais elles seront si nombreuses nos
précieuses victimes !

En a-t-on vu dans cette pénible et horrible campagne des héros et des héroïnes de la charité !

Malgré tant de zèle que de blessures qui n'auront
qu'un pansement provisoire !

J'allais quitter les bois de Nieder-Wald où tout
annonçait les terribles efforts de la résistance.

La nature, malgré toute son énergie de production,
aura beaucoup à faire pour reconstituer ce que les
hommes ont détruit, bouleversé de son travail per-
sévérant. A la longue cependant l'aubépine reparaî-
tra pour nous donner ses fleurs et ses parfums. La
verdure, la mousse avec ses perles argentées, leurs
émeraudes et leurs saphirs remplaceront ces mares
de sang, recouvriront tous ces débris de fer. Le
lierre de nouveau serpentera sur les corps de ces
géants écorchés qui, eux-mêmes rendus chauves par

cette grêle de fer, se couvriront encore de leur épaisse chevelure. A la place de leurs bras mutilés et pendants, d'autres, avec les années, surgiront pour donner asile à ces oiseaux qu'avaient épouvantés les clameurs de la guerre. Mais ce que la nature ne pourra jamais donner de ses trésors, c'est l'existence qui a cessé pour ces enfants qu'on a jetés à terre. Avec leur sang, à tout jamais, s'est échappée la sève de la vie.

Que veulent donc les peuples? Qu'ont-ils à se hâter ainsi vers la mort?

. . . .

. . . .

Que de sang répandu !... Le sang lui aussi aurait donc son ivresse puisqu'après une coupe bien large il en faut une autre encore!

Après Wissembourg, Reichshoffen. Et après Reichshoffen ?...

Eh bien, on se jettera sur le beau pays de France. On foulera aux pieds ses moissons. On lui prendra son or, après lui avoir pris ses fils aimés pour les jeter sur la terre d'exil et les empoisonner de l'air fétide des casemates, après avoir inondé leur âme du poison de l'insulte et du mépris. On brûlera ses villes, ses palais, ses chaumières. Comment seront traités ses enfants, ses femmes, ses vieillards?

Un flot de sang suivra un autre flot de sang... Il avancera, avancera encore jusqu'à ce que la France en soit inondée d'une frontière à l'autre.

Je frémis pour ceux qui ont opéré ces œuvres si lugubres. Vous êtes juste, Seigneur. Vous voyez les intentions? Vous pesez tous les projets de l'homme. Vous en connaissez le principe comme vous en savez toutes les conséquences. Aucune ambition n'est pour vous une excuse. Les Trônes à vos yeux, qu'ils soient plus ou moins élevés, ne sont pas plus que l'escabeau du pauvre, les sceptres pas plus que l'instrument du modeste travailleur... Les victoires ne comptent pour rien, surtout quand elles ne sont pas généreuses.

Qu'ils sont terribles les épouvantements de la mort quand la mort se présente entourée d'innocentes victimes!

. . . .

. . . .

Mais pardonnez, Seigneur. *Parce*, *Domine*, pour tous j'implore votre miséricorde.

J'étais à la lisière du bois. Là encore des morts! pour eux une prière... A quelques pas des paysans qui creusaient une fosse.

Mais voyez! sur les quelques branches qui restaient encore aux troncs mutilés des arbres, de petits oiseaux qui chantaient!... Hier ils avaient fui sous les hurlements de la mort. Ils sont revenus en ces lieux, leur patrie, là où fut leur berceau sans doute. Elle est si précieuse et si chère, la patrie! Elle sera toujours belle malgré toutes les laideurs qu'on voulut lui imposer.

De loin en loin quelques pâquerettes qui voudraient reposer mes regards fatigués par les larmes. Mais, hélas ! elles aussi avaient été foulées aux pieds des combattants ! Elles traînaient comme dans une poussière sanglante.

Pauvres fleurs si paisibles, combien de fois peut-être ceux qui vous ont ainsi écrasées, torturées, vous ont cueillies avec cette main qui porte une arme au service de la mort !

Je me dirige vers Morsbronn en passant entre la ferme d'Albrechtshaüserhof et le moulin de Brukmul... un entassement de morts : des turcos, des chasseurs, des zouaves, des soldats de la ligne, des Prussiens, et tous confondus dans un sommeil que semblaient avoir précédé les plus cruelles souffrances de l'agonie.

Des blessés. Mais peut-on voir une blessure plus horrible que celle d'un zouave qui a la mâchoire et le palais fracassés ? La bouche est remplie de débris et de caillots de sang. Il est dévoré par la soif. La tuméfaction de la langue empêche tout liquide de passer.

Des infirmiers, un prêtre des environs prodiguent leurs soins à ces pauvres malheureux.

Je marche dans le chemin suivi par nos cuirassiers et nos lanciers aux banderoles si gaies autrefois et aujourd'hui déchirées, traînant dans une boue sanglante. De même rouges de sang des sabres, des casques, des cuirasses gisant au milieu de cadavres.

Les chevaux de ces braves qui dorment leur dernier sommeil sont à terre auprès d'eux. Tous ces chevaux ne sont pas morts. Il en est qui gémissent, qui relèvent la tête, cherchant quelque chose pour ainsi dire avec des regards effarés. Cette tête retombe lourde et comme désespérée dans une flaque de sang... Oui, vous avez entendu, un souffle qui annonce un désespoir ! C'est ce que suppose votre âme dans sa lugubre tristesse. D'autres se relèvent complètement, font quelques pas, et s'affaissent comme des masses... quelquefois sur des cadavres... sur des blessés qu'ils écraseront !...

. . . .

Une prière à Dieu pour nos pauvres morts.

J'arrive à Morsbronn. Quel ouragan de colères s'est abattu sur ce village ! Les maisons encore debout sont encombrées de blessés, Français et Prussiens. Dans les rues on ne voit que ruines et débris... encore des cadavres d'hommes et de chevaux qu'on n'a pu enlever.

. . . .

Honneur à M. le curé de Morsbronn qui, dans son presbytère, a été prodigue de soins et de dévouement pour tous, amis ou ennemis.

En parcourant le champ de bataille, plus d'un blessé m'avait donné l'adresse de sa famille pour lui écrire. Une remarque, tous voulaient que je dise que c'était peu de chose, qu'il fallait espérer. Surtout je ne devais pas oublier de dire que j'avais vu le blessé.

Le prêtre qu'on m'avait dit se diriger sur Morsbronn n'était pas l'aumônier que je tenais à voir.
S'il n'était pas resté à Frœschwiller, il avait dû
suivre sa division dans la retraite.

Je m'empresse d'aller rejoindre le 7ᵉ corps. Sur
d'autres pages j'ai parlé de ce voyage si rapide et si
pénible surtout. J'ai dit ce que j'avais appris sur
Wissembourg et sur le Geysberg par les soldats et
les officiers avec lesquels j'avais fait la route en
chemin de fer.

Reviendrai-je jamais dans ces plaines, sur ces
collines qui ne seront plus à nous! Comment! elles
passeront à des mains étrangères!... Soit!... Mais ils
resteront Français, les cœurs qui battront encore
sur cette terre sacrée.

Nous le savons, nobles cœurs — Dieu le veut. —
Vous n'aurez jamais pour patrie que celle où fut
votre berceau.

LXXXVIII

La guerre terminée, il y eut une commission
chargée de la délimitation des frontières entre la
France et l'Allemagne. Un de mes amis, le général
Doutrelaine, faisait partie de cette commission. Que
de fois il m'a parlé de ses angoisses, des douleurs
qui brisèrent son âme dans cette période de quel-

ques mois qu'il appelait la plus lugubre de son existence. Il se regardait comme travaillant dans un
cimetière, comme un fossoyeur creusant et élargis-
sant le tombeau de la Patrie.

Ma pensée était bien celle du brave général. Nos
cœurs pleuraient les mêmes larmes. Nos âmes
étaient broyées par les mêmes douleurs.

Dire à un ennemi implacable : « Désormais vous
pourrez venir jusqu'ici !.. » A la France, à la patrie : « Vous n'irez plus que jusque-là !... » Oh !
désolation ! brisement de l'âme du vieux Gaulois !

Un jour, à la Chambre, un de nos représentants
disait : « Vous les verrez toujours tristes ceux qui
furent les témoins des grands malheurs de la
patrie. »

Comme il disait vrai ce Français d'autrefois...
Français d'aujourd'hui... Français de l'avenir.

. . . .

Je manifestai à mon ami, le général Doutrelaine,
le désir de revoir le champ de bataille de Frœschwiller. Il obtint pour moi une autorisation.

Je n'entrerai pas dans les détails de mon voyage,
ou plutôt de mon pèlerinage aux tombeaux de nos
martyrs.

. . . .

Arrivé à Elsasshausen où l'on voyait encore des
ruines du cataclysme du 6 août, je tiens à avoir
sous les yeux à peu près tout le champ de bataille
avant que de le parcourir. Je me rends sur une

hauteur, à l'est du village, celle-là même où Mac-Mahon s'était placé pour embrasser tout le terrain où allait avoir lieu la lutte formidable de deux grands peuples dont l'amitié serait si utile pour la marche vers le progrès.

Le ciel était pur... Un beau soleil... Le printemps travaillait son œuvre de régénération dans la nature. Les arbres étendaient leurs bras couverts de verdure, à part ceux que la mitraille avait déchirés et qui restaient sans vie comme les membres de ce vieil invalide mutilé dans les combats.

Les prairies devenaient luxuriantes. Les vergers étalaient leurs blanches fleurs pour donner leurs fruits à la saison prochaine. Le papillon voletait. Les oiseaux avaient repris ces chants joyeux que n'interrompaient plus les horribles clameurs de la mort. En un mot, tout paraissait heureux et gai, excepté quelques chaumières encore noircies par ces incendies sinistres, allumés par la colère insensée de l'homme.

Heureux et gai !... Seulement il n'aurait pas fallu pénétrer trop avant dans les cœurs. Là que de regrets !

La nature était belle... Mais que je le dise, peut-elle être belle dans un cimetière ? Que signifient toutes ces croix dans les vallées, sur les collines, un peu partout, sinon les nombreuses et cruelles étapes de la mort ?

Et cette terre n'est plus à nous, alors surtout qu'elle est devenue plus sacrée par le sang de nos enfants !... Qui sait !... Elle nous appartient du moins par les regrets et par les espérances. Oui, deux sœurs encore, l'Alsace et la Lorraine... Pourquoi me taire quand tous les échos de la patrie le répètent ?

L'amour de la famille a des racines profondes. Mais l'amour de la patrie !

Or, serait-ce bien la patrie ce lambeau de terre arraché à la France ? La vie vraie, l'air pur sont restés au pays.

Les plus beaux soleils ont une ombre. Les plus belles étoiles... des diamants ténébreux... perles d'or qui n'ont plus leur éclat.

Les anciennes gloires se sont changées en douleurs.

Les chants ne sont plus que des sanglots.

Les yeux ne sont plus que pour donner des larmes... et ces larmes sont du sang !

Les arbres... des cyprès et des saules qui pleurent.

La violette des bois a perdu ses parfums.

Les habits de fête... de cruels cilices.

Les guirlandes... des chaînes.

Les voiles légers... des crêpes de deuil.

Alsace, Lorraine, vous restez *nôtres* toujours. Les barreaux d'une prison ne sauraient arrêter les âmes.

. . . .

J'ai parcouru le champ de bataille. Sur chaque tombe je déposais une prière... ou plutôt, faut-il prier pour les martyrs du devoir?

Je leur parlais de la patrie...

Enfants, vous êtes avec Dieu. N'oubliez pas la France... tout ce qui fut la France !

FIN

ÉMILE COLIN — IMPRIMERIE DE LAGNY

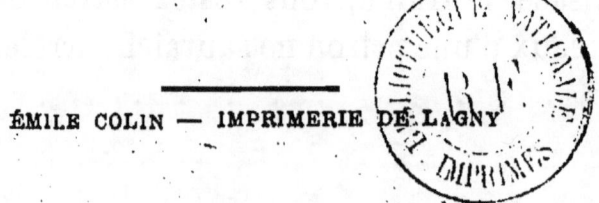

EN VENTE A LA MÊME LIBRAIRIE

Collection in-18 à 3 fr. 50 le volume.

OEUVRES DE J. MICHELET

SUR LES CHEMINS DE L'EUROPE
Un volume.

ROME
Avec une préface par Mᵐᵉ J. Michelet
Un volume.

MA JEUNESSE
Un volume.

MON JOURNAL
Un volume.

UN HIVER EN ITALIE
Un volume.

LA SORCIÈRE
Un volume.

LA MONTAGNE
Un volume.

NOS FILS
Un volume.

HISTOIRE DU DIX-NEUVIÈME SIÈCLE
Trois volumes.

PARIS. — IMP. C. MARPON ET E. FLAMMARION, RUE RACINE, 26.